VIAGGIO NEL SOGNO

LA SERIE DI BAILEY SPADE: LIBRO 1

DIMA ZALES

♠ MOZAIKA PUBLICATIONS ♠

Copyright © 2022 Dima Zales e Anna Zaires
www.dimazales.com/book-series/italiano/

Traduzione italiana: Sabrina Scalvinoni

Pubblicato da Mozaika Publications, stampato da Mozaika LLC.
www.mozaikallc.com

Copertina di Orina Kafe

e-ISBN: 978-1-63142-777-0
ISBN: 978-1-63142-779-4

CAPITOLO UNO

INGERISCO una goccia di sangue di vampiro diluito.

"Allarme e sorveglianza disabilitati" mi sussurra Felix nell'auricolare. "Avviare effrazione."

Prima che possa rispondere, il sangue entra in circolo, togliendomi un peso dalle palpebre, mentre la privazione del sonno regredisce. Ma quella goccia doveva essere troppo grossa, oppure l'ho bevuta troppo presto dopo l'ultima dose. Sento l'arrivo di un indesiderato effetto collaterale... un piacere orgasmico.

Aumentando la presa sull'attrezzo da scasso, fino a farmi male, me lo conficco nell'avambraccio.

"Che diavolo?" esclama Felix. "Perché mai l'avresti *fatto*?"

La telecamera sul mio colletto non aveva inquadrato quel sorso furtivo, quindi capisco perché, dal suo punto di vista, possa sembrare un comportamento strano. "Lascia perdere."

Il dolore cancella rapidamente l'euforia, e ringrazio

le mie buone stelle per essermi presa il tempo di sterilizzare l'attrezzatura, altrimenti mi ritroverei con l'arto in cancrena. Quando estraggo l'attrezzo da scasso dal braccio, la ferita guarisce immediatamente... e soprattutto, non resta alcuna traccia del piacere orgasmico.

Si parte. Quel sangue di vampiro non mi è piaciuto neanche un po', ad eccezione dell'acuito stato di allarme, che era il mio obiettivo... e della libido che s'impennava come quella di un ragazzo in uno strip club.

"Pensavo che la tua stranezza si limitasse ai rituali di pulizia." Felix ha una voce curiosamente sexy dopo la piacevole sensazione del sangue di vampiro.

Invece di rispondere, eseguo un rapido controllo interno, per assicurarmi che nessuna parte di me sia ancora soggiogata da quella sostanza, capace di creare dipendenza. Con tutti i miei attuali problemi, sviluppare una dipendenza dal sangue di vampiro sarebbe come saltare da una scogliera, dopo essermi annegata nel cianuro.

Fin qui, tutto bene. Afferro la maniglia della porta. "Io entro."

"Quello che stai per fare è illegale in questo mondo" mi ricorda Felix, come se non lo sapessi già.

"E hackerare tutte quelle banche?" replico in un sussurro. "Se ti facessi una ramanzina in proposito, non lo gradiresti."

Felix, che è un Conoscente come me, anche se risiede sulla Terra in modo permanente, si definisce un tecnomante. Può fare in modo che la tecnologia basata sul silicio si pieghi al suo volere, un potere che spreca in imprese eseguibili da qualsiasi umano dotato di una conoscenza approfondita dei computer.

"Camminare nei sogni non ti aiuterà ad evadere dal carcere degli umani" ribatte. "Né a sopravvivere, tra l'altro."

"Questo è discutibile." Decido di non rivelargli quella volta in cui avevo intravisto uno dei suoi sogni erotici, nello specifico, quello in cui s'immaginava nei panni di una guardia che veniva aggredita da detenute sospettosamente attraenti. "Ma se hai fatto il tuo lavoro correttamente, non finirò in prigione."

"Posso solo occuparmi dell'allarme intelligente. Se questo Bernard fosse abbastanza paranoico, potrebbe aver impostato anche il vecchio allarme non connesso alla rete, che scatterebbe appena messo piede all'interno. Oppure, potrebbe avere un cane. O magari è sveglio."

Sentendomi in colpa, sbircio il mio polso, dove la maggior parte della gente vedrebbe un braccialetto di pelo. In realtà, è una creatura chiamata *looft*. Normalmente, la sua specie vive sui *mooft*, simili a mucche, ma Pom (così si definisce) mi ha adottata come suo ospite. In questo momento, sta dormendo come al solito, ma la tonalità del suo pelo, nero come la pece, riflette la mia agitazione interiore. Se dovessi morire, Pomsie morirebbe con me; così funziona il nostro rapporto.

Quindi, non devo morire. Semplice.

Rivolgendo di nuovo l'attenzione alla pesante porta di legno, accarezzo Pom per calmarmi, e quando ho le mani ferme, e il suo pelo ha assunto una tonalità più neutra di blu, forzo la serratura.

"Davvero, Bailey" dice Felix, mentre tocco la maniglia, "devono pur esistere modi migliori per guadagnare dei soldi. Con il tuo..."

Disattivo il microfono dell'auricolare. Ovviamente, ci sono sistemi più leciti per guadagnare ciò di cui ho bisogno, ma essi non pagano neanche lontanamente quanto il mio attuale datore di lavoro. Sono già indietro di un mese con le spese mediche della mamma, e se non troverò due milioni di cc (la criptovaluta di Gomorra) nelle prossime due settimane, le staccheranno la spina. Nessun lavoro onesto mi permetterebbe di racimolare quei soldi nel poco tempo rimasto a mia disposizione. La realtà è che ho dovuto rinunciare al sonno, per arrivare alla fine del mese. In effetti, non ho dormito più di un paio d'ore di seguito, dopo l'incidente della mamma di quattro mesi fa. All'inizio, restavo sveglia in modo naturale, poi ho utilizzato stimolanti farmacologici, e alla fine, ho fatto ricorso al sangue di vampiro.

Prendo una delle mie ultime due granate soporifere dalla tasca, e giro la maniglia della porta.

Non scatta alcun allarme.

Nessun cane abbaia.

Nessuno mi uccide con un colpo di pistola.

Premo il pulsante sulla granata, e la lancio nell'appartamento.

Il gas soporifero si diffonde dappertutto con un sibilo.

"Quel gas diventa inerte in due minuti" sussurro per Felix. "Se qui dentro ci fosse un cane, o se Bernard fosse sveglio, *adesso* dormirebbero."

Riattivo il microfono, in tempo per sentire Felix brontolare qualcosa su un *piano decente*. Ma non si rende conto che la parte più pericolosa del lavoro arriva adesso.

Entro nell'attico in punta di piedi. Valerian, il tizio che mi ha ingaggiata per questo, deve pagare profumatamente Bernard. Questo posto è spazioso, specialmente per New York, dove gli immobili costano quasi quanto nel mio mondo natio di Gomorra.

Individuata la camera, osservo il letto nell'oscurità con occhi socchiusi. Pfiù... Bernard è rannicchiato in posizione fetale, sotto una pesante coperta.

Striscio verso il letto.

"Non assomiglia a Mario?" sussurra Felix.

Paragonare un uomo a un idraulico digitale non è un'idea così folle come sembra. Quando ho conosciuto Felix per la prima volta, ci siamo legati grazie al nostro amore per i videogiochi.

Esamino il volto dell'uomo tozzo con i baffi a manubrio. "Piuttosto a Wario, l'arcinemico di Mario."

"Nessuno di loro ha una cicatrice simile."

Ha ragione. La cicatrice sulla fronte di Bernard appartiene al volto di un guerriero interdimensionale, non all'ingegnere dirigente di un'azienda di realtà virtuale della Terra.

"E quindi che cosa si fa?" chiede Felix.

"Devo toccarlo."

Felix ridacchia.

Roteo gli occhi. "Non in senso scabroso."

Osservo le palpebre della mia vittima, alla ricerca di movimenti oculari rapidi. Niente. Merda. Tiro fuori i guanti, e faccio del mio meglio per prepararmi al prossimo spiacevole compito... in particolare, l'aspetto meno rischioso ma più disgustoso di ciò che sto per compiere.

Il contatto pelle contro pelle.

La goccia di sudore che tremola lungo la cicatrice sulla fronte di Bernard non mi aiuta, così come il suo alito, che sa di sterco di mooft.

"Che cosa aspetti?" chiede Felix. "È ancora il tuo disturbo ossessivo-compulsivo?"

"L'attenzione all'igiene non significa avere un disturbo ossessivo-compulsivo." Tocco la boccetta di disinfettante per le mani in tasca, il mio salvavita qui, sulla Terra. "Inoltre, non è nella fase REM del sonno."

"Quindi, significa che dovrai affrontare quella pericolosa battaglia del sub-sogno, quando entrerai dentro di lui?"

"A sentire te, sembrerebbe un'aggressione sessuale. Non 'entrerò dentro di lui', darò solo un'occhiata ai suoi sogni. Ma sì, se la battaglia del sub-sogno dovesse uccidere la Bailey del sogno, la vera me impazzirebbe."

Anzi, detto così è troppo blando. Poco prima dell'incidente, come per scoraggiare l'utilizzo dei miei poteri, la mamma mi aveva mostrato le scene di ciò che era accaduto ad un camminatore dei sogni, morto nel mondo dei sogni. In preda ad una furia assassina, come un folletto rabbioso, aveva cannibalizzato le proprie vittime. Ho controllato, e anche a diversi anni di distanza, continuano a tenerlo legato in una cella imbottita.

"Allora aspetti che entri nella fase REM?" chiede Felix.

"Sarebbe l'ideale."

"Quanto ci vorrà?"

Con un sospiro, consulto il mio telefono terrestre. "Novanta minuti, se è stato il mio gas a stenderlo."

Sento Felix digitare rapidamente sulla tastiera. Poi dice: "Vedo che prende l'Ambien. Dubito che sia stato il tuo gas a metterlo K.O."

"Maledizione." Trattengo la voglia di dare un calcio alla gamba del letto. "Quel farmaco sopprime il sonno REM. Potrebbe essere necessario tornare più tardi o..."

"Bailey." Il suo tono diventa più acuto. "Stai per avere compagnia."

Mi giro di scatto verso la porta. Il mio battito cardiaco s'impenna, mentre il pelo di Pom al polso diventa più scuro.

"Vampiri" esclama rapido Felix. "Esecutori. Hanno coperto tutte le uscite. La fuga sarebbe inutile."

Porca miseria. Perché non poteva trattarsi di qualunque altro tipo di Conoscenti? I vampiri dormono solo se lo desiderano, quindi la mia ultima granata non li metterà a tappeto... e non ho nient'altro a mia disposizione.

7

Mi cade l'occhio sulla cabina armadio, in un angolo della camera. "Posso nascondermi?"

"È probabile che abbiano il tuo DNA. Altrimenti, come avrebbero potuto convergere su di te con questa precisione?"

Ha ragione. Nemmeno *io* sapevo che sarei stata qui, prima di leggere l'e-mail criptata un'ora fa. Brutta situazione. Un vampiro in possesso del mio DNA potrebbe trovarmi ovunque nel Cogniverso.

Accarezzo Pom, cercando di non farmi prendere dal panico. "Che cosa vogliono?"

"Non ne ho idea" risponde Felix, "ma dubito che si preoccupino della tua effrazione."

"Plausibile." Torno a girarmi verso Bernard. "A quanto pare, non ho altra scelta. Se voglio tenere in funzione l'autorespiratore della mamma, devo entrare, fase REM o no."

"E io farò del mio meglio per ostacolare gli Esecutori. Penso di poter rallentare l'ascensore, forse anche..."

"Grazie." Ignorando il tremore alle mani, prendo il disinfettante e lo spalmo alla meglio sull'avambraccio peloso di Bernard. "Speriamo in bene." Mi protendo verso il lembo di pelle decontaminata (me lo auguro).

In un certo senso, il fallimento avrebbe un suo lato positivo. Se il sub-sogno mi uccidesse, e diventassi una pazza omicida nel mondo reale, i vampiri almeno mi abbatterebbero prima che possa cannibalizzare qualcuno. Inoltre, tutta questa adrenalina sta mandando in cortocircuito le mie abituali paure di

8

essere infettata da uno *Staphylococcus aureus* e altri pidocchi del mio obiettivo.

Le mie dita toccano la pelle dell'uomo, e i miei muscoli s'irrigidiscono per un attimo, mentre avverto una debole zaffata di ozono e provo la sensazione di cadere. Poi, la stanza intorno a me diventa buia, e il mondo della veglia scompare.

CAPITOLO DUE

MI RITROVO in piedi sull'acqua nera, con un cielo simile a magma sopra la testa. Una decina di creature, una più ripugnante dell'altra, si sta precipitando verso di me.

L'aspetto della prima è composto da venti serie di mandibole di formica, sviluppatesi fino ad assumere le dimensioni di un camion, accompagnate da zampe e antenne. Un'altra assomiglia ad un enorme verme a spirale, o forse ad un batterio della sifilide, con zampe simili a quelle dei centopiedi che terminano con artigli affilati come coltelli. La meno orribile delle creature mi ricorda un tardigrado, un animale microscopico che vive in acqua, privo di occhi o naso visibili, con un foro al posto della bocca, e otto arti che terminano in zampe attaccate al corpo di un dugongo... ma questo tardigrado non ha alcunché di microscopico. È alto circa tre metri.

La creatura con le mandibole è alla guida, e balza

verso di me, emettendo grida da ogni serie di mandibole. Se decidessi di masticare dei diamanti, probabilmente produrrei un suono simile. Moltiplicato per mille. Ho l'inquietante impressione che quella cosa stia tentando di parlare, ma ad una frequenza che, con ogni probabilità, mi farebbe sanguinare le orecchie invece di trasmettere informazioni.

Un'appendice pelosa serpeggia dal mio polso e si allunga in una frusta, mentre la bestia urlante mi salta addosso, con le mandibole che si serrano all'unisono.

Faccio schioccare la frusta. Un bang sonico increspa l'acqua nera intorno a me. La frusta taglia la creatura dotata di mandibole in due parti uguali, che mi crollano ai piedi con un tonfo, schizzandomi di un appiccicoso liquido verde. Rimango paralizzata dal disgusto... ed è allora che l'artiglio della creatura della sifilide mi trafigge la spalla sinistra.

Il dolore è nauseante e acuto, e mi sento fortunata ad avere la frusta attaccata al corpo, altrimenti mi sarebbe caduta. Ora che il disgusto è un ricordo lontano, faccio schioccare di nuovo la mia arma. Con un secondo bang sonico, spezzo in due la cosa della sifilide, e schivo il fiotto di sangue che sgorga da essa.

Vedendo ciò che è successo ai fratelli, gli altri mostri attaccano con molto meno entusiasmo, il che è positivo, perché sto perdendo copiosamente sangue dalla spalla. Prima che si rendano conto del mio indebolimento, passo all'attacco con uno schiocco della frusta.

Bang. Bang. Bang.

Solo il tardigrado è rimasto in piedi, e si gira, per fuggire ad una velocità che non ci si aspetterebbe da una massa così gigantesca.

Lo inseguo con la frusta pronta. "Oh, no, tu non vai da nessuna parte." Dopo un bang sonico, il tardigrado finisce in mille pezzi, e in quel preciso istante, il mondo intorno a me cambia.

CAPITOLO TRE

CON UN SUSSULTO ALLA SPALLA, giro la testa tutt'intorno, osservando soffitti squadrati a forma di cupola, che superano i dieci metri di altezza, pavimenti di marmo blu giallastri, pareti verdi rossastre, e una serie galleggiante di brillanti forme geometriche, che sarebbero impossibili nel mondo della veglia, così come il triangolo di Penrose sovrapposto su se stesso. Inspiro profondamente, inalando l'aroma dolce e gustoso del *manna*, il mio cibo preferito di Gomorra.

Certo. Mi trovo nell'atrio principale del mio edificio. Ciò significa che questo è il mondo dei sogni, e che i mostri appena sconfitti facevano parte di quello che definisco sub-sogno. Accidenti. Ancora una volta, non mi sono resa conto di ciò che stava accadendo, nonostante dettagli poco realistici come camminare sull'acqua e la trasformazione di Pom in una frusta.

Una fitta di dolore mi riporta alla realtà. Questa ferita alla spalla si sta facendo sentire in un modo anche troppo realistico, e significa che mi basterebbe una perdita di sangue di pochi litri per morire nel mondo dei sogni e impazzire.

Oh, beh. Ora che so dove mi trovo, posso cambiare le cose a mia discrezione.

Galleggio fuori dal mio corpo onirico, come se stessi vivendo un'esperienza di pre-morte. Il dolore scompare immediatamente. Studio il corpo sotto di me, e fremo mentalmente. Quella spalla è *messa male*. Ma in quanto al resto, ho un aspetto piuttosto noioso per un sogno.

Con uno sforzo appena accennato, curo la spalla. Poi, dato che posso, rendo il mio corpo più alto e più magro, e scambio i pratici pantaloni cargo e la maglietta mimetica con una bella giacca di pelle, jeans neri aderenti e stivali alti fino al ginocchio. Un buon punto di partenza. Sostituisco i crespi ricci neri con il mio look preferito, violente fiamme con le quali la mia testa sembra il nido di un uccello di fuoco. Visto che ho fretta, questo dovrà bastare.

Torno di nuovo nel mio corpo. Subito dopo, Pom compare davanti a me: lo fa ogni volta in cui cammino nei sogni e lui è nella fase REM, il che succede quasi sempre.

Qui, nel mondo dei sogni, non è un braccialetto di pelo, ma come me, assume una forma specifica del sogno.

Delle dimensioni di un grosso gufo, con giganteschi occhi color lavanda, orecchie triangolari molto mobili e un morbido pelo, che cambia colore a seconda delle sue emozioni, Pom è un'arma travestita di pura graziosità. Gli esseri presumibilmente simpatici, come le lontre, i panda e i koala, sono decisamente brutti in confronto.

"Hai mantenuto la stessa faccia di prima" commenta nel suo falsetto cantilenante. "Come mai?"

"Non ti piace la mia faccia?" Gli arruffo il pelo, finché non diventa blu, e mi dirigo verso la mia torre dei dormienti.

Fluttuando verso l'alto, vola alle mie spalle, come un drone per selfie. "Il tuo viso è tollerabile. Almeno, gli umani della Terra sembrano gradirlo."

"Se ti riferisci al fatto che mi fissano, penso stiano solo cercando d'indovinare la mia razza e la mia etnia."

Sfreccia davanti a me. "E cioè?"

"È come quando cerchiamo d'inquadrare il tipo di Conoscente su Gomorra. Gli umani della Terra usano queste etichette in modi simili, e alcuni gruppi non amano gli altri... come i negromanti e i vampiri."

"Oh, ma indovinare è facile in questo gioco." Le sue orecchie si agitano per l'eccitazione. "Gli orchi sono verdi, gli elfi sono magri e aggraziati, i nani hanno la barba, i giganti sono..."

"Giusto." Accelero il passo, una volta raggiunta la scalinata. Anche se il tempo scorre più velocemente nel mondo dei sogni, o almeno dà questa impressione, ci sono comunque delle buone ragioni per sbrigarsi. Che diamine... spicco il volo, invece di salire ogni gradino. "Ma non è sempre così semplice" continuo, mentre Pom mi raggiunge. "I licantropi non hanno un aspetto diverso dal mio, se non si trasformano."

La sua faccia pelosa assume un'espressione saggia. "Allora, che cosa deduce la maggior parte degli umani sulle tue tazza ed elegia?"

"Si chiamano *razza* ed *etnia*. E le loro ipotesi sono disparate: America Latina, Africa, Medio Oriente... Alcuni mi ritengono semplicemente una persona abbronzata di origine europea con la permanente... immagino sia per il naso piccolo e gli occhi grigi."

"A me piacciono i tuoi occhi." Pom svolazza di nuovo davanti a me, senza sbattere le palpebre. Questa mancanza di abilità sociali basate sul buon senso è il motivo per cui gli chiedo di rimanere invisibile, quando lavoro con i miei clienti.

Deve intuire il mio pensiero, poiché le punte delle sue orecchie diventano rosse.

"Grazie per il complimento" rispondo per calmarlo. Per capriccio, faccio assumere ai miei occhi una tonalità rosso fuoco, abbinandoli ai capelli.

Le orecchie di Pom tornano blu. "Gli umani sono stupidi. È ovvio che non provieni da nessuno di questi luoghi."

"Giusto." Prendo una scorciatoia, facendo scomparire parte di una parete davanti a me. "La buona notizia è che il mio aspetto mi offre un vantaggio. Noi Conoscenti tendiamo a stabilirci nelle zone dei mondi occupati dall'uomo in cui assomigliamo maggiormente alla popolazione nativa, e significa che, se decidessi di trasferirmi sulla Terra per sempre, avrei a disposizione gran parte del pianeta per la mia scelta."

Il pelo di Pom si scurisce. "Perché mai dovremmo desiderare di vivere in un posto così arretrato?"

Ha ragione. Il sistema igienico-sanitario della Terra è ancora basato sull'acqua, la tecnologia della realtà virtuale è agli inizi, e le auto non si guidano ancora da sole.

"Gomorra è migliore sotto ogni aspetto." Mi sta chiaramente leggendo nel pensiero di nuovo.

"Devo stare vicino agli umani, se voglio mantenere i miei poteri" gli ricordo per l'ennesima volta. "E poi, grazie alla mia straordinaria reputazione tra i Conoscenti della Terra, qui posso ottenere dei posti di lavoro altamente remunerativi."

"Cioè, lavori illegali e ad alto rischio" borbotta.

Soffoco uno slancio di preoccupazione per gli Esecutori nel mondo della veglia. Perché stressare Pom per qualcosa in cui non può aiutarmi? Aumento invece la velocità, e raggiungo la torre dei dormienti.

Si tratta di una struttura cilindrica di vetro, composta da angoli disposti su diversi livelli con le pareti di vetro, ciascuno con un unico mobile: un letto. Quando creo con successo un collegamento onirico con una persona, quest'ultima compare in uno di quei letti durante il sogno. Grazie a questa torre, devo solo compiere lo spiacevole gesto di toccare una volta le persone nel mondo reale.

Bernard, il dormiente più recente della mia collezione, ha preso il posto liberato dal mio paziente legittimo più recente, che avevo curato da un problema di enuresi, e con il quale avevo poi tagliato il collegamento.

Man mano che ci avviciniamo alla nicchia di Bernard, il resto del corpo di Pom diventa nero, e impreco sottovoce.

Nuvole scure in miniatura si librano sopra la testa di Bernard.

"C'era da aspettarselo" mormoro. "Perché ho pensato di prendermi finalmente una pausa?"

Queste nuvole indicano un circolo di traumi, un tipo di sogno basato su eventi traumatici della vita di Bernard. I circoli di traumi affliggono i dormienti con regolarità, e sono potentissimi, tanto che per me è più semplice limitarmi ad osservarli, senza modificare qualcosa. La buona notizia per il dormiente in questione è che la mia mera presenza, durante questi sogni speciali, di solito spezza il loro ciclo di ripetizione, e ciò aiuta il dormiente a sentirsi meglio nel mondo della veglia.

Potrebbe essere il giorno fortunato di Bernard. Non il mio, però. Vado di fretta.

Pom vola fino alle nuvole, e le annusa. A quel punto, un fulmine in miniatura lo colpisce sul naso. "Ahia! È uno di quelli brutti."

Cancello il suo dolore, e racchiudo le nuvole in una bolla di vetro protettiva. "Probabilmente, un trauma profondo."

"Allora, non mi unirò a te." Il pelo di Pom ha il colore del carbone. "L'ultima volta in cui abbiamo lavorato con una persona simile, ha turbato il mio sonno."

Per sottolineare il proprio punto di vista, sfreccia alle mie spalle, come se Bernard potesse raggiungerlo e acchiapparlo a mezz'aria, costringendolo ad assistere all'incubo.

"Qualcosa ha turbato il *tuo* sonno?" Mi giro per sorridergli. "Hai dormito ventitré ore e quarantaquattro minuti, invece di ventitré ore e quaranta*cinque* minuti interi?"

Lui respira rumorosamente. "Almeno, io non ho preso sangue di vampiro, come qualcuno."

"Beh, tecnicamente, considerando la nostra relazione simbiotica, l'hai preso anche tu. Su di te non funziona, ma..."

"Non importa. Non ho intenzione di entrare, al di là delle tue suppliche." Pom solleva il mento, e scompare come uno Stregatto. Invece del sorriso, è il suo mento peloso a restare sospeso nell'aria, finché non è completamente svanito.

"Non ho bisogno della tua presenza, comunque" mi rivolgo al vuoto. "Ho fretta, e impiegherò meno tempo senza le tue ciance."

Non abbocca.

Ho quasi raggiunto Bernard, quando mi do un colpo in fronte. Quasi dimenticavo di rendermi nuovamente invisibile.

Diventando intenzionalmente impercettibile alla vista, al suono o all'odore, tocco Bernard sull'avambraccio, come ho fatto nel mondo della veglia... ma senza alcun timore della contaminazione.

Poi, a differenza della realtà, dove sono in piedi in una trance simile al sonno, nel mondo dei sogni svanisco dall'edificio, ricomparendo nel circolo di traumi di Bernard.

CAPITOLO QUATTRO

MI RITROVO in un parco giochi, uno degli anacronismi più primitivi della Terra, dove i bambini giocano fisicamente. Su Gomorra, gli spazi virtuali completamente immersivi li hanno sostituiti molto tempo fa, il che significa niente sporcizia, niente germi e molte altre opzioni d'intrattenimento per i più piccoli.

Questo parco giochi nello specifico è inquietante. Ragni e vermi strisciano nella buca della sabbia, e l'altalena deserta dondola, come spinta dai fantasmi. Anche i tubi del castello sembrano deformati, e gli alberi mi ricordano la foresta malvagia di una fiaba oscura.

Scommetto che il parco giochi originale non era così. Le emozioni di Bernard stanno alterando l'ambiente circostante.

Lui stesso sta camminando verso un'altalena basculante, tenendo per mano due bei bambini: una femminuccia ai primi passi, e un maschietto un po' più grande.

Hmm. Non c'era alcuna traccia di una famiglia, quando ho fatto irruzione nel suo appartamento.

"Papà, devo fare la pipì." La bambina saltella da un piede all'altro.

"Anch'io" aggiunge il bambino. "E io vado per primo."

"No, prima io." Rivolge al fratello uno sguardo autoritario. "Le principesse per prime."

Continuano a bisticciare, mentre Bernard li guida verso il bagno del parco. *Un bagno pubblico.* Disgustoso. L'impianto idraulico privato a base di acqua è già abbastanza orribile.

Fluttuo a qualche passo di distanza alle loro spalle. Anche se questo sogno potrebbe facilmente essere un'invenzione (generata, ad esempio, dal dispiacere inconscio di Bernard per non aver mai formato una famiglia), grazie ai miei poteri conosco la verità senza ombra di dubbio: questo sogno si basa su un ricordo. Tutti i circoli di traumi da me incontrati rappresentavano dei ricordi, anche se, in teoria, un giorno potrei imbattermi in un sogno che altera troppo il ricordo. Se dovesse accadere, userei i miei poteri per estrapolare la verità, nella speranza d'interrompere così il circolo.

Quindi è un ricordo... ma a quando risale? Manca la cicatrice sulla fronte di Bernard, quindi si può ritenere che debba essere passato un po' di tempo.

"Non riesco più a tenerla" dice il bambino, quando raggiungono il bagno.

La bambina inizia a piangere.

"Sei proprio infantile" commenta il bambino.

Lei batte un piede per terra, e piange più forte.

"Andiamo." Bernard li trascina nel bagno degli uomini.

Oh, l'odore… la vista… i *germi*. Pom aveva ragione a scomparire; questo potrebbe traumatizzare una persona per tutta la vita.

Le pareti iniziano a chiudersi.

Accidenti, sto cambiando il sogno involontariamente. Non è un bene. Se Bernard si accorgesse della mia influenza, potrebbe svegliarsi.

Chiudo gli occhi. È solo un sogno, colorato per di più dalle emozioni di Bernard. Nessun germe può infettarmi qui. Considero questa esperienza come una terapia di esposizione per me stessa, un po' come quello che faccio con i clienti che soffrono di fobie.

Sì, è così.

Le pareti del bagno tornano alla normalità, ma per sicurezza, disattivo l'olfatto.

Fratello e sorella stanno ancora litigando. Visibilmente frustrato, Bernard aiuta il bambino ad espletare le proprie faccende in un basso orinatoio, quindi trascina la bambina in lacrime in uno scompartimento. La mia nebulosa presenza li segue, poiché questo è il sogno/ricordo di Bernard, e posso solo rivivere le sue azioni.

Oltre al pianto, sento una nuova presenza entrare in bagno.

Il bambino strilla.

Bernard rimane pietrificato per un attimo, poi apre la porta dello scompartimento con un calcio, appena in tempo per vedere la schiena di un uomo che si precipita fuori dal bagno.

Il bambino è sparito.

Stavolta, le pareti cominciano a chiudersi a causa di Bernard. Afferrata la bambina isterica come un sacco, corre fuori dal bagno, e si guarda freneticamente intorno nel parco giochi. Scorge l'uomo all'ingresso.

"Fermo!" grida. "Riportalo indietro!"

Il rapitore si getta verso un'auto parcheggiata accanto a un idrante, getta il bambino sul sedile posteriore, e si mette al volante con un balzo.

Bernard lo insegue di corsa, ma la gomma degli pneumatici si sta già scaldando. "Qual era la targa?" grida Bernard alla bambina tra le proprie braccia.

Lei piange istericamente.

L'agonia sulla faccia di Bernard, pallido come un lenzuolo, è dolorosa da guardare.

"Bailey" mi dice una voce familiare nell'orecchio. "Sono lì."

Accidenti, non ho ancora finito. C'è dell'altro, me lo sento. Ma la pressione sul mio braccio non ha nulla a che fare con il sogno, e mi brucia la guancia, come se mi avessero dato uno schiaffo.

Come un palloncino che scoppia, la mia trance da

camminatrice dei sogni si spezza, e apro gli occhi nel mondo della veglia.

Un uomo pallido, con la faccia da faina, mi dà un ceffone sull'altra guancia, talmente forte, da farmi barcollare all'indietro, e per poco, non cado addosso a Bernard addormentato.

Nel sentire la baraonda (o più probabilmente, svegliandosi dall'incubo), Bernard apre gli occhi e vede la stessa scena che sto fissando io.

Una stanza piena di vampiri.

CAPITOLO CINQUE

GLI OCCHI del vampiro che mi ha dato lo schiaffo si trasformano in specchi, nel catturare lo sguardo di Bernard.

"Andrai in cucina, e ti siederai per dieci minuti" dice con voce mielosa e un leggero accento scozzese. "Poi, dimenticherai che siamo stati qui. Intesi?"

"Sì" risponde Bernard nel tono robotico, che le persone tendono ad usare sotto l'effetto della malia. "Ci andrò."

"E dimenticherai" aggiunge il vampiro.

"E dimenticherò." Offrendoci una breve vista del suo corpo peloso senza alcun pudore, Bernard si dirige con passo pesante verso la propria destinazione.

Faccio del mio meglio per tenere sotto controllo il battito galoppante. "Di che cosa si tratta?" Prendendo il disinfettante per le mani, ne applico una quantità generosa sulle guance prese a schiaffi, e sul braccio che mi hanno toccato. Chissà dove possono essere finite le mani di quel vampiro? "Ero impegnata in qualcosa."

"Siamo qui a nome del Consiglio" dichiara il più alto del gruppo, un esemplare insolitamente poco attraente della sua specie. Ha un naso aquilino sopra una bocca sottile e all'ingiù, e capelli castani flosci e apparentemente unti. Tuttavia, gli occhi chiari esprimono una profonda intelligenza.

"Probabilmente, è vero" sussurra Felix. "Lui è Kain, il nuovo capo degli Esecutori. Me lo ricordo grazie a *Legacy of Kain*. Assomiglia perfino un po' al tizio di quella serie di giochi."

Direi a Felix di chiudere il becco, ma non voglio rendere nota la sua presenza. Non c'è motivo di farlo risultare come mio complice.

"Perché il Consiglio vuole vedermi?" chiedo in un tono così calmo, che sorprende perfino me.

"Parlerai solo quando ti verrà chiesto" ringhia il vampiro che mi aveva dato uno schiaffo.

"Non c'è bisogno di essere scortese, Firth" dice Kain al suo lacchè. Sposta gli occhi chiari su di me. "Temo che dovrai comparire davanti al Consiglio, per saperne di più."

Conto almeno una dozzina di vampiri intorno a me. Non va bene. "Devo proprio?"

"Se vuoi vivere" risponde Kain senza emozione.

"Okay, allora. Muoio dalla voglia di andarci, immagino."

Inclina la testa. "Posa il contenuto delle tue tasche sul letto."

Per un fugace momento, penso di fuggire combattendo. Altrimenti, perché avrei imparato tutte quelle arti marziali nei sogni di famosi maestri? Il problema è che i vampiri sono molto più forti e veloci, e in netta superiorità numerica, per di più.

Senza guardare Pom, per non rivelare loro che è una creatura di contrabbando proveniente da un altro mondo, tiro fuori la granata soporifera, lo smartphone della Terra, il dispositivo di comunicazione di Gomorra e la fiala di sangue di vampiro diluito. Poso tutto con circospezione sulle lenzuola spiegazzate, che trattengono ancora il calore di Bernard.

"Dovrei perquisirla" afferma Firth... con troppa bramosia, a mio parere.

"No" risponde imperiosamente Kain. Si avvicina a lunghi passi, per curiosare tra i miei oggetti, e punta subito sul dispositivo di comunicazione di Gomorra. "Questa è tecnologia delle Altre Terre. È vietato portarla sulla Terra."

"Oops." Storco la bocca. "Non l'ho mostrato ad alcun cittadino locale, lo giuro."

Kain fa un cenno del capo a Firth, e il magro vampiro schiaccia il dispositivo con una mano, infilandosi in tasca i frammenti rotti. Che stronzo. Sono felice di non essermi portata da casa la mia costosa bacchetta igienica. I disinfettanti per le mani della Terra sono infinitamente peggiori in quanto all'eliminazione dei germi, ma almeno non dovrebbero essere confiscati.

Sto per rimbeccare Kain per aver distrutto una mia

proprietà (nemmeno quei dispositivi sono proprio a buon mercato), ma Felix mi sussurra nell'auricolare: "Ti ha fatto un enorme favore. Se il Consiglio ti beccasse con quello, finiresti in un grosso guaio... beh, più grave di quello in cui ti sei già cacciata."

D'accordo. Forse ha ragione. Essendo un nativo della Terra, Felix conosce tutte le stupide regole di questo posto molto meglio di me.

Kain esamina il mio telefono, prima di focalizzarsi sulla granata.

"Un supporto per il mio lavoro" mi affretto a spiegare. "Addormenta le persone."

Ripone la granata e raccoglie la fiala. Dopo averla stappata, l'annusa e mi guarda con un sopracciglio sollevato.

Sento il sangue affluirmi al viso. "Non è per quello che pensi."

Il suo sopracciglio s'inarca ancora di più.

"Lo uso solo per scacciare il bisogno di dormire."

Il suo sopracciglio si ricompone. "Pensavo che perfino i camminatori dei sogni avessero bisogno del sonno, per sopravvivere."

Mi stringo nelle spalle, soffocando il desiderio di sottolineare quanto sia ironico, se un vampiro mi fa la predica sul consumo di sangue.

"Quelli, puoi riprenderteli." Kain indica il letto.

Disinfetto il telefono, la fiala e la granata, prima d'infilarmeli di nuovo in tasca. Di questo passo, potrei aver bisogno di un'altra boccetta di disinfettante, a meno che non mi uccidano presto, rendendo questo punto irrilevante. E dato che sto già seguendo questa morbosa concatenazione di pensieri, spero che sterilizzino la spada o l'ascia con cui intendono decapitarmi, un po' come gli esseri umani con gli aghi per le iniezioni letali. Una cosa è certa: questi vampiri non sarebbero affatto disposti a sostare in una farmacia, per comprare altro disinfettante per le mani, nemmeno se si trovasse lungo la strada.

Firth incrocia il mio sguardo con i suoi occhi piccoli e luminosi, e con la bocca mima qualcosa, che sospetto significhi *puttana per il sangue*: un termine dispregiativo per una persona dipendente dai vampiri, cosa che non sono. Spero.

In ogni caso, è ufficiale: d'ora in poi, Firth sarà Filth, anche se, forse, lo chiamerò così solo alle sue spalle, per sicurezza.

"Che cosa c'era in quella fiala?" sussurra Felix.

Lieta del fatto che la soluzione diluita assomigli più all'acqua che al sangue, ignoro la domanda. Non è che io sia in grado di rispondergli, comunque.

I vampiri mi scortano in una limousine, e percorriamo nella notte le strade di Manhattan alla velocità di una macchina da corsa.

"Mi sono collegato al GPS della limousine" m'informa Felix. "Sono diretti al castello del Consiglio, proprio come hanno affermato."

Buono a sapersi. Basterebbe solo stabilire se si tratti di una buona o una cattiva notizia.

Dato che Felix non aggiunge altro, indirizzo lo sguardo oltre il finestrino dell'auto, per restare sana di mente. Stiamo oltrepassando Times Square, una delle zone più trafficate della città. Pur non essendo paragonabile nemmeno alla strada più tranquilla di Gomorra, il trambusto mi fa sentire a casa. Ma su Gomorra non abitano esseri umani... e tutte queste persone lo sono.

È sbalorditivo. I Conoscenti rappresentano meno dell'un per cento della popolazione terrestre, ma in base alle mie conoscenze sugli Homo Sapiens di questo mondo, se sapessero di esseri dotati di poteri simili ai nostri, ci vedrebbero come una minaccia e agirebbero di conseguenza. Non so se ci catturerebbero a scopo di vivisezione, o se semplicemente ci spazzerebbero via, ma sono sicura che l'esito non sarebbe divertente. Per questo motivo, teniamo la nostra esistenza rigorosamente segreta, al punto da costringerci al silenzio con una barbarica pratica chiamata il Mandato, che decreta la morte di chiunque sia abbastanza stupido, da spifferare qualcosa sui Conoscenti in mondi avanzati dominati dall'uomo, come la Terra.

Forse, è quello che vogliono i vampiri. Sono stata in questo mondo abbastanza a lungo, da aver bisogno dello stupido Rito del Mandato? Pensavo fosse necessario richiederlo... e avere l'intenzione di stabilirsi sulla Terra, per di più. Dubito che si verrebbe scortati alla cerimonia come dei VIP.

Felix sbadiglia nell'auricolare. Potrei strozzarlo in questo momento. Sentire riaffiorare i sintomi della privazione del sonno è l'ultima cosa di cui ho bisogno.

Sbadiglia di nuovo.

Adesso basta. Infilo la mano in tasca, tiro fuori il telefono e furtivamente digito: *Vai a farti un pisolino.*

"Che cosa?" esclama Felix. "Non ho intenzione di..."

Per favore, digito. Nascondo il telefono, prima che Filth mi veda e lo spacchi, come ha fatto con il dispositivo di Gomorra.

"Sicura?" mormora il mio amico.

Girandomi per non farmi vedere dai vampiri, mostro i pollici all'insù alla videocamera sul colletto, e unisco le mani come in preghiera.

"Ok, d'accordo" sussurra. "Se davvero ti stanno portando dal Consiglio, non posso fare molto per te, comunque."

Fantastico. Adesso, sono decisamente più calma.

Quando arriviamo fuori città, decido che Bernard ha avuto abbastanza tempo per rimettersi a letto. Ciò significa che posso tornare nei suoi sogni, terminare il lavoro, ed inviare un'e-mail a Valerian con il numero di conto dell'ospedale della mamma, a Gomorra. Spero che paghi lo stesso, anche se sarò morta. In ogni caso, spero di sopravvivere. Il ricavato di questo lavoro coprirà solo le fatture rimaste in sospeso, non il suo futuro soggiorno.

Ma basta con le preoccupazioni.

È giunto il momento di camminare nei sogni.

Esistono molti modi per entrare nei sogni. Il metodo classico è quello di addormentarmi io stessa, e potrebbe essere difficile a causa del sangue di vampiro che ho ingerito e di tutto questo timore esistenziale. La strategia che ho usato più spesso, ultimamente, è quella di toccare un dormiente... come i miei clienti legittimi in terapia, gli obiettivi di lavoro illegali come Bernard, e più spesso, Pom, il looft che porto al polso.

Abbasso furtivamente una mano verso Pom. L'ultima cosa che voglio è attirare l'attenzione sulla sua esistenza. Come looft, Pom trascorre il novantanove per cento della propria vita nella fase REM, fornendomi un accesso al mondo dei sogni, che è sempre a portata di mano. Beh, quasi sempre: in occasioni molto rare, è sveglio. Ma non sarebbe possibile stabilirlo, osservandolo nel mondo della veglia. Qui, malgrado tutto, è un braccialetto di pelo.

Accarezzandolo per calmare me stessa, mi concentro sull'intenzione di entrare nel suo sogno.

Proprio come quando tocco qualsiasi altro dormiente, i miei muscoli si tendono e si rilassano, percepisco l'odore di ozono, e provo la sensazione di cadere, mentre la limousine intorno a me si oscura, e il mondo della veglia svanisce.

CAPITOLO SEI

MI RITROVO ancora una volta nel palazzo dei sogni. Fantastico. I vampiri non se ne accorgeranno nemmeno: c'è un motivo, se porto al polso quello che è sostanzialmente un parassita vivente.

"Che cosa?" Pom compare davanti a me, nella più rabbiosa sfumatura di rosso che abbia mai visto. "Non posso credere che tu abbia usato quella parola con la P."

Rendo i miei capelli e occhi ancora più fiammeggianti. "Quante volte devo chiederti di non ficcare il naso nei miei pensieri? Ti è consentito essere turbato solo quando pronuncio qualcosa di cattivo con la bocca."

"Ma un *parassita*?" Le punte delle sue orecchie passano dal rosso al blu. "Io sono un simbionte."

"Certo." Volo verso l'alto, e mi dirigo verso la torre dei dormienti. "Come vuoi tu."

"Devi esserne convinta." Sfreccia davanti a me, e le sue orecchie ridiventano rosse.

"Se insisti con questa discussione, ti chiedo una cosa: sono o no la tua fonte di cibo?"

"Per così dire. Prelevo le sostanze nutritive dal tuo flusso sanguigno."

"E dove vanno a finire i tuoi sottoprodotti del metabolismo?". Anche mentre pongo la domanda, fremo di fronte alle immagini che essa richiama.

Pom assume una sfumatura più pallida. "Vuoi dire come i peti e la cacca? Non credo di fare queste cose, ma in caso contrario, immagino che finirebbero nel tuo flusso sanguigno. Ma il tuo fegato..."

"Non è lì per salvarmi dalla cacca dei looft, ne sono sicura. In ogni caso, come definiresti una creatura che vive alle spalle di qualcuno in questo modo?"

Si muove rapidamente intorno a me. "Se fosse inutile, come un acaro, faresti bene a chiamarlo parassita. Ma se il nobile essere offrisse all'ospite dei benefici, allora sarebbe un simbionte."

"Benefici?" Volo oltre la scala. "E quali? Oltre a riempirmi gli occhi con la tua tenerezza estrema, e aiutarmi ad entrare nel mondo dei sogni... tutte cose per cui potrei ipoteticamente usare un koala. Sapevi che i koala dormono fino a ventidue ore al giorno? È solo un'ora e cinquantacinque minuti in meno rispetto a te."

Sbuffa. "Non puoi portare un koala da un mondo all'altro. E faccio più cose per te di quanto pensi. Ti aiuto a rimanere magra quando consumi troppe calorie e..."

"Aspetta." Rallento per guardarlo nei suoi grandi

occhi schietti. "Stai dicendo che ho l'abitudine d'ingozzarmi?"

"Beh… ti aiuto anche a regolare l'appetito."

Ah. Questo spiegherebbe perché, ultimamente, non abbia avuto molta fame. "Non lo sapevo."

Gonfia il petto. "Ci sono molte cose che non sai dei looft."

"Hai vinto tu" dico, soprattutto perché abbiamo raggiunto la torre e devo concentrarmi su Bernard. "Sei un simbionte." Sottovoce, aggiungo: "Come i batteri intestinali."

"Ti ho sentita" brontola Pom, mentre fluttuo sopra la nicchia di Bernard. "Ma sai una cosa? Tutti voi Conoscenti siete dei parassiti in fatto di umani. Non avreste alcun potere, se non fosse per la fede che ripongono in voi. Non potreste..." Vedendo la mia espressione mortificata, s'interrompe. "Mi dispiace. Era una cattiveria."

Chiudo la questione con un gesto. "No, chiamami pure parassita, se vuoi. Speravo solo di finire il lavoro." Osservo delusa il letto vuoto di Bernard.

"Oh, già, non sta più dormendo" nota Pom. "Ricontrolla tra qualche ora. Sono sicuro che tornerà in seguito."

Faccio del mio meglio per scacciare un pensiero simile a *sempre che mi rimanga un seguito.* Non c'è bisogno di preoccuparsi di quel tizio.

Pom inclina la testa verso di me. Ha davvero captato quel timore?

Prima che possa farmi delle domande, e avendo

bisogno di calmarmi, mi libro in volo, e mi dirigo verso una parte adiacente dell'edificio.

Il pelo di Pom assume una tonalità dorata, quando si rende conto della mia destinazione. "Quale ricordo rivivrai stavolta?" mi chiede con impazienza, svolazzandomi intorno.

"Non ne sono ancora sicura."

Con la mia galleria dei ricordi, il cui scopo è simile agli album di fotografie della Terra e ai video in realtà virtuale di Gomorra, è più facile immergermi in un sogno basato su un ricordo molto caro. Ogni quadro al plasma appeso in quel luogo cavernoso, simile ad un museo, rappresenta un'importante istantanea della mia vita.

Fluttuo lungo le pareti, analizzando le varie immagini, finché non ne scelgo una.

"Questo?" chiede Pom, quando mi fermo accanto alla mia scelta.

"È il mio primo ricordo."

Le punte delle sue orecchie diventano color arancione chiaro. "Quanti anni avevi, quando è successo?"

"Sette, credo."

"Ed è questo il tuo primo ricordo?" Le sue orecchie hanno assunto un miscuglio di tonalità. "La maggior parte delle persone non ricorda gli eventi prima di quell'età?"

Cerco di non mostrare quanto mi turbi la sua domanda innocente. "Penso che per ognuno sia diverso. Ho sempre avuto l'impressione di non riuscire a ricordare alcune parti della mia infanzia... e la mamma non mi era d'aiuto, quando le chiedevo di colmare le lacune."

Un eufemismo. La maggior parte delle nostre liti nel corso degli anni la vedeva arrabbiarsi con me, per aver chiesto qualcosa sul passato, per esempio "Chi era mio padre?" oppure "Dov'è?".

Pom unisce le zampette. "Bene, allora, fa' quello per cui sei venuta qui."

"Tornerò presto" lo informo, e salto nel quadro.

CAPITOLO SETTE

SONO PIÙ BASSA DEL SOLITO. Il mio corpo risale all'età di sette anni, così come le mie emozioni... a meno che non interrompa il replay e rifletta da adulta, cosa che accade raramente.

La mamma è in bagno, e mi sto annoiando. Spiando un oggetto interessante sul comò della mamma, mi arrampico su una sedia e mi sollevo in punta di piedi per raggiungerlo.

È ruvido al tatto, a differenza di qualsiasi altro materiale che abbia mai toccato. È argilla? Non so perché conosca questa parola, ma sono abbastanza sicura che sia il materiale dell'oggetto: un vaso.

I segni delle mani su di esso sono ancora più interessanti. Ce ne sono quattro e appartengono a due bambini più piccoli. O ad un bambino che ha lasciato le impronte sul vaso due volte.

Mi sforzo di ricordare, di capire se siano le mie.

Niente.

"Che stai combinando?"

La voce della mamma mi fa trasalire, e mi cade il vaso.

Dopo l'urto contro il pavimento, va in pezzi, e i frammenti di argilla volano dappertutto, mentre i suoi occhi si spalancano dall'orrore.

Scendo dalla sedia a testa china.

La mamma s'inginocchia, tastando tra i cocci, mentre il viso le diventa rosso e pieno di chiazze, e gli occhi le si riempiono di lacrime.

Non voglio che pianga. "Mamma, mi dispiace tanto. È stato un incidente."

Sbattendo rapidamente le palpebre, mi abbraccia. "Va tutto bene, tesoro: era solo un oggetto materiale. Possiamo prenderne un altro." Ma la sua voce è tesa, e una lacrima mi cade sulla fronte.

Comincio a singhiozzare.

"No, no, tesoro, calma." Mi culla avanti e indietro. "Possiamo sempre fare un altro vaso."

Mi ritraggo, mentre il mio umore si risolleva. "Posso metterci le mie impronte?"

Sorride, anche se i suoi occhi continuano ad essere lucidi. "Certo."

Il sogno-ricordo si conclude, e riemergo dal quadro in un tumulto di emozioni.

Forse, non avrei dovuto scegliere quel ricordo specifico. Quando l'avevo rivissuto prima dell'incidente della mamma, mi aveva infuso conforto, tranquillità, come se le sue braccia mi stessero ancora stringendo. Oggi, invece, non ha fatto altro che intensificare il dolore sordo nel mio petto. Soffro per la mancanza della mamma. Nonostante tutte le nostre liti, è la mia unica famiglia, l'unica persona al mondo che mi ama in maniera incondizionata. Darei qualsiasi cosa per riportare indietro l'orologio e...

"Hai fatto un altro vaso, alla fine?" Pom mi danza intorno, e il suo pelo, dalla felice tonalità viola, dimostra che è rimasto fuori dalla mia testa, come promesso.

Accantono per sicurezza i pensieri cupi, e m'incollo un sorriso sulla faccia. Non è il momento di soffermarmi sulla mia famiglia, o sulla sua mancanza. "Più o meno" rispondo mentre spicco il volo, e torno verso la torre dei dormienti. "Il giorno successivo, la mamma mi aveva procurato un visore VR, così potevo creare centinaia di vasi... e quelli non si rompevano mai."

Pom accelera, fino a librarsi davanti a me. "Di chi erano le impronte sul vaso?"

Alzo le mani, e le immagino minuscole. "Le mie, forse. Potrebbero anche essere state quelle della mamma, quand'era piccola. Ha detto che non lo ricordava." Era la risposta alla maggior parte delle mie domande, in effetti... una risposta che odiavo, perché non aveva senso.

Perché essere così sconvolta per un vaso rotto, se non le suscitava alcun ricordo?

Pom deve aver percepito quell'ultimo pensiero. "Non si è messa a gridare, quando l'hai rotto" sottolinea per aiutarmi.

"No, infatti." Sospiro, mentre il dolore sordo ricompare. "Non urlava mai con me... a meno che non indagassi sul passato."

Ripensare a tutto questo genera in me l'incontenibile desiderio di dare un'occhiata alla mamma in ospedale. Se avessi fortuna, potrebbe esserci un modo... ma prima, devo occuparmi di Bernard.

Ma lui non è ancora tornato a letto, quando io e Pom raggiungiamo la torre.

A quanto pare, ho il tempo di andare a trovare la mamma.

Volo verso un'altra nicchia. *Centro*. Il dormiente di cui ho bisogno è lì. Sono fortunata oggi, se non si considera l'eventualità della mia morte.

"Chi è?" Pom atterra sul letto ed esamina la femmina di gargoyle, dall'estremità delle ali alla coda appuntita.

"Un'infermiera che ho trovato addormentata sul posto di lavoro, quando la mamma è stata ricoverata per la prima volta in ospedale. Ho stabilito un collegamento furtivo con lei, nel caso in cui avessi voluto dare un'occhiata alla mamma tramite i sogni."

"Ah." Pom mi salta sulla spalla. "Voglio venire con te."

Lo gratto dietro l'orecchio, poi rendo entrambi invisibili, ed entro nei sogni dell'infermiera.

———

LA GARGOYLE STA SOGNANDO l'ospedale: un altro pizzico di fortuna. Sta inserendo dati alla postazione degli infermieri, e tiene la testa china.

Intercettando un momento in cui la sua attenzione è focalizzata sullo schermo, modifico l'ambiente, in modo tale che corrisponda alla stanza della mamma.

È un luogo che sono arrivata a detestare. Lì, le macchine svolgono ogni compito respinto dal cervello della mamma, dalla respirazione al nutrimento.

Le zampe di Pom mi stringono la spalla in modo rassicurante.

Quando l'infermiera solleva lo sguardo dallo schermo, il suo subconscio completa i dettagli del sogno... usando i propri ricordi, il che è un vantaggio per me.

"Ciao, Lidia" dice l'infermiera, avvicinandosi al letto della mamma.

La mamma non risponde. Vista la mancanza di attività cerebrale, è una domanda filosofica se abbia effettivamente sentito le parole dell'infermiera.

L'infermiera le solleva una gamba. "Che ne dici di fare un po' di esercizio?" Continua a muovere la mamma come una bambola.

Certo. Essendo costretta a letto per così tanto tempo, i suoi muscoli si stanno atrofizzando, o lo farebbero, se non fosse per l'intervento dell'infermiera. Provo una stretta al petto. Ecco perché ho bisogno di soldi, perché devo sopravvivere.

Ed è lo stesso motivo per cui dovrei almeno portare a termine il lavoro di Valerian.

Uscita dal sogno dell'infermiera, do un'occhiata a Bernard.

Non è ancora tornato.

Vado di nuovo nella galleria, dove rivivo un ricordo per scacciare dalla mente la stanza dell'ospedale. In questo ricordo, sto spegnendo le candeline di una torta per il mio nono compleanno, e a differenza dell'incidente del vaso, alla fine non peggiora il mio stato d'animo.

Quando torno a controllare Bernard, non c'è ancora.

L'aspetto di Pom riassume la forma di uno Stregatto. "Non è Felix quello?"

Osservo una nicchia vicina. Esatto. Il mio amico, dopotutto, si è addormentato.

Anche se gli ho chiesto io di farlo, una parte di me pensava che avesse difficoltà ad addormentarsi, mentre mi trovavo in pericolo. Ma d'altro canto, devono essere le quattro del mattino, e a differenza di me, lui non ha bevuto sangue di vampiro.

Fluttuo sopra la nicchia in cui sta sonoramente russando, con i capelli scuri ancora più arruffati del solito. Come me, Felix deve sconcertare chiunque cerchi d'indovinare la sua etnia sulla Terra, anche se, a differenza di me, discende da una lunga stirpe di Conoscenti terrestri e assomiglia, di fatto, agli umani del suo paese natio, l'Uzbekistan. Se dovessi descriverlo ad un collega di Gomorra, direi che assomiglia ad un elfo smilzo e abbronzato, ma molto più peloso e senza le orecchie a punta.

"Forse, ti conviene restarne fuori" informo Pom. "Ha affrontato un bel po' di prove."

Pom si allontana prontamente, e s'immerge nell'attività che svolge quando non mi assilla. Bene. In realtà, lo voglio allontanare in modo tale che io e Felix possiamo parlare liberamente del pericolo che sto per affrontare.

Assicurandomi di essere ancora invisibile, allungo un dito per toccare Felix proprio sopra il monosopracciglio. Una volta stabilito il collegamento, balzo nel suo sogno.

CAPITOLO OTTO

MI RITROVO in un magazzino abbandonato, dalle finestre rivolte verso l'Empire State Building. Ah. Esistono magazzini in questa zona di New York? Da qualche parte alla mia destra, una ragazza emette urla acute, e sono felice di non avere dei timpani reali.

Mi volto per vedere cosa sta succedendo. Un folletto con la bava alla bocca ha afferrato la fidanzatina di Felix tra le zampe pelose, mentre una decina di altri folletti cerca di strapparla dalle sue grinfie. Povera ragazza. Con i corpi pelosi, le corna e i piedi ungulati, i folletti assomigliano molto alle immagini dei satiri e dei demoni di questo mondo, ma con denti simili a quelli degli squali. Su Gomorra, i folletti hanno la peggiore reputazione tra tutte le creature, in parte a causa della negatività con cui li dipingono i media, ma soprattutto perché amano stuprare, uccidere e divorare le proprie vittime... e non sempre in quest'ordine.

In altre parole, la fidanzata di Felix è fritta.

"Aiutami, Neo Golem!" grida con una voce sorprendentemente fluida, nonostante le urla. "Sei la mia unica speranza."

Ma davvero?

In risposta al suo appello, la porta del magazzino esplode in mille pezzi, e una figura imponente entra con gran fracasso.

Ah, giusto. Quando Felix era rimasto coinvolto nell'impresa di salvare il mondo, insieme alla nostra amica gnoma, aveva messo a punto una tuta robotica per se stesso. Avendo letto troppi fumetti della Terra, ovviamente, in particolare *Iron Man*, Felix aveva realizzato questo progetto... e scelto perfino un nome da supereroe: Neo Golem.

Il robot si lancia sul folletto più vicino, ad una velocità di cui una mole simile non dovrebbe essere capace. Afferrando il folletto per il corno sinistro, lo scaglia fuori dalla finestra, e la creatura va a sbattere contro l'Empire State Building.

I folletti lasciano andare la ragazza e accerchiano Felix.

Quest'ultimo colpisce con un braccio robotico lo stomaco del folletto che aveva agguantato la sua fidanzata, scaraventando la creatura contro il muro. Essa scivola giù, in un mucchio di ossa rotte.

Un folletto più grande trafigge la spalla di Felix con un corno dalla durezza di un diamante, squarciando il metallo come carta stagnola. Ma quando lo estrae, non c'è alcuna traccia di sangue. Deve aver mancato la carne di Felix. Questo è un bene. Da quel che ricordo, il mio amico sviene alla vista del sangue, specialmente il suo.

Mentre guardo, Felix contrattacca con un calcio, lanciando l'aggressore contro i suoi fratelli, che crollano come birilli.

"Sì!" grida Felix. "Non si scherza con Neo Golem."

Il petto del robot si apre. Nel punto in cui ci sarebbero stati i capezzoli di Felix, emergono due gigantesche pistole, che sparano addosso agli ultimi folletti.

Dopo una spettacolare esplosione, Felix rimane da solo con la fidanzata in lacrime.

Ma guarda. So che l'ultima parte dell'attacco era basata su un ricordo vero di alcuni combattimenti a cui Felix ha preso parte. Provo la tentazione di verificare, ma sono qui per un motivo diverso.

Felix si libera della tuta robotica, e si avvicina alla ragazza a lunghi passi.

Ora, questa parte è chiaramente pura invenzione; il suo corpo nudo è molto più muscoloso di quello che avrebbe avuto nel mondo della veglia.

Si baciano. Oh, cielo. Se non intervenissi subito, scoprirei quasi certamente il modo a luci rosse in cui questa damigella intende ricompensare il proprio principe azzurro.

Dopo essermi resa visibile, mi schiarisco la gola.

La testa di Felix scatta verso di me. Mentre mi osserva il viso e i capelli fiammeggianti, i suoi occhi si spalancano, assumendo le proporzioni di piattini da caffè, letteralmente... cosa possibile solo in un sogno.

Riporto prontamente i capelli alla normalità, e con un gesto della mano, vesto Felix con dei jeans e una T-shirt. "Sono io, Bailey. Ti ho chiesto di fare un pisolino per parlare, ricordi?"

Felix guarda me e la sua fidanzata. Per assicurarmi che lei non lo distragga, la faccio scomparire.

Felix si sfrega gli occhi. "Che diavolo sta succedendo?"

"Si tratta di un sogno" rispondo pazientemente.

A giudicare dall'espressione, non sembra convinto, perciò modifico l'ambientazione, richiamando il luogo in cui svolgo abitualmente la terapia del dialogo: una soffice nuvola che fluttua sopra un oceano rilassante.

"Un sogno?" Felix si abbandona sul divano bianco di peluche, che ai miei pazienti piace usare.

"E irrealistico, per di più." Mi appollaio su una comoda sedia ricoperta di pile, che mi compare puntualmente sotto il sedere. "Pensaci. Il magazzino era a Manhattan, come sulla Terra, ma non esistono i folletti sulla Terra. Inoltre, i folletti avrebbero potuto uccidere prima la ragazza... e l'avrebbero fatto... attaccandoti in seguito. E quella frase, *Sei la mia unica speranza...* Chi la pronuncerebbe, al di fuori di *Star Wars*?"

Gli leggo la comprensione negli occhi.

"Non prendertela. Io mi occupo di sogni, dopotutto."

Rotea la testa da un lato all'altro, osservando i dintorni. "Irreale. Non ne avevo proprio idea."

"È difficile mettere in discussione la realtà dei sogni." Lascio che le fiamme sostituiscano di nuovo i miei capelli.

Sembra pieno di soggezione. "È come essere in *Matrix*."

Oh, merda, il suo film preferito. Mi sommergerebbe di chiacchiere, se non cambiassi argomento. "Volevo chiederti di questo Consiglio che mi ha rapita. Pur avendo una vaga idea del suo funzionamento, qualche dettaglio in più mi tornerebbe utile."

"Aspetta." Raddrizza la schiena. "Come sei entrata nei miei sogni? Ti trovi in quella limousine con i vampiri."

Speravo che non facesse domande in proposito. "Avevo già stabilito un collegamento con te."

"E quando?"

Sospiro. "Ricordi quando ti sei addormentato, durante quel corso di progettazione di videogiochi che abbiamo frequentato insieme?"

"Nooo…"

"Beh, così è stato." Modifico l'ambiente intorno a noi, adattandolo all'aspetto di quell'aula, in modo tale che possa vedere ciò che avevo visto quel giorno: la sua testa sul banco e un po' di bava all'angolo della bocca. "Vedi come si muovono a scatti i tuoi occhi? È la fase REM. Un'occasione troppo ghiotta per lasciarmela scappare." Imito il gesto di toccargli la fronte.

Naturalmente, in quel momento, non mancava un disinfettante per le mani.

"E quindi, ti sei infilata nel mio sogno senza il mio permesso?" Alza la voce, e temo che possa cercare di opporsi al mio controllo del sogno... cosa che posso combattere, ma preferirei non farlo, soprattutto con un amico.

"È successo subito dopo il momento in cui mi avevi hackerato il portatile, prendendo in giro il mio progetto" gli ricordo.

"È diverso. Questa è un'invasione della privacy molto più grave."

"Hai cominciato tu."

Si stringe il naso tra le dita. "Va bene. Che cosa volevi sapere del Consiglio?"

"Tutto quello che puoi dirmi. Fa' finta che io non ne sappia niente."

"D'accordo" risponde in tono saccente. "In tal caso, i Consigli sono una forma di governo. Il loro obiettivo principale è garantire che i Conoscenti non si rivelino agli esseri umani."

"Okay, magari non proprio ad un livello per principianti." Mi alzo per camminare avanti e indietro sulla nuvola.

"Allora, non so che cosa dirti."

"Qualcosa che mi possa aiutare, forse?"

Ci riflette per un attimo. "I Consigli sono composti dai più potenti Conoscenti della regione che coprono. Il Consiglio di New York è uno dei più potenti sulla Terra."

Roteo gli occhi. Non sarà una faccenda rapida. "E quindi?"

"Quindi, non farli arrabbiare."

"Questo mi è di enorme aiuto, grazie. Vuoi impartire altre perle di saggezza?"

Corruga il monosopracciglio. "Beh, sì. Pensaci: il fatto stesso che gli Esecutori ti stiano portando dal Consiglio è una buona notizia."

"Eh?"

"Senza il Mandato, la tua posizione nella nostra comunità è, nel migliore dei casi, incerta. Avrebbero potuto ucciderti su due piedi, e nessuno avrebbe detto bah."

Interrompo il mio andirivieni. "E che forma di governo."

"Prima di andare a dormire, ho provato ad usare i miei poteri, per capire che cosa volessero. Purtroppo, i loro computer non sono connessi alla rete internet degli umani."

Ha cercato di hackerarli? Ma è pazzo? "Non fare qualcosa che li spinga a venire a cercare te, la prossima volta."

"Niente che io *possa* fare, comunque." Mi studia. "Non hai proprio idea di che cosa vogliano?"

"Assolutamente no. Conosco solo un paio di persone di questo Consiglio, e la più potente non si trova nemmeno sulla Terra, al momento." Mi passo le dita tra i capelli di fuoco, sprizzando scintille ovunque. "C'è Kit... la mutaforma, hai presente? Ci siamo conosciute al centro di riabilitazione in cui lavoro.

Penso di piacerle, e siede nel Consiglio. Forse mi può aiutare? Dubito che ci sia lei, dietro a tutto questo."

Felix annuisce. "Kit è una brava persona."

Mi sforzo di ricordare qualunque altro membro del Consiglio. "Ehi, forse è..."

Prima di terminare la frase, Pom compare accanto a me, con il pelo color arancione chiaro.

Gli occhi di Felix, ancora una volta, si spalancano fino ad una misura improbabile. "Che cos'è *quello*?"

"Ti avevo parlato di Pom." Di fronte allo sguardo vuoto di Felix, spiego: "Il mio looft."

"Il bracciale di pelo?" Felix mi osserva il polso, attualmente disadorno.

Sogghigno. "Pom ha questo aspetto, qui dentro."

Lui piega le gambette paffute in un inchino. "Piacere di conoscerti, Felix. Questo sogno non è così terribile come l'ha descritto Bailey."

Felix lo esamina, guardingo. "Grazie... Credo."

"Credo che ti convenga svegliarti, adesso" lo informo.

"Ma..."

"Non c'è motivo di annoiare Pom con i nostri problemi" sottolineo.

Una vera lampadina compare sopra la testa di Felix; non so bene se si renda conto di averla inavvertitamente evocata. "Ho capito. Ma prima di andare, puoi mostrarmi qualcosa di figo sui sogni?"

Sorrido e schiocco le dita, trasportandoci nel mio palazzo.

Felix si guarda intorno, impaziente. "Figo... Mi

ricorda il castello di Peach di *Mario*, ma ispirato ad Escher e Salvador Dalí."

Afferro a mezz'aria un orologio a forma di triangolo di Penrose, e lascio che si fonda nella mia mano. "Non ci sei andato lontano. Ho modificato un po' questo posto, dopo il corso. La progettazione di videogiochi mi ha migliorata molto, come camminatrice dei sogni."

Felix alza lo sguardo verso il soffitto, una parte del palazzo così antica, che non ricordo nemmeno di averla creata. Composta da vetro multicolore, è un mosaico raffigurante un mandala a forma di bersaglio per il tiro con l'arco. Poi, fissa le pareti e il pavimento. "Che cos'è questa folle combinazione di colori?"

Sogghigno. "Si chiamano 'colori proibiti', perché le loro frequenze di luce si annullano automaticamente a vicenda nei nostri occhi. Ma qui, non stiamo realmente vedendo con gli occhi, perciò rosso-verde e blu-giallo: così immagino quelle sfumature. Sto pensando di aggiungere anche toni ultravioletti e infrarossi."

Desiderosa di dare ulteriori dimostrazioni, ci guido nella galleria dei ricordi, e ne spiego l'utilizzo.

Felix osserva con invidia il quadro di una festa di compleanno a sorpresa, che la mamma mi aveva organizzato quando avevo compiuto dodici anni. "Pagherei un milione di dollari per rivedere alcuni dei miei ricordi d'infanzia."

"Potrei esaudire il tuo desiderio" affermo. "Ma non oggi."

"Certo." Sogghigna. "Grazie per avermi mostrato questo."

"Dovresti portarlo alla torre dei dormienti" suggerisce Pom. "È il *mio* posto preferito."

Afferro Felix per una spalla, e lo accompagno in volo alla torre.

"Da sballo" esclama a bassa voce, nel vedere la nicchia con un'altra versione di se stesso addormentato, e un'altra variante di me stessa in piedi vicino a lui, con il dito sulla sua fronte.

"Questi siamo io e te nel sogno di Pom, il mio accesso al mondo dei sogni, in questo caso" spiego. "Adesso, siamo nello stesso luogo, più o meno, ma nel tuo sogno. Ecco il motivo dei corpi supplementari. Quando uscirò dal tuo sogno, sarò in quel corpo, e tornerò nel mio *vero* corpo in quella limousine, dopo che avrò finito nel sogno di Pom."

"Come ho detto, è da sballo." Alza lo sguardo, e socchiude gli occhi di fronte ad una nicchia che si trova al piano superiore. "Ehi, aspetta... Quella è Ariel?"

Merda. Dimenticavo che sono coinquilini. Col senno di poi, non avrei dovuto portarlo qui. E se Ariel non volesse che sappia che è una mia paziente?

"Devi svegliarti, davvero" affermo con insistenza. "Subito."

Intuisce la mia preoccupazione. "Oh, non ti preoccupare. Me l'ha detto, che la stai aiutando."

Gli rivolgo la mia migliore espressione impassibile. "Non posso né confermare, né negare."

"Beh, voglio comunque ringraziarti. Ariel ne ha passate davvero tante, e da quando è andata in riabilitazione, cominciando con le tue cure, ho notato dei progressi reali in tutti i suoi problemi."

Dentro di me, faccio una smorfia. "Per favore, non parliamo delle mie ipotetiche sessioni di terapia."

"Chiaro. Continua semplicemente a fare quello che fai. Non ho bisogno di sapere cosa."

Sospiro. "C'è altro?"

"Certo." Si guarda intorno di nuovo. "Come faccio a svegliarmi?"

"Devi desiderarlo."

Chiude gli occhi, cosa che non gli avevo detto di fare, e assume un'espressione sofferente... ma chiaramente, non si sveglia. Dopo pochi secondi, sempre più annoiata, lo spingo fuori dal mondo dei sogni con una piccola scossa dei miei poteri.

Entrambi i Felix brillano e svaniscono nel nulla. Da parte mia, la versione di me stessa del sogno di Felix svanisce, e mi ritrovo nel corpo accanto al letto vuoto, dove si trovava Felix un attimo fa.

Pom si alza in volo e atterra sul cuscino. "Allora. Adesso aiuterai Ariel?"

"Tanto vale che lo faccia." Mi dirigo verso la sua nicchia.

"Bene" afferma Pom. "Mi piace Ariel."

Certo che gli piace Ariel. Pom, dopotutto, è un maschio. Più o meno. Forse.

Su Gomorra, chiamiamo *uber* gli appartenenti alla specie di Conoscenti di Ariel. Non perché abbiano l'abitudine di fare gli autisti (le nostre auto sono dotate di guida autonoma), ma per i loro super-forza e superfascino. Il termine usato dai Conoscenti della Terra è *forzuti*, ed è stupido, perché le uber sono tanto forti quanto gli uomini, e perché questa etichetta non inizia nemmeno a descrivere la loro straordinaria bellezza.

Raggiunto il letto di Ariel, la osservo. Con i lucenti capelli scuri e la pelle leggermente abbronzata, è uno schianto perfino per una uber. Il suo viso, dal naso forte e dalla mascella finemente definita, è estremamente simmetrico, come se un programmatore di videogiochi avesse sudato per anni per realizzare una tale perfezione, e il suo corpo è ciò che gli umani sulla Terra definiscono 'un livello di bellezza impossibile'.

In realtà, sono felice che Felix l'abbia notata qui. Potrebbe essere la mia ultima occasione per fornire la terapia a qualcuno, e Ariel non è più solo una paziente ormai. È diventata un'amica.

"Rimani invisibile" ordino a Pom.

Annuisce, deluso.

Tocco la fronte di Ariel, liscia come una caramella fusa, e mi tuffo nei suoi sogni.

CAPITOLO NOVE

CON INDOSSO UN'UNIFORME MILITARE, Ariel sta correndo senza sforzo con uno zaino da cinquanta chili sulle spalle. Come al solito, è uno schianto, nonostante sia sudata, a viso scoperto e ricoperta di sporcizia.

Sono già stata in una versione di questo sogno. È un'eco dell'addestramento militare di Ariel.

"Ariel" chiamo piano.

Si arresta di botto ed estrae la pistola, con il panico negli occhi marrone scuro.

Per sicurezza, trasformo i proiettili in cotone. "Sono Bailey. Mi conosci."

"Sì" risponde, ancora palesemente disorientata. "Che cosa ci fai qui?"

"Stai sognando" le comunico.

Sembra confusa ancora per un istante, poi un sorriso si allarga lentamente sul suo volto. "Sono al centro di riabilitazione?"

"Non ne sono sicura. Sto facendo terapia da remoto, in questo momento, quindi non ho idea di dove si trovi il tuo corpo."

Trasporto entrambe nel mio spazio per la terapia tra le nuvole, sopra l'oceano, e prima che me lo chieda, trasformo i suoi vestiti nel suo tubino nero preferito.

Invece di sedersi sul divano, sposta il peso da un piede all'altro. "Allora… che cosa volevi fare oggi?"

Le rivolgo un sorriso tranquillizzante. "Rivolgo la domanda a te. Volevi sperimentare con i ricordi oppure…"

"No!" S'irrigidisce, come un cobra pronto a colpire. Poi si rilassa volutamente, e in tono più calmo chiede: "Possiamo proseguire con quella terapia di esposizione? Mi sembra di essere quasi pronta a stare vicina ai vampiri, senza diventare isterica."

Come pensavo: Ariel soffre di un profondo trauma che non è pronta ad affrontare. Le è successa una cosa terribile durante il servizio militare, un evento a cui ho assistito in un circolo di traumi, quando avevo cominciato a lavorare con lei per la prima volta. Ne ha bloccato i ricordi da sveglia. Ho cercato di persuaderla con le buone a ripercorrerlo, ma chiaramente non è pronta. Almeno, è disponibile ad affrontare *alcune* forme di terapia dei sogni. Non come altri miei pazienti… e sicuramente, non come la mamma.

Sospetto da sempre che la mamma abbia vissuto un evento traumatico, ma non so di cosa si tratti, perché non mi ha mai permesso di aiutarla in alcun modo. Al contrario: la sola idea che io cammini nei suoi sogni la manda in crisi. Quand'ero piccola, mi fece giurare di non entrare mai nei suoi sogni, e finora ho mantenuto la promessa. A volte, mi chiedo se sia venuta su Gomorra (un luogo privo di esseri umani e delle loro convinzioni, capaci di accrescere i poteri) per perdere completamente le proprie abilità di camminatrice dei sogni. Forse, i nostri poteri sono in qualche modo legati a qualsiasi cosa l'abbia traumatizzata.

A quest'idea, vengo pervasa dal familiare senso di colpa. La mattina dell'incidente della mamma, avevamo discusso proprio di questo. Ho detto cose di cui mi pento, e vorrei...

Ariel si schiarisce la gola.

"Scusa" dico, "con quale tipo di esposizione iniziamo?"

"Sangue" risponde, abbassando lo sguardo. "Mi sento coraggiosa oggi."

Non ha bisogno di aggiungere altro. La dipendenza dal sangue del vampiro è il motivo della sua presenza al centro di riabilitazione. L'aveva sviluppata dopo essere stata guarita da quella sostanza, cominciando poi ad usarla a scopo ricreativo, probabilmente come forma di automedicazione.

"Sangue sia." Ci trasporto in una stanza che ho usato qualche volta, plasmata in base ad un locale di Gomorra frequentato da appassionati del sangue di vampiro. Ci sono così tanti giochi e strumenti di tortura sessuali, che la si crederebbe un dungeon per il sadomasochismo. Incatenato ad una croce al centro della scena, c'è un vampiro, a cui faccio assumere le sembianze di Filth, come piccolo segno di ripicca.

Ariel prende un grande coltello e si avvicina a Filth. Mi tolgo dalla sua traiettoria e osservo.

"Sai che lo vuoi" esordisce Filth, in un tono molto più amichevole di quanto sia capace quello vero, secondo me. "Bevi da me."

A piccoli e cauti passi, Ariel si avvicina tanto, da aprirgli un profondo solco nell'avambraccio. Cerco di assicurarmi che il sangue sgorghi lentamente e, in mancanza di una parola migliore, in maniera allettante.

Ariel lo fissa, ipnotizzata. La imito anch'io. A volte, dato che uso il sangue di vampiro per scacciare il sonno, temo di sviluppare io stessa una dipendenza, ma finora mi sembra che sia tutto a posto. D'altra parte, anche se fossi dipendente dal sangue, dubito che sarei tentata da quello di Filth.

Il volto di Ariel esprime la sua agitazione mentale. Trattengo il respiro. Si chinerà per bere avidamente dalla ferita, come ha fatto nella maggior parte delle nostre sedute, oppure distoglierà lo sguardo, cosa che è riuscita a fare soltanto un paio di volte.

Con la fronte imperlata di sudore, distoglie lo sguardo dal sangue e viene verso di me.

"Ottimo lavoro." Le do un buffetto sulla spalla e ci riporto alle nuvole.

Ariel sembra ancora dubbiosa. "Qui va tutto bene, ma non so se riuscirei a resistere alla tentazione nel mondo reale."

Non riconosce abbastanza i propri meriti. "Secondo me, ci riusciresti. Sei..."

Il mondo intero trema.

"Apri gli occhi, stronza" tuona una voce che assomiglia a quella di Filth.

Iiih, non proprio adesso.

Uno schiaffo mi strappa dal mondo dei sogni, e mi ritrovo nella limousine, con Filth che torreggia su di me.

"Che cosa vuoi?" scatto.

"Non dovresti sognare" sibila.

"Non lo stavo facendo. Era una trance di meditazione."

"Non fare neanche quella."

Mi spalmo il disinfettante per le mani sulla guancia che brucia, e rivolgo uno sguardo accusatorio a Kain.

Il capo degli Esecutori si stringe nelle spalle. "Sappiamo che puoi comunicare con le persone durante il sonno."

"E allora? Perfino la polizia concede una telefonata alle persone che arresta."

"Noi no." Filth si risistema sul sedile con un riso di scherno. "Chiudi di nuovo gli occhi, e ti taglio le palpebre."

"Non rispondere" mi sprona Felix nell'orecchio. Sembra sul punto di svenire. "Sembra che dica sul serio."

È vero. Filth appare ansioso di mutilarmi.

Che pezzo di merda.

"Firth" interviene Kain, "non dev'esserle fatto alcun

male." Indirizza lo sguardo truce verso di me. "Rimani sveglia finché non arriviamo a destinazione."

"Okay." Fisso Filth per qualche chilometro consecutivo, facendo del mio meglio per non sbattere le palpebre. Al bastardo, però, non sembra importare alcunché. Se ne sta semplicemente lì seduto, con un sogghigno incollato su quella faccia da faina.

Dato che la gara di sguardi nuoce più a me che a lui, guardo fuori dal finestrino. La luna piena illumina pittoresche foreste e lontane cime montuose, mentre attraversiamo un'area recintata, oltre un cartello con un divieto di accesso. Nell'avvicinarci ad una grande montagna, la strada sterrata si ricopre di comodo asfalto, e pochi minuti dopo, raggiungiamo un posto di blocco composto da vampiri, che ci salutano... o meglio, che salutano Kain.

Le mie speranze di fuga evaporano.

Ci sono vampiri Esecutori dappertutto.

La limousine attraversa un fossato e si dirige verso un portone dalle dimensioni di un grattacielo, nel fianco della montagna, spalancato per rivelare un castello medievale di fronte al quale sfigura perfino il mio palazzo dei sogni. La parte più folle è che l'intero castello si trova all'interno della montagna: un Conoscente capace di dominare la pietra deve aver contribuito al progetto, perché è davvero impressionante.

La limousine entra nella montagna, dove un'illuminazione molto poco medievale rischiara magnifici bastioni e torri merlate. Archivio mentalmente le immagini, nel caso in cui volessi plagiarle per la mia architettura dei sogni.

La limousine si ferma.

"Siamo penetrati all'interno" afferma Filth in modo lascivo.

Scoppio nella risata più falsa e maniacale che mi riesce. "*Come* sei intelligente."

Mi afferra per un braccio e mi trascina fuori dall'auto.

"Lasciala andare" ordina Kain, accigliato.

Filth mi libera, e massaggiandomi il braccio dolente, applico altro disinfettante. Sono piuttosto sicura di avere dei lividi a forma di dita in quel punto.

All'interno del castello, attraversiamo freddi corridoi di pietra pieni di figure di monaci incappucciati. Uno di loro porge un fascio ripiegato a Kain, senza pronunciare una parola.

"Quella è la Confraternita?" chiedo a nessuno in particolare.

"Parla solo quando ti viene richiesto" abbaia Filth.

"Sì, è così" risponde Kain quasi allo stesso tempo. "Non ci sono su Gomorra?"

"Penso di sì" dico, "ma non li ho mai incontrati di persona."

La Confraternita è un gruppo di Conoscenti privi di poteri, o almeno di qualsiasi potere a me noto. Sono seguaci di una strana religione, della quale ignoro i dettagli.

Alla fine, raggiungiamo una serie di grandi porte che si aprono su un colosseo interno in miniatura, illuminato da candele che galleggiano nell'aria: un bel tocco.

Filth indica la piattaforma circolare al centro. "Mettiti là. Non dormire."

"Con questo è tutto" si rivolge Kain ai propri tirapiedi.

Mentre tutti gli Esecutori se ne vanno, Filth compreso, Kain spiega il fascio di stoffa consegnatogli dal monaco. Risulta essere una veste nera con il cappuccio.

La indossa. "Ora attendiamo la riunione del Consiglio. Avrà luogo domattina come impegno prioritario."

"È una lunga attesa" osservo. "Non puoi spiegarmi di che cosa si tratta?"

"No. Ma posso fare in modo che il tempo passi più velocemente per te, nell'attesa."

"Certo, ma come..."

Mentre i suoi occhi si trasformano in specchi, mi rendo conto del mio errore.

Sta per usare la malia su di me.

Pur essendo resistente alla malia dei vampiri, almeno quelli ordinari, Kain è chiaramente potente, e bere sangue di vampiro rende davvero le persone più sensibili ai loro...

"Non ricorderai nulla delle prossime cinque ore" dichiara Kain con una voce intrisa di caramello fuso.

Subito dopo, sono consapevole della mia rigidità, mentre mi trovo nello stesso identico punto.

Solo che, adesso, sono circondata dal Consiglio.

CAPITOLO DIECI

INDOSSANDO vesti variopinte con il cappuccio, simili a quella portata da Kain, i Consiglieri di New York sembrano aver seguito le idee sulla moda di una macabra società segreta.

"Buongiorno" dico educatamente, considerando addirittura l'idea di un inchino. "Sono pronta a scoprire perché mi abbiano trattenuta."

"Era ora" commenta Felix nel mio orecchio. "Pensavo che non ne saresti mai uscita."

Kain si alza. "Di' il tuo nome per la cronaca."

"Bailey Spade." Esamino la stanza in cerca di alleati, ma è difficile riconoscere qualcuno tra queste figure incappucciate.

"Grazie" risponde Kain. "Sarò la parte neutrale designata per questa procedura."

"Penso sia un bene" sussurra Felix. "Ha chiuso un occhio sul tuo dispositivo di Gomorra. Forse, è più che neutrale."

In terza fila, una figura sottile dalla veste color magenta si alza e tira indietro il cappuccio.

La conosco. È Kit, la mutaforma che ho conosciuto grazie al mio lavoro al centro di riabilitazione. Al momento, ha assunto le proprie sembianze preferite, quelle di una bionda dalle guance rotonde, saltata fuori da un gioco di ruolo giapponese o da un anime.

"Io rappresento la Difesa nella procedura di oggi" afferma, con una voce acuta, che rispecchia l'aspetto da mondo dei videogiochi.

Un'altra donna, dalla veste color foglia di tè, si alza e spinge all'indietro il cappuccio, rivelando alti zigomi in un familiare viso ovale. "E io sono Gertrude, la Querelante nella procedura di oggi."

Accidenti. Conosco anche lei. Ma non mi ero resa conto che facesse parte di questo Consiglio.

Gertrude era venuta da me su Gomorra, lamentando sintomi che sembravano indicare un disturbo del comportamento del sonno REM. Le persone con tale disturbo mimano fisicamente i propri sogni, a volte parlando, a volte muovendo braccia e gambe. Avevo detto a Gertrude che non potevo aiutarla in questo, né in qualsiasi altro problema fisico, perché i miei poteri funzionano solo all'interno dei sogni. Le avevo consigliato invece di adottare delle ovvie misure di sicurezza, come l'installazione di un pavimento imbottito, la rimozione di oggetti pericolosi a portata di mano, e di dormire da sola. Qualcosa, probabilmente la parte del dormire da sola, l'aveva davvero turbata, e adesso sembra aver serbato rancore per tutto questo tempo. O almeno, un rancore sufficiente per parlare oggi a mio discapito.

Non ha mai sentito il detto 'ambasciator non porta pena'?

"Sii prudente. Questa Gertrude possiede un potere spaventoso" mi sussurra Felix nell'orecchio. "La sua pelle produce necrosi in qualsiasi tessuto con cui entra in contatto."

Proprio fantastico. Un'artefice di cancrene prova rancore nei miei confronti. Potrebbe andare peggio di così?

"Perché non spiegare l'accusa?" si offre Gertrude. Quando nessuno si oppone, continua: "L'imputata ha rivelato i propri poteri agli esseri umani."

Ho fatto *che cosa*? Quando?

Si levano quieti sussurri tra il pubblico.

"Merda, è come una violazione del Mandato" commenta Felix nell'auricolare. "Niente di buono."

Vorrei che la smettesse con i commenti pessimistici. Disattiverei l'audio, ma se il Consiglio lo notasse, potrei cacciare Felix nei guai.

"Sono sicura che, qualunque cosa sia accaduta, fosse un errore onesto." Kit si trasforma in una versione di me stessa, con un'innaturale espressione innocente.

"*Che cosa* hai fatto?" sussurra Felix.

Non lo so ancora. Di certo, non ho mai rivelato alcunché agli umani. Perché dovrei?

"Perché non lo decidiamo noi stessi?" Gertrude traffica con un telefono.

Un momento dopo, Filth entra nella stanza con un carrello, che sorregge un televisore da 75 pollici.

"Grazie." Il sorriso di Gertrude mette in mostra troppi denti, e Filth le fa un inchino, prima di andarsene.

Gertrude scende dal proprio sedile con passi felini. In prima fila, si ferma accanto ad una figura incappucciata. "Hekima, ti dispiace fornire il tuo aiuto?"

La figura incappucciata si alza e scopre il proprio volto. I capelli grigi e crespi, e i lineamenti gentili e profondamente segnati dal tempo, gli conferiscono l'aspetto con cui ho sempre immaginato mio nonno... non che io sappia qualcosa sui miei nonni. La mamma si è sempre rifiutata di parlarne.

"Quello è il Dottor Hekima" spiega Felix. "È un brav'uomo. Avevo lui all'Orientamento: una specie di scuola per i giovani Conoscenti qui, sulla Terra."

È sensato. Il suo aspetto benevolo sarebbe perfetto per un saggio insegnante.

Hekima si unisce a Gertrude accanto al televisore, e si rivolge alla folla con una voce profonda e melodica. "Vi prego di esprimervi, se non volete sperimentare l'illusione dell'immersione."

"Oh" dice Felix, "dimenticavo. È un illusionista."

Un altro illusionista? Valerian, il tizio che mi ha assunta per il lavoro con Bernard, sosteneva di appartenere a questa specie di Conoscenti. Gli illusionisti sono in grado di mostrare le cose che vogliono far vedere, creando una sorta di realtà virtuale senza bisogno di hardware.

Alcuni Consiglieri alzano la mano, per indicare che non desiderano essere condizionati mentalmente, ma la maggior parte è d'accordo. Tengo la mia lungo il fianco, perché questo mi permetterà di analizzare meglio le prove... e poi, non so bene se mi sia concesso rifiutare.

Mentre Gertrude gira lo schermo verso le persone che non saranno sottoposte al potere di Hekima, quest'ultimo alza le braccia in maniera teatrale, come per dirigere un'orchestra.

In un battibaleno, una rossa energia pulsante, sprigionata dalle dita di Hekima, confluisce nella testa dei presenti.

Come durante il passaggio da un ambiente del sogno ad un altro, la sala riunioni svanisce, sostituita da una galleria d'arte. Solo tre persone si stanno godendo gli innumerevoli quadri: Kain, Gertrude e un umano dall'aria molto familiare... un pittore del mio passato.

Accidenti. Comincio a farmi un'idea del mio crimine.

Gli occhi di Kain entrano in modalità malia, e li indirizza verso il pittore umano. "Risponderai a tutte le domande con sincerità."

"Lo farò" risponde il pittore, come un robot.

Gertrude indica la parete di fronte a loro. "Perché hai dipinto quello?"

"Merda!" esclama Felix.

Merda, infatti. Il dipinto ritrae me... le mie sembianze nel mondo dei sogni, con i capelli fiammeggianti.

"Lei è la musa dei miei sogni" risponde il pittore. "Mi è apparsa in sogno, la notte in cui mi è venuta l'idea di esplorare una tecnica completamente nuova. Da allora..."

Hekima deve intervenire, poiché la galleria viene spazzata via, sostituita da una camera da letto che riconosco, di proprietà del pittore. Gli Esecutori perlustrano la stanza come investigatori sulla scena del crimine, finché Filth non preleva un unico riccio castano dal tappeto e lo annusa con disgusto.

"È tutto per ora" annuncia Gertrude, mentre il colosseo ricompare intorno a noi. "Per essere chiari, gli Esecutori hanno usato quello, per trovare la camminatrice dei sogni."

"I vampiri possono farlo, usare il DNA per localizzare qualcuno" spiega inutilmente Felix nel mio orecchio.

"Inoltre" continua Gertrude, "Kain e la sua squadra l'hanno pedinata per diverse settimane. L'hanno vista irrompere nelle case e negli appartamenti di vari esseri umani, senza dubbio rivelando i propri poteri anche a loro. Alla fine, gli Esecutori l'hanno colta in flagrante e l'hanno portata qui." Guarda Kain. "Non è corretto?"

Lui scuote la testa. "Non abbiamo prove che si sia mostrata nei sogni di altri, ad eccezione del pittore. E alcuni degli appartamenti in cui è entrata appartengono ad altri Conoscenti."

71

Kit si schiarisce sonoramente la voce. "E come mai tutto ciò dovrebbe fare notizia? Conosciamo tutti il soprannome di Bailey, Freda Krueger." Si trasforma nella vittima di ustioni, nonché cattivo del film horror, che ha ispirato questo sgradito soprannome. "E noi tutti conosciamo la reputazione di Bailey, che è una sorta di detective privata dei Conoscenti."

La faccia di Kain assume un'espressione illeggibile.

"Quando abbiamo bisogno di rubare dei segreti" continua Kit, "andiamo da lei. Ovviamente, lo fa camminando nei sogni. È come accusare me di mutare forma." Offre una dimostrazione, trasformandosi in diversi individui e animali a caso.

Gertrude rivolge a Kit un sorriso cattivo. "Se qualcuno avesse ingaggiato l'imputata per esporsi di fronte agli esseri umani, dovremmo tenere udienze simili anche per loro."

Espormi? Così, sembra che io sia stata assunta per lavorare in uno strip club.

Non so bene quale sia il protocollo appropriato qui, ma sta durando già da troppo tempo. "Forse potrei spiegare?" Prima che qualcuno possa obiettare, proseguo rapidamente: "Nessuno mi ha ingaggiata per mostrare la mia forma dei sogni a quel pittore, o ad altri. Sono stata assunta per incoraggiarlo a lavorare per un'azienda di realtà virtuale: tutto qui. Di solito, si è invisibili quando si cammina nei sogni, ma quella volta, mi sono dimenticata di nascondere la mia presenza. È stato un errore onesto. Non è più successo da allora e non succederà più."

In realtà, è quasi accaduto oggi con Bernard, ma non hanno bisogno di saperlo. Le mie restanti affermazioni erano assolutamente vere. Valerian, l'illusionista che mi ha ingaggiata per il lavoro di Bernard, voleva che 'ispirassi' il pittore affinché creasse capolavori in realtà virtuale. Penso che Valerian possieda un'azienda di realtà virtuale, probabilmente quella in cui lavora Bernard.

"Possiamo verificare questa dichiarazione e interrogare le altre vittime" interviene Kain.

Gertrude si acciglia. "Non importa. Ci sono prove fisiche del suo crimine. Se fosse stata assoggettata al Mandato, questo si sarebbe attivato nel momento in cui si è 'dimenticata' di nascondersi nel sogno di quell'umano... presumendo che stia dicendo la verità, e ne dubito."

"Penso che dovremmo votare" propone Kit. "Sono certa che Bailey sarà esonerata."

"Sono d'accordo" dice Kain, "e c'è un dettaglio, non correlato a questo caso, che voglio imprimere nella mente di tutti."

Il cipiglio di Gertrude si fa più marcato, ma gli altri Consiglieri osservano Kain con curiosità.

"Come sapete, abbiamo tra le mani un'indagine molto sconcertante" prosegue, sollevando di nuovo sommessi mormorii. "E Bailey è un'investigatrice."

Sono tanto un'investigatrice quanto una ballerina, ma non vedo la necessità di oppormi alle sue parole, se sono in grado di aiutarmi.

"Non credo che ci si debba preoccupare di questioni

non correlate al suo crimine" scatta Gertrude. "È ora di mettere la questione ai voti. Se pensate che la camminatrice dei sogni debba morire, coerentemente con le nostre leggi sull'esposizione dei nostri poteri di fronte agli umani, alzatevi in piedi."

Morire? Mi prende in giro?

Il mio battito cardiaco sale alle stelle, mentre figure incappucciate si alzano una dopo l'altra.

Sono proprio fritta.

CAPITOLO UNDICI

MA NON TUTTI SI ALZANO.

Kit e Kain rimangono seduti, e mentre studio la stanza, mi rendo conto che solo una minoranza di questo Consiglio mi vuole morta.

Pfiù.

"Con questo, la questione è risolta" dichiara Kain. "Ora, chiedo di votare per affidare a Bailey la nostra indagine."

"Sai" sussurra Felix, "ho il presentimento che l'intera faccenda dell'esposizione sia stata un espediente, per spronarti ad accettare il prossimo punto."

Potrebbe avere ragione. Dopo aver evitato un'esecuzione, mi sento decisamente disposta a fare ciò che vogliono. Inoltre, potrebbe essere un'opportunità da non perdere, per il bene della mamma. Il Consiglio dispone di risorse che...

"Che i favorevoli si alzino" invita Kain.

La maggior parte dei Consiglieri si alza in piedi, compresi quelli che mi volevano morta un secondo fa. Banderuole? In entrambi i casi, ho la sensazione che mi abbiano appena affibbiato un lavoro.

Mentre le persone cominciano ad abbandonare i propri posti, prendo la parola. "Non state dimenticando qualcosa?"

"Che cosa stai facendo?" mi grida Felix nell'orecchio.

Tutti mi guardano, come se i miei capelli avessero preso fuoco... cosa che non posso fare senza pericolo nel mondo della veglia.

Incrocio le braccia sul petto e li squadro. "Il mio pagamento. Non lavoro gratis."

Kain mostra un raro sorriso. "Non sai cosa vogliamo che tu faccia."

"Qualunque cosa sia, devo essere pagata" replico. "Mia madre ha avuto un incidente. È tenuta in vita da macchinari, e i miei lavori bastano a malapena a saldare le spese mediche. Quindi, come compenso per questo lavoro, voglio che voi la guariate. Non con sangue di vampiro, non ha funzionato, bensì con un vero guaritore. In tal caso, farò tutto ciò che volete."

Kain non sembra affatto sorpreso. Lancia un'occhiata a una donna a due file di distanza, che tira indietro il cappuccio, rivelando delicati lineamenti circondati da lucenti capelli neri.

"Quella è Isis" spiega Felix. "È una guaritrice, che ha recentemente ottenuto un posto nel Consiglio."

"Risolvi il caso e aiuterò tua madre." Isis mi punta addosso uno sguardo arrogante. "Spero che tu conosca il valore di un tale pagamento."

Oh, lo conosco eccome. Ci vorrebbero tutti i soldi che ho visto in vita mia, moltiplicati per mille, per assumere un guaritore su Gomorra.

"Definiamo i dettagli" dice Kain, poi esce dal colosseo a lunghi passi.

Seguo la sua sagoma silenziosa nel castello e lungo una scala stretta, in quella che dovrebbe essere una torre. I cardini di ferro arrugginiti stridono, mentre apre la porta massiccia, ed entriamo in una stanza circolare dalle pareti di pietra.

"Ehi, la tua videocamera è appena saltata" dice Felix, preoccupato. "Hai..."

"Dunque" dico a Kain, ignorando i problemi tecnici di Felix. "Che cosa vuoi che capisca?"

"Prima di spiegarti, dovresti sapere che è una faccenda delicata." Kain si appoggia contro il muro e incrocia le braccia sul petto.

Fantastico. Faccenda delicata, persone potenti. Che cosa potrebbe mai andare storto? "Tutto il mio lavoro è un argomento riservato" rispondo, osservandolo guardinga.

"Bene. Ma voglio comunque sottolineare quanto sia delicata questa situazione." Snuda le zanne, rendendo il proprio viso, già poco attraente, praticamente mostruoso. "Se trapelerà qualche informazione a riguardo, ti ucciderò di persona. Lentamente."

La minaccia viene pronunciata nel tono leggero che userei per chiedere l'ora ad un collega. Caspita. Pensavo che Kain stesse dalla mia parte, ma a quanto pare, mi ha protetta da Filth, solo perché aveva bisogno di me intatta per questo lavoro.

Sollevo il mento. "Se dovesse trapelare qualche informazione, al di là dell'argomento, non sarà perché ho spifferato io."

"Okay." Le sue zanne scompaiono. "Ecco come stanno le cose. Quattro membri del Consiglio sono morti in strane circostanze. A questo punto, tutti pensano che si tratti di omicidio e che il responsabile debba essere un membro del Consiglio."

Felix fischia nel mio auricolare, ricordandomi che il segreto è già trapelato.

Deglutisco a fatica. Qualcuno ha ucciso quattro dei più potenti Conoscenti di questo pianeta? Come diavolo dovrei risolvere un caso del genere? Non riesco nemmeno a capire quale dei miei colleghi al centro di riabilitazione continui a finire i miei avanzi... almeno, non senza invadere i loro sogni.

Oh. Non intenderà mica *quello*.

"Li convincerò tutti a darti accesso ai loro sogni" dice Kain, già molto più avanti rispetto a me. "Potrai vedere i loro ricordi e individuare il colpevole, giusto?"

"Forse." Cerco di mantenere un tono di voce uniforme. "Non è così semplice. A volte devo lavorare su..."

"Non preoccuparti dei dettagli. Tutto ciò che serve, lo farai."

"Sì, sicuramente" rispondo, più per dare una spinta a me stessa che per rassicurarlo. "Ne va della vita di mia mamma."

"Esatto." Ricompaiono le sue zanne. "E nel caso in cui non fosse una motivazione sufficiente, ne va anche della tua." Chinandosi in avanti, mi sussurra nell'orecchio privo di auricolare: "Non ho informato il Consiglio dell'intera portata dei tuoi crimini. Portare la tecnologia di Gomorra su questo pianeta è proibito, e come puoi immaginare, se costretto a votare di nuovo, soprattutto dopo un tuo fallimento, il Consiglio non ti lascerebbe libera così facilmente."

Mi ritraggo, con il cuore che batte ad un ritmo irregolare. Pom, al mio polso, è diventato nero come la pece. "Non serve minacciarmi" affermo, stupita dalla fermezza della mia voce nonostante le circostanze. "Farò qualsiasi cosa per guarire mia madre."

"Tanto meglio" risponde. "Volevo solo che fossimo sulla stessa lunghezza d'onda."

Raddrizzo la schiena. "Ho bisogno dei dettagli degli omicidi e dell'accesso ai sogni di chiunque, nonché dell'autorità per intervistare le persone e rivedere qualsiasi testimonianza io desideri."

"Avrai tutto questo. Darò delle disposizioni. Aspetta qui." Scompare dalla stanza a velocità di vampiro.

Felix si schiarisce la gola. "Un caso irrisolto di omicidio deve metterlo in cattiva luce, in qualità di nuovo capo degli Esecutori e tutto il resto."

Non ci avevo pensato. Però, non aveva bisogno di essere così...

"Ciao, Bailey" dice una profonda e uniforme voce maschile alla mia destra. "Date le circostanze, ho deciso che dobbiamo parlare."

CAPITOLO DODICI

"CHI È?" chiede Felix nell'auricolare.

Bella domanda. Osservo attentamente il punto da cui proveniva la voce, ma non vedo nessuno.

Poi un uomo si materializza davanti a me.

E che uomo. Alto e dalle spalle larghe, indossa un completo su misura che gli fascia il corpo muscoloso in tutti i posti giusti. Il suo volto, incorniciato da folti e setosi capelli scuri, è ancora più stupefacente. Occhi blu come l'oceano mi guardano, luccicanti, sotto i neri squarci delle sopracciglia, e i suoi alti zigomi sembrano essere stati intagliati da uno scultore, così come la mascella scolpita e il mento con la fossetta. Ah, e c'è un accenno di barba ispida su quel viso meraviglioso, come se stamattina non si fosse rasato.

È ufficiale. È più sexy di Adonis, il cantante uber più popolare di Gomorra. Aspetta... forse *è* una celebrità. Il suo volto ha un che di familiare...

Mentre studio ogni lineamento, mi ritrovo a

desiderare di baciare quelle labbra piene ma morbide. Il che va al di là di ogni follia. Ci siamo appena conosciuti, e ho enormi problemi con il contatto in generale, per non parlare di un contatto che comporti lo scambio di fluidi corporei carichi di batteri.

Accidenti. Lo sto ancora fissando. Per quanto tempo è socialmente accettabile fissare qualcuno? Peggio ancora, il mio braccialetto di pelo ha appena assunto un'imbarazzante tonalità rosa corallo... il colore dell'eccitazione sessuale.

Quest'uomo, almeno, non sa che il mio looft mostra le mie emozioni in questo modo, né il significato di ogni colore.

Aspetta. Per tutto questo tempo, è rimasto a fissarmi con la stessa intensità. Devo dire qualcosa. Qualsiasi cosa.

Non produco altro che un goffo "Ciao."

Un sorriso sensuale sfiora quelle labbra da baciare. "Ciao, Bailey." Tende la mano. "Sono Valerian."

Meccanicamente, gli stringo la mano, e un angolino della mia mente nota quanto sia grande e calda. La stringe delicatamente, poi la libera, e il suo sorriso si allarga di fronte al mio prolungato silenzio stupito.

Per quattro secondi di fila, non prendo il disinfettante... una specie di record.

Poi il mio buonsenso subentra, e prendo la boccetta per disinfettarmi le mani, elaborando finalmente la sua presentazione.

Valerian. Questo è l'uomo che mi ha assunta per tutti quei lavori legati alla realtà virtuale.

Era *questo* il suo aspetto? Finora, avevamo comunicato tramite e-mail crittografate. Se fossi stata al corrente dei fatti, le nostre riunioni sarebbero avvenute di persona. Magari, perfino in luoghi romantici e panoramici, come la riva di quel bellissimo lago su...

Con uno sforzo, reprimo la fantasia inappropriata che stava prendendo forma nella mia mente e, nel tono più calmo che mi riesce, dico: "Piacere di conoscerti di persona, Valerian. Fai parte di questo Consiglio?"

"No." Dal modo in cui lo dice, però, sembra aver omesso le parole *non ancora*.

Lo guardo, meravigliata. "Allora, come sei riuscito a entrare nel castello? Anzi, come mai eri invisibile?"

"Era invisibile?" chiede Felix. "Come..."

"Stessa risposta in entrambi i casi." Le labbra sensuali di Valerian si curvano nuovamente. "Come sai, sono un illusionista. Mentre parlavi con Kain, ho dato ad entrambi l'illusione di essere soli nella stanza. La stessa cosa quando sono venuto al castello. In questo modo, nessuno avrebbe potuto vedermi. Ah, e porto con me un dispositivo che disattiva ogni videocamera vicina."

Un brontolio risuona nell'auricolare. "Ecco perché non vedo niente. Speriamo che la videocamera si riaccenda, quando se ne va."

Ignorando Felix, elaboro le parole di Valerian. Nel mettere in atto il proprio potere da illusionista, Hekima aveva sparato archi di energia nella testa dei presenti. A quanto pare, non è l'unico modo in cui viene utilizzato. La realtà è molto più spaventosa: una persona può anche non accorgersi del fatto che un illusionista sta praticando la propria magia.

Poi mi viene in mente un fatto molto deludente. Considerando i poteri di Valerian, potrebbe non assomigliare a un dio del sesso. Scommetto che nessuno abbia un aspetto simile, e certamente non questo Valerian.

Che tristezza.

La cosa strana è che sembra altrettanto affascinato da me, e i suoi occhi studiano il mio viso come se volesse eseguire un disegno in seguito. "So che sembra una frase fatta" mormora, avvicinandosi, "ma non riesco a scrollarmi di dosso l'impressione che tu abbia un'aria familiare. Ci siamo già conosciuti?"

Percepisco un piacevole odore di calda pelle maschile e pino, e la mia mente si riempie d'immagini di radure illuminate dal sole e di lunghi baci languidi su una coperta da picnic. Deglutisco per oppormi ad un'improvvisa secchezza in gola. "Non credo, ma anche tu hai un viso familiare. Sei mai stato al Tranquility? Il centro di riabilitazione di Gomorra?" *O hai fatto in modo di apparire come una celebrità?*, è la domanda che non pongo.

I suoi occhi ipnotici brillano di divertimento. "Temo di no. Tengo sotto controllo i miei vizi."

Muoio improvvisamente dalla voglia di sapere tutto su questi vizi, invece mi obbligo a concentrarmi. "A giudicare dai lavori che mi hai affidato, t'interessa la realtà virtuale. Magari, hai preso qualche lezione di progettazione di videogiochi qui, sulla Terra? O su Gomorra?"

"Sono un autodidatta." Guarda l'orologio, quindi la porta. "Non abbiamo molto tempo, perciò vorrei arrivare al dunque."

"Certo." Nascondo un'irrazionale delusione. "E sarebbe?"

Ogni traccia di divertimento svanisce dal suo viso. "L'ultimo lavoro che ti ho affidato è molto importante."

Lavoro, giusto. È questo il motivo della conversazione con me. "Essendo molto alto il tuo compenso, l'avevo intuito" osservo nello stesso tono professionale. "Purtroppo, come puoi vedere, mi ritrovo in una situazione un po' difficile in questo momento."

Annuisce con sguardo cupo. "Se la situazione interferisce con la tua capacità di portare a termine il mio lavoro, sarei felice di usare i miei poteri per condurti fuori da questo castello."

"Wow" sussurra Felix. "Può davvero salvarti."

"Non posso andarmene" dico a entrambi. "Il Consiglio mi ha dato un'opportunità che non posso rifiutare."

Valerian piega la testa di lato. "E se ti facessi un'offerta identica?"

"Dubito che tu ci riesca. Inoltre, hanno il mio DNA, e significa che possono rintracciarmi ovunque mi porti. Non voglio proprio passare il resto della vita a guardarmi dai vampiri."

"Capisco." Si acciglia, con un'espressione altrettanto

bella sul volto scolpito. "Quindi, stai dicendo che rinunci a Bernard?"

"No, ho già fatto il grosso del lavoro con Bernard. Ho stabilito un collegamento nel sogno. Al calar della notte, troverò il tempo di scivolare nel suo sogno e finire ciò che ho iniziato."

Il cipiglio sparisce immediatamente, e decido che il suo viso mi piace molto di più così. "Grazie" dice. Sei sicura di non voler fuggire? Rimarrò a Gomorra per un paio di giorni, quindi non sarò raggiungibile, se cambiassi idea."

"Ne sono sicura. Ah, c'è un modo per raggiungerti, anche su un altro pianeta." Cerco di porre la prossima domanda con la massima naturalezza possibile. "Che ne dici di schiacciare un pisolino in questo momento?"

Sorride, mostrando denti bianchi e regolari. "Bel tentativo, ma non credo di essere pronto a lasciarti libera nel mio subconscio. Ci siamo appena conosciuti."

Faccio del mio meglio per ignorare le farfalle nello stomaco. "Sta a te decidere. Magari, poteva essere divertente stare insieme in un sogno." Specialmente per me. Mi umetto quasi le labbra al pensiero.

"Ci stai provando con quest'uomo?" sibila Felix.

Merda, dimenticavo che c'era il terzo incomodo.

Il sorriso di Valerian diventa malizioso. "Non ci servono i tuoi poteri per divertirci" replica con una voce simile a melassa calda, mentre la stanza intorno a noi brilla, trasformandosi in una lussuosa camera con un enorme letto, avvolto in lenzuola di seta e cosparso di petali di rosa.

Il mio battito cardiaco s'impenna, mentre le farfalle nello stomaco iniziano uno scontro a fuoco. Sta davvero succedendo? Sto per...

"Ahimè, oggi non possiamo" dice Valerian, e con mia somma delusione, sia il letto, sia lui stesso con la sua bellezza scompaiono.

"Aspetta!" Mi guardo intorno nella stanza deserta. "Perché hai bisogno proprio di me? Per il lavoro di Bernard, voglio dire? Come hai appena dimostrato, i tuoi poteri sono molto simili ai miei."

La sua voce, priva di corpo, proviene da un punto vicino alla porta. "Sono sottomesso alle regole del Mandato, cosa che limita enormemente ciò che posso e non posso fare con gli umani. Inoltre, il tuo metodo funzionerà molto meglio. L'ispirazione dei sogni è un classico, dopotutto."

"Ah-ha. Sicuro di non volere semplicemente che sia qualcun altro ad assumersi il rischio?"

Non risponde. Dev'essere già andato via.

Sospiro, sentendomi stranamente svuotata. L'idea di 'divertirmi' con Valerian era molto più che allettante, e non solo perché saremmo in grado di farlo attraverso i suoi poteri da illusionista, o la mia capacità di camminare nei sogni... e quindi, senza alcuno scambio di fluidi corporei. No, è lui. Qualcosa in quell'uomo mi ha quasi fatto dimenticare i pericoli legati a virus e batteri.

A proposito... mi spalmo di nuovo il disinfettante sulle mani. Ma che mi prende? Parlo con un uomo sexy per un paio di minuti, e sono pronta a rischiare la sifilide? Potrebbe addirittura non avere l'aspetto con cui è comparso.

Sarà colpa della mia vita sessuale inesistente, che mi chiede il conto. Ho un rapporto complesso con la mia libido. Nei sogni di altre persone, ho vissuto migliaia di rapporti molto eccitanti, sia nei loro ricordi, sia nelle loro fantasie. Anche nei miei sogni, ho fatto tutto ciò che volevo con chiunque me ne suscitasse il desiderio. A volte, con molti di loro contemporaneamente. Nel mondo della veglia, però, non ho mai avuto un vero rapporto intimo con nessuno.

Nonostante un intero harem di partner nel mondo dei sogni, sono una vergine di ventisei anni che non ha mai nemmeno baciato un ragazzo.

Ehi, questo mi fa venire in mente un'idea folle. E se dietro il mio rapimento da parte degli Esecutori ci fossero i monaci della Confraternita? Forse, qualunque divinità adorino ha bisogno di una vergine sacrificale.

No. Un piano troppo intricato per una cosa simile.

Felix gracchia nel mio orecchio. "La videocamera si è appena riattivata."

Prima di poter rispondere positivamente, Kain torna a lunghi passi nella stanza con una spessa cartella in mano. "Andiamo nel tuo alloggiamento, così possiamo passare in rassegna tutto questo." Agita la cartella, poi alza i tacchi.

Ho un alloggiamento?

Lo seguo, ansimando per tenere il passo, anche se, per un vampiro, sta praticamente strisciando.

Ci affrettiamo ad attraversare metà del castello,

raggiungendo quello che, ad un certo punto, dev'essere stato il sotterraneo dove venivano tenuti i prigionieri, prima di essere torturati o peggio.

"Che posto tetro" mormora Felix.

È un eufemismo.

Kain mi guida lungo un corridoio, che perfino i ratti devono trovare troppo deprimente per infestarlo. Questo posto sa vagamente di acque di scarico fermentate, e devo trattenere il riflesso del vomito. Con un'espressione determinata sul viso, Kain svolta bruscamente a destra, e si ferma accanto ad una grande cella con un anello di ferro saldato alla parete... sempre un tocco carino. Con un gesto galante, mi spinge ad entrare.

"Vorrai scherzare" mormoro, varcando la soglia.

Questi sono i miei alloggi? Invece di una porta solida, ci sono sbarre di ferro, proprio come in una cella di prigione, e manca perfino un bagno moderno, sostituito a pochi metri di distanza da un buco nel pavimento con una torbida schifezza, dall'aspetto sospettosamente simile al liquido che scorreva nel fossato intorno al castello. Grosso bleah.

Le uniche cose a rendere questo posto diverso da una cella di prigione sono un nuovo letto, un tavolo e una sedia. E il fatto che la porta non sia chiusa con il lucchetto arrugginito appeso all'esterno, ma abbia in realtà un chiavistello all'interno.

Hekima compare nel corridoio alle spalle di Kain, e sbircia con disapprovazione attraverso le sbarre.

"Sarebbe questa la migliore sistemazione che possiamo offrire? Bailey è nostra ospite, dopotutto."

Kain posa la cartella sul tavolo. "Forse, hai ragione. È qui che l'avremmo rinchiusa, se fosse stata considerata colpevole, ma non lo era. Vedrò di riuscire a rimediare qualcosa di meglio."

"Sì, grazie" dice Hekima. "Nel frattempo, vi dispiace se modifico l'ambiente?"

Io e Kain ci stringiamo nelle spalle.

Hekima proietta il proprio arco di energia verso le nostre teste, e la cella si trasforma in una sala riunioni profumata e illuminata dal sole. Solo i mobili rimangono uguali.

"Okay, allora." Kain apre la cartella. "Passiamo agli omicidi."

CAPITOLO TREDICI

DENTRO LA CARTELLA, sopra tutto il resto, c'è la foto di una bellissima donna.

"Sembra Lara Croft" sussurra Felix. "O meglio, sembrava. Al passato."

"Questa è Tatum" spiega cupamente Kain. "La prima vittima."

Volta la pagina, e vedo il corpo di Tatum adagiato sul tetto di una delle torri del castello, con una freccia nel cuore.

"Perché non mostrarti ciò che pensiamo sia accaduto?" propone Hekima.

Altre illusioni. Perché no?

Acconsento, e un arco di energia da illusionista mi colpisce in testa.

Mi ritrovo sulla scena del crimine, di fronte ad una Tatum ancora in vita. Ha un profumo incredibile, il che mi dà un'idea della specie di Conoscenti a cui appartenga. Prende uno spinello dalla tasca, e si accinge ad accenderlo quando, con un secco *whoosh*, una freccia le trafigge il petto.

"Lasciami rallentare l'ultima parte" dice Hekima dopo la caduta della donna.

Stavolta, riesco a scorgere la traiettoria della freccia. Sembra provenire dal terreno sottostante: un colpo impossibile.

"Quando è stato?" chiedo, mentre la freccia striscia verso il petto della poveretta.

"Sei giorni fa" arriva la voce priva di corpo di Kain. "Alle quattro del pomeriggio."

"E che cosa mi potete dire di lei?"

"Era un succubo. Il più potente che abbia mai conosciuto."

Proprio come pensavo. Quel profumo delizioso è inconfondibile. "Avete idea di chi la volesse morta?"

La freccia inizia a penetrare nel petto di Tatum.

"Nessuno" risponde Hekima. "Tutti l'amavano."

"In un senso un po' troppo letterale" aggiunge Kain. "Come puoi immaginare, aveva molti amanti."

Giusto. Quando un membro della sua specie desidera una persona, sfrutta il proprio potere per rendersi sessualmente irresistibile. Per questo mi tengo alla larga da succubi e incubi; senza dubbio, vengono contagiati da innumerevoli germi a causa di tutti quei partner, e possono risucchiare l'energia dei loro amanti durante i rapporti intimi... un atto che può addirittura provocare la morte, se lo desiderano.

No, grazie. Preferisco gli amanti dei miei sogni, in qualsiasi momento.

Mi allontano, prima di essere investita da schizzi di sangue illusorio. "Potrebbe averla uccisa un amante? Spesso, gli omicidi vengono commessi da persone vicine alla vittima. Forse, qualcuno era geloso."

La stanza torna di nuovo normale, cioè riassume l'aspetto di una sala riunioni.

"Come ho detto, aveva molti amanti" risponde Kain. "Il numero dei sospetti è troppo vasto."

Esamino di nuovo la foto del cadavere. "Quella freccia. Sei sicuro che la tua ricostruzione della morte sia precisa?"

"Abbiamo consultato degli esperti" afferma Hekima. "Sono sicuro."

"Ma chi potrebbe scoccare un colpo del genere? Non esistono elfi su questo pianeta, quindi..."

M'interrompo, mentre Kain e Hekima si scambiano un'occhiata.

"Alcuni elfi si sottopongono a chirurgia plastica, per assumere un aspetto più umano e stabilirsi qui" spiega Hekima.

Ah. Non lo sapevo. "Esiste un elfo del genere nel Consiglio?" chiedo.

"Sì, di sicuro" mi sussurra Felix nell'orecchio, eccitato. "Ci aveva aiutati in un recente conflitto."

Sto per porre delle domande, ma Kain volta alcune pagine nella cartella, mostrandomi l'immagine di un uomo magro.

"Sì, intendevo proprio lui" dice Felix. "Non assomiglia a Tingle di *Zelda*?"

Kain volta la pagina di nuovo, mostrando la foto di

un corpo fratturato che giace scomposto su alcune rocce... e che doveva appartenere allo stesso individuo dell'immagine precedente.

"Oh, merda" sussurra Felix. "È un'altra vittima."

"Abbiamo trovato Ryan privo di vita a poche ore di distanza dalla scoperta di Tatum" spiega Kain. "E prima che tu lo chieda, era l'unico elfo del Consiglio, e non era semplicemente l'amante di Tatum, ma suo marito."

Mi massaggio le tempie. Sono solo alla seconda vittima di omicidio, e mi fa già male la testa. Per concentrarmi su qualcosa di così impegnativo, avrei bisogno di un'intera notte di sonno, e non mi capita da quattro mesi. "È possibile che l'elfo abbia ucciso il succubo per gelosia, e poi si sia suicidato per il dolore?" chiedo. "Gli umani commettono continuamente questa specie di omicidio-suicidio, no?"

"L'avevamo pensato anche noi" risponde Kain, "almeno, fino all'omicidio successivo."

"Giusto" dico, ricordando che ne erano stati commessi quattro. M'immagino il corpo fracassato sulle rocce. "Pensate che qualcuno abbia spinto l'elfo?"

"Così pare" risponde Hekima.

"Però non ha senso" commenta Kain. "Ryan era estremamente paranoico. Non credo che avrebbe permesso ad un nemico di tendergli un'imboscata del genere."

"Allora, forse, era un amico" dico. "Ne aveva molti?"

"Uno" afferma Kain con sguardo torvo.

"Leal?" chiede Hekima. "Ma lui..."

"Potrebbe aver compiuto questa azione in precedenza" replica Kain.

Hekima alza le braccia. "Vuoi che metta in scena questa teoria?"

"Sì, per favore" dico, e Kain annuisce.

Hekima ci colpisce di nuovo con la propria magia, e ci ritroviamo in cima a una scogliera, con l'elfo che ci dà le spalle. Un uomo dai grigi capelli arruffati, con indosso un camice bianco da laboratorio, si avvicina all'elfo da dietro. Giratosi di scatto, l'elfo punta un arco teso verso il nuovo arrivato.

"Leal" esordisce con un sorriso appena accennato. "Mi hai spaventato, vecchio amico." Abbassa l'arco e dà le spalle al nuovo arrivato. "Vengo qui, quando mi sento turbato. È quasi..."

Il tizio dai capelli grigi lo spinge giù dalla scogliera, e torniamo nella sala riunioni prima che l'elfo si schianti contro le rocce.

Kain sembra pensieroso. "Non saprei. Perché Leal dovrebbe uccidere il suo alleato più stretto?"

Già, perché? "Magari, potrei entrare nel suo sogno per scoprirlo?"

Kain sospira, e volta alcune pagine nella cartella. Rivela l'immagine di un uomo prossimo alla calvizie con indosso un cappotto bianco. Porta una colomba sulla spalla, come se fosse un pirata durante una fase di carenza di pappagalli.

"Non voglio mancare di rispetto ai morti" dice Felix, "ma assomiglia decisamente al Dottor Wily dei videogiochi di *Mega Man*."

O anche a qualsiasi scienziato pazzo.

"L'immagine successiva è inquietante" avverte Kain. "Fa' un respiro profondo."

Seguo il suo suggerimento, e volta la pagina.

Accidenti. La fetta di carne nella foto somiglia a stento ad un uomo.

Felix emette uno strano rantolio. È appena svenuto?

Distolgo lo sguardo lontano da quell'orribile immagine. "Che cosa potrebbe averlo fatto?" chiedo a Kain.

"Colombe" risponde.

Lo guardo senza capire.

"Penso che intenda dire come nel film di Alfred Hitchcock" offre Felix con voce flebile. Presumo che, dopotutto, non sia svenuto. "*Gli uccelli*, hai presente?"

Kain si gira verso Hekima. "Puoi mostrarle una simulazione?"

Prima che possa intervenire con un *grazie, ma anche no*, vedo un Leal tutto intero in un laboratorio pieno di gabbie con uccelli bianchi. Senza preavviso, le colombe si agitano. Una di esse riesce a rompere la gabbia, seguita da un'altra, e un'altra ancora.

Leal osserva gli uccelli liberi senza paura. "Che cosa vi ha spaventati, tesori?" chiede con voce rauca.

Ed è a quel punto, che una colomba si tuffa in picchiata e lo becca in un occhio.

Lui grida, portandosi una mano in quel punto, ma un altro uccello si sta già avventando sulla sua faccia. Altre colombe abbandonano le loro gabbie e si uniscono all'orda all'attacco (o stormo, come viene definito un gruppo di colombe). Alcune di loro rimangono ferite nell'azione, ma questo non sembra fermarle.

"Basta!" esclamo. "Ho capito."

Immediatamente, il sangue e la violenza vengono sostituiti dalla sala riunioni.

"Scusa" dice Hekima, "non ho..."

"Va tutto bene." Sorrido forzatamente, ignorando la nausea che mi aggroviglia lo stomaco. "Avevo pur bisogno di conoscere l'accaduto."

Kain e Hekima aspettano, mentre normalizzo il respiro. Ehi, non aver mangiato in tutto il giorno offre il vantaggio di non poter vomitare... una delle attività che prediligo meno.

"C'è qualcuno nel Consiglio in grado di controllare gli animali?" chiedo, quando la mia voce è sufficientemente ferma. "Su Gomorra, le persone con questa abilità vengono chiamate..."

"Gemma." Kain volta una pagina nella cartella.

Una bella donna dai capelli lunghi mi fissa dalla foto. Indossa unicamente abiti in pelle, e porta i tacchi alti.

"Lei assomiglia a Bayonetta" commenta Felix in tono di nuovo normale. "La strega fortissima di un videogioco che..."

Kain passa alla pagina successiva, e Felix emette un suono simile ad un conato di vomito. Anche il mio stomaco è in subbuglio. Probabilmente, non sarà tremenda come l'immagine precedente, ma è comunque piuttosto raccapricciante.

Qualcuno, o qualcosa, ha letteralmente squarciato questa donna in due.

"Non voglio vederne la ricostruzione" informo Hekima, prima che possa mettere in atto il proprio trucco. "Si spiega da sola. Una persona molto forte l'ha tirata in due direzioni diverse."

"Proprio così" dice Kain. "I membri della specie di Gemma sono fragili, quindi, purtroppo, abbiamo molti Conoscenti nel Consiglio con la forza sufficiente per farlo."

Beh, ci sarà da divertirsi. "Avete idea di quale collegamento possa esserci in tutto questo?" chiedo. Forse se loro...

Kain chiude la cartella con un tonfo. "La tua presenza qui serve per scoprirlo."

Va bene, va bene. Che fortuna. "Il tizio con le colombe..."

"Leal" mi corregge Kain.

"Giusto. Leal aveva motivi di rancore con l'ultima signora..."

"Gemma" offre Kain.

"Sì, Gemma. Leal..."

"Leal aveva un solo amico: Ryan, l'elfo" dice Hekima, con i lineamenti benevoli contorti dalla pietà. "Non piaceva granché a nessuno del Consiglio, tranne forse Kain e gli altri vampiri."

"Eh?"

"Oserei dire che consideravo Leal un amico" afferma Kain. "O almeno un alleato."

"Ma perché a tutti gli altri non piaceva?" Resisto alla

tentazione di aprire la cartella e guardare l'uomo in questione.

"I suoi poteri" risponde Kain, e con un sorriso tagliente, aggiunge: "Era un camminatore dei sogni."

Un altro? Guardo Kain di traverso. "E perché me lo dici solo adesso?"

Il vampiro si stringe nelle spalle. "Quando avrei dovuto farlo? Corre voce che avesse del materiale ricattatorio su tutti gli altri membri del Consiglio. Pensavano che l'avesse raccolto nei loro sogni."

Il dolore alle tempie s'intensifica. "Quindi, mi stai dicendo che potrebbe essere stato ucciso per aver ficcato il naso nei sogni della gente?"

"È fattibile" dice Hekima con delicatezza.

Faccio un respiro profondo, e cerco di non guardare Pom, che sta assumendo rapidamente una tonalità nera al mio polso. "Ma è esattamente quello che mi state chiedendo di fare. Che cosa impedirebbe loro di voler uccidere *me*?"

Kain chiude la questione con un gesto. "Dovresti preoccuparti dell'assassino. Sarà lui a desiderare veramente di ucciderti... se ti dimostrerai capace."

"Grazie. Adesso mi sento molto meglio."

Kain sogghigna. "Se fossi nei tuoi panni, farei del mio meglio per *non* trovare informazioni compromettenti nelle menti dei Consiglieri."

Mi copro gli occhi con le mani, mentre l'enormità di questo compito mi colpisce come un pugno in faccia.

"Perché non usi il tuo potere con quei membri del

Consiglio che hanno più motivi per destare sospetti?" suggerisce Hekima. "Qualcuno di forte."

Abbasso le mani. "Certo, inizierò con quelli che mi possono aprire in due. Mi sento già più al sicuro."

"Non è male come idea" dice Kain. "In ogni caso, voglio che crei un collegamento onirico con tutti i membri del Consiglio. Anch'io."

Faccio un altro respiro, cercando di pensare come l'investigatrice che non sono. "Questo Leal, ha lasciato qualche appunto? Come hai detto, era a conoscenza di alcuni segreti sul Consiglio. Potrebbe averli annotati da qualche parte."

E forse, solo forse, potrebbe anche aver scritto qualcosa sull'arte di camminare nei sogni. Non ho mai conosciuto altri camminatori dei sogni a parte mia mamma (siamo piuttosto rari su Gomorra), e tra lei, che evita diligentemente l'argomento delle nostre abilità, e il fatto che io non abbia mai ricevuto alcuna educazione formale sulle modalità di utilizzo dei miei poteri, ci sono molte informazioni che non so sulla mia stessa specie.

"Ti porterò al suo laboratorio" replica Kain con espressione indecifrabile.

Hekima ritira l'illusione, e la tetra cella ricompare... così come il fetore.

"Fammi sapere se posso essere ancora d'aiuto" dice a Kain. "E Bailey, se hai bisogno di sapere qualcosa sulla storia del Consiglio, o su qualsiasi altro argomento, sono qui per te."

Felix ridacchia. "Il buon vecchio Hekima. Ogni scusa è valida per una lezione di Orientamento."

Sorrido all'anziano illusionista. "Grazie. Ti cercherò, se ne avessi bisogno."

Gli occhi oscuri di Hekima brillano. "Immagino di rivederti stasera nei miei sogni."

"Non se stabilisco semplicemente un collegamento" rispondo.

Hekima se ne va, e Kain prende la cartella, prima di uscire a lunghi passi.

Accelero per stargli dietro.

Dopo qualche tortuoso corridoio, raggiungiamo il laboratorio che ho visto nella ricostruzione di Hekima, durante lo spaventoso attacco degli uccelli. Nonostante sia stato ripulito, riesco ad immaginarmi fin troppo bene il cadavere imbrattato di sangue. Il peggio è che le colombe sono qui, oggi, e se ne stanno appollaiate nelle stesse gabbie da cui erano evase per assassinare il loro custode. E l'odore che emanano quelle gabbie...

"Da brividi" commenta Felix, proprio mentre Kain dice: "Ti lascio al tuo compito. Tornerò tra un'ora."

Centinaia di occhi color zafferano mi fissano, fameliche, dalle gabbie. Prima che possa implorare Kain di non lasciarmi da sola con questi puzzolenti uccelli assassini, sparisce, chiudendo la porta dietro di sé.

Come se non aspettasse altro, lo stormo di bestie pennute assassine comincia ad emettere versi minacciosi.

CAPITOLO QUATTORDICI

I VERSI SI AMPLIFICANO, riempiendo la stanza, imitando il mio crescente groppo in gola. Ma gli uccelli non mi attaccano, e non cercano neanche di fuggire dalle gabbie. Si limitano ad emettere le loro grida, a mangiare granaglie dai contenitori, e quando a uno di essi capita di evacuare, sento uno schizzo bagnato.

Seriamente bleah.

Nonostante il fetore che mi soffoca le narici, l'adrenalina, dettata da una morte indotta dagli uccelli, comincia ad abbandonare il mio corpo, e nel frattempo, iniziano a prudermi gli occhi, le mie palpebre si fanno pesanti, e uno sbadiglio mi sfugge di bocca. Oh sì, inizio a sentirmi come qualcuno che non dorme da quattro mesi.

Pagherei una grossa somma solo per schiacciare un pisolino in questo istante. Ma d'altra parte, l'estrema mancanza di sonno è dovuta innanzitutto al bisogno di soldi.

Non ho tempo per dormire, comunque, al di là di come possa sentirmi, ed è troppo presto per assumere un'altra dose della mia 'medicina'. Quindi, metto in pratica la prima cosa migliore, un esercizio denominato *respirazione a soffietto*. Inspiro profondamente e rapidamente per un breve momento, come se andassi in iperventilazione. La respirazione a soffietto può infondere un piccolo incremento di energia in caso di emergenza, e per me lo è sicuramente.

Mi aiuta un po'. Invece di un dieci su dieci sulla scala delle sensazioni orribili, mi sento soltanto ad un nove pieno.

"Stai bene?" chiede piano Felix.

Prendo il telefono, e digito furtivamente: *Mai stata meglio. È ora di tornare alle mie indagini.*

"Puoi anche parlare a voce alta" dice. "Dubito che il laboratorio di Leal disponga di microspie."

Sei sicuro? scrivo.

"Sicuro."

"Va bene" dico ad alta voce. Anche se qualcuno stesse *davvero* ascoltando, probabilmente penserebbe che sia pazza.

Mi guardo intorno, osservando i quadri surreali sulle pareti intorno a me.

A parte gli uccelli puzzolenti, questo laboratorio apparteneva chiaramente ad un camminatore dei sogni.

"Molto figo" commenta Felix, mentre vado a posizionarmi davanti ad un famoso dipinto di Salvador

Dalí, *Sogno causato dal volo di un'ape intorno a una melagrana un attimo prima del risveglio*. "Mi spinge a domandarmi come sarebbe stato camminare nei sogni di quell'artista."

"Forse, Leal l'ha fatto" dico, voltandomi per vedere un dipinto raffigurante una scala, che si chiude in un cerchio, invece di salire o scendere. Simili strutture non possono esistere nel mondo reale, ma non è così nell'arte e nei sogni. Infatti, ci sono scale simili a queste nel mio palazzo dei sogni.

"Questo è M.C. Escher" afferma Felix inutilmente. "Quell'opera s'intitola *Salita e discesa*."

Mi costringo ad ignorare quei quadri stupefacenti e a cercare qualcosa di rilevante per il caso. Ma non ci sono appunti sul tavolo, nessun diario sulla libreria, nient'altro di utile. Se le colombe fossero pappagalli, potrei chiedere loro di ripetere qualcosa, invece non mi porterebbero da nessuna parte.

Studio la disposizione delle opere, analizzando i dettagli con il mio occhio da camminatrice dei sogni.

A-ha. Ogni dipinto è appeso a filo contro la parete, tranne uno. *Salita e discesa*. Separo la pesante cornice dalla parete e sbircio dietro. Colpito. C'è una sacca qui, e contiene qualcosa.

Estratto il piccolo dispositivo, lo esamino con attenzione.

"Dispositivi di comunicazione di Gomorra" dice Felix, confermando la mia ipotesi.

"Dev'essere vecchio di generazioni." Mi rigiro quello

sgraziato, piccolo oggetto tra le mani. "La mia unità era vecchia, eppure molto più sottile."

"Anche un vecchio dispositivo di comunicazione ha probabilmente un petabyte di dati e una potenza di elaborazione superiore a qualsiasi supercomputer di questo pianeta" afferma Felix con rispetto. "Usalo con cautela."

"La tecnologia delle Altreterre è assolutamente vietata" ripeto, imitando al meglio Kain. In tono normale, aggiungo: "A meno che non siate membri del Consiglio, s'intende."

"Sono degli ipocriti" commenta Felix. "Almeno, il camminatore dei sogni aveva nascosto il dispositivo. Alcuni altri consiglieri infrangono le proprie regole molto più apertamente."

Sentendomi prossima ad uno sbadiglio, scuoto la testa. "Torniamo all'indagine. Entriamo in questo affare." Avvicino il dispositivo di comunicazione alla videocamera. "Hai l'occasione di dimostrare i tuoi poteri, nel caso in cui non fosse ovvio."

Sospira. "Non posso."

"Che cosa?" Tocco l'auricolare, come se ciò cambiasse la sua risposta.

"Voglio dire, potrei, ma dovrei farlo di persona. Il dispositivo non è connesso a internet e..."

"Non puoi venire di persona." Ruoto su me stessa, per ricordargli dove mi trovo. "E se chiedessi loro di portarmi da te? Ma no, dopo verrebbero a sapere del tuo coinvolgimento."

"Sì, preferisco non essere tirato in ballo. Ma *esiste* un modo per entrare nel castello di persona senza tante storie. La figlia della migliore amica della cugina di Ariel terrà la propria cerimonia del Mandato lì, tra un paio di giorni."

"Eh? E che cosa c'entri tu?"

"Le cerimonie del Mandato sono avvenimenti importanti. Tutti presenziano per dimostrare il proprio supporto, quindi non desterei sospetti, se mi aggregassi ad Ariel."

"Spero di essere ancora viva" dico dubbiosa.

"Beh... Forse, riesco ad estrapolare subito alcuni dati dalla cache. Ma rischiamo di danneggiare il dispositivo."

"Allora fallo... ma con prudenza." Non credo di poter perdere tempo per un paio di giorni.

"M'impegnerò al massimo. Metti il dispositivo sopra il telefono."

Poso il telefono terrestre sul tavolo, quindi appoggio il dispositivo di comunicazione sopra di esso.

"Ora rimani in silenzio" dice.

Osservo il dispositivo, aspettando un segno di *qualcosa*. Proprio quando sto per chiedere a Felix che cosa stia succedendo, una strana energia color magenta serpeggia dal telefono verso l'unità di comunicazione.

"Ho preso qualcosa" esulta. "Estratti di una specie di diario. Te li sto mandando per e-mail."

Infilo in tasca il dispositivo, e apro la prima e-mail di Felix sul telefono.

Roger è tornato oggi con il nuovo lotto della medicina. L'uccello sul quale l'ho testata si è addormentato immediatamente, e lo è rimasto per sei ore, tre ore più a lungo rispetto alla formulazione precedente. Ma proprio come in precedenza, invece di risvegliarsi, è morto. Tuttavia, a soli 10 dollari per colomba, questo fornisce un accesso illimitato al mondo dei sogni. La prossima volta, gli dirò...

Il passaggio termina qui.

"Tutto qui?" chiedo a Felix. "Si può vedere che cosa c'era prima o dopo questo estratto?"

"No, ma c'è un altro pezzo, quando sei pronta."

"Tra un secondo" rispondo, e ricomincio a setacciare la stanza.

Ma nonostante il mio impegno, non trovo alcun segno dello strano farmaco descritto nell'e-mail.

"Perché avrebbe dovuto uccidere gli uccelli facendoli sognare?" chiede Felix, quando ho finito d'ispezionare un tavolo vicino.

"Per entrare nel mondo dei sogni senza addormentarsi." Guardo dietro un altro quadro, senza alcun risultato. "Io uso Pom in proposito. Immagino che questo Leal avesse trovato il suo metodo personale."

"Uccidendo quelle povere colombe" disapprova Felix.

"Giusto." Lancio un'occhiata inquieta alle creature che tubano. "Alla fine, si sono vendicate, no?"

"Presumo. Ti sto inviando l'altro frammento di testo che ho trovato nella cache."

Controllo dietro l'ultimo quadro. Niente. Oh, beh. Apro l'e-mail.

Un altro licantropo, un altro fallimento. Il lupo interiore e l'uomo mi hanno nuovamente attaccato insieme, e li ho trovati troppo difficili da battere. Di conseguenza, ho perso i miei poteri per oggi. I licantropi si stanno rivelando i più difficili di tutti i Conoscenti, in quanto all'accesso ai sogni. Nemmeno Eduardo semplifica le cose. Ha proibito al suo branco di permettermi di continuare con questa ricerca. Quel figlio di puttana vuole vedermi impotente di fronte a lui. Dovrò padroneggiare la tecnica del multicorpo, per riuscire nell'impresa. In questo modo, una delle mie coscienze può attaccare il lupo, mentre l'altra si occupa dell'uomo. Ahimè, fallisco anche in questo caso. Forse se...

Merda, un'altra interruzione. Picchietto sull'auricolare. "Ehi, voglio leggere il resto."

"Mi spiace, rimane solo un altro frammento, ed è tratto da una parte diversa del diario."

"Inviamelo."

"Un attimo. Voglio capire che cosa intendesse con quello che hai appena letto."

"Non è ovvio? I licantropi sono un problema, quando si tratta di camminare nei sogni. Ho sentito parlare di questo genere di cose con altre specie di Conoscenti. Dicono che non si può mai sbirciare nei sogni degli gnomi, per esempio, a meno che non siano loro a consentirlo."

"Giusto, quella parte era più o meno chiara" dice Felix. "Ma non capisco la questione della perdita dei suoi poteri e la faccenda del multicorpo."

Rileggo il messaggio. "Credo che intendesse dire di aver dovuto usare il potere di camminatore dei sogni all'interno del sogno del licantropo, al punto tale da esaurirlo. Si può camminare nei sogni solo fino a un certo limite nell'arco della giornata. Credo l'avesse raggiunto."

"E la storia del multicorpo?"

Rileggo il testo. "Sembra che parli di avere due corpi nel mondo dei sogni, capaci di pensare e sentire contemporaneamente. In questo caso, è molto intrigante e non ho mai provato a farlo. Riesco ad uscire dal mio corpo e a tornare indietro, ma non è la stessa cosa. Dovrò provarci, un giorno."

"Che sballo" commenta Felix. "Non riesco ad immaginare come sarebbe trovarsi in due posti contemporaneamente, anche se in un sogno."

"La logica si prende una vacanza nel mondo dei sogni, questo è certo. Ora, smettila di temporeggiare, e mandami il prossimo estratto di questo diario, o quello che è."

Digita rumorosamente qualcosa, e riesco perfino a sentirlo. "Fatto."

Apro l'e-mail.

Ogni sogno può essere nascosto dietro la finestra nera: il mio, il sogno di un altro soggetto, o quello del soggetto stesso. La cosa incredibile è che, quando un sogno è un ricordo del soggetto, il ricordo in sé viene profondamente represso. Lei non ricorda affatto gli eventi. Dettaglio ancor più affascinante, il soggetto non recupera i ricordi, quando entro di nuovo nella finestra nera. Infrangere la finestra nera è l'unico modo in cui il soggetto riesce a vivere gli eventi bloccati dietro di essa. Se si tratta dei suoi ricordi, li recupera, ma se è un sogno impiantato, lo respinge, come se fosse un parto della sua...

S'interrompe.

Delusa, rileggo il contenuto. "Sei sicuro che non ci fosse nient'altro?"

"No, perché?" chiede Felix. "Ha senso per te?"

"Vagamente." Analizzo avidamente ogni frase, alla ricerca di indizi. "Qualunque cosa sia questa finestra nera, sembra che ti permetta di cancellare i ricordi dolorosi delle persone. Non ne ho mai sentito parlare."

"Roba da *Se mi lasci ti cancello*." La voce di Felix è piena di ammirazione. "Ha senso però: in effetti, tu hai a che fare con il subconscio. Ma rimane comunque una cosa spaventosa."

"Sì." Infilo in tasca il telefono. "E la parte sul nascondere i propri sogni, o quelli di altre persone, all'interno del paesaggio onirico di qualcun altro... è altrettanto folle. Fornirebbe ai camminatori dei sogni un modo per nascondere le informazioni, in modo tale che solo un altro camminatore possa recuperarle."

"Non è il migliore dei metodi" afferma Felix. "E se la persona in possesso delle informazioni, nascoste nei propri sogni, morisse?"

Cala il silenzio da parte di entrambi. È ovvio che sta pensando a ciò che sto pensando io: Leal avrebbe potuto nascondere qualcosa nei sogni delle altre vittime, che erano poi state uccise da qualcun altro per insabbiare tutto? Ma in tal caso, chi?

Mi dirigo verso la porta. "Penso che mi convenga ottenere maggiori informazioni con cui lavorare." Un altro sbadiglio minaccia di comparire nel frattempo, e d'istinto do un colpetto alla fiala di sangue di vampiro nella tasca.

Aspetta un secondo. È troppo presto per un'altra dose, quindi perché ci sto addirittura pensando? È un desiderio? L'inizio di una dipendenza?

Meglio monitorare attentamente la situazione.

Applicando la tecnica della respirazione a soffietto per svegliarmi un po', tendo il braccio verso la maniglia della porta.

Che cavolo? È chiusa a chiave.

L'ha fatto Kain?

Ma che fortuna. Adesso, mi tocca mettere in pratica l'opposto della respirazione a soffietto, per tenere a bada il panico.

"Diceva che sarebbe tornato nell'arco di un'ora" interviene Felix, come leggendomi nel pensiero. "Non devi aspettare a lungo."

"Comunque." Adocchio le colombe che tubano. "A queste cannibali piace la carne dei camminatori dei sogni. Probabilmente, siamo saporiti."

"Le colombe cannibali divorerebbero altre colombe, non le persone."

"Grazie, Felix, questo mi tranquillizza proprio." Prima che risponda, aggiungo: "In ogni caso, la cosa positiva della presenza di Pom al polso è che sono sempre pronta ad entrare nel mondo dei sogni. Dato che sono bloccata qui, testerò alcune cose di cui parlava il defunto camminatore."

Sollevando la mano, in modo che Felix possa vederla, tocco il pelo di Pom, e scivolo in uno stato di trance.

CAPITOLO QUINDICI

MENTRE RICOMPAIO nell'atrio del mio palazzo dei sogni, mi arriva alle narici il delizioso profumo del manna.

Pom compare all'improvviso accanto a me. "Mi sei mancata."

Gli sorrido. "Siamo attaccati, sai. Ma sì, mi sei mancato anche tu."

Pom diventa viola, e le sue orecchie sbattono in una sorta di danza della felicità.

Gli racconto una versione riveduta degli eventi che si sono svolti finora, riducendoli alla mia 'assunzione' per risolvere un caso per il Consiglio di New York.

Quando arrivo alla parte di Valerian, afferma: "Io so stabilire se abbia davvero l'aspetto che credi. Riesco a vedere attraverso qualsiasi illusione."

Osservo il mio amico peloso dalla testa ai piedi, e non ci impiego molto, vista la sua piccola statura. "Come?"

Si libra fino all'altezza dei miei occhi. "Quando sono sveglio, vedo con i tuoi occhi. Sono piuttosto certo che l'illusionista dovrebbe indirizzare i propri poteri verso di *me*, per mostrare ad entrambi la stessa cosa."

"Vedi con i miei occhi, già. Un comportamento assolutamente normale per un simbionte. Un parassita non si azzarderebbe mai."

"Esatto" dice, ignaro del mio sarcasmo. "E può essere utile."

Sbuffo. "Non proprio. Hai detto che devi essere sveglio. Non succede quasi mai."

Le sue orecchie assumono lo stesso colore delle carote. "Ma tu puoi svegliarmi."

"Sì? E come?"

"Chiamandomi mentalmente con un grido." Una lampadina gli compare sopra la testa. "Perché non ti svegli, per fare un tentativo adesso?"

Incuriosita, esco dal mondo dei sogni e riapro gli occhi nel laboratorio.

Pom!, grido mentalmente. *Pom, svegliati!*

Poi guardo il mio polso.

Per stabilire se sia sveglio, il suo pelo deve cominciare ad esprimere le sue emozioni invece delle mie. Ah, e in rare occasioni si degnerà di parlare come una voce nella mia testa.

Il pelo è arancione chiaro, che potrebbe rappresentare la sua curiosità o la mia. Non se ne vede neanche l'ombra nella mia mente.

Pom! Pom, svegliati.

Nessuna reazione.

Dopo avergli toccato il pelo, torno nel mondo dei sogni.

"Che cos'è successo?" chiede, quando ricompaio nel palazzo. "Non l'hai fatto."

"Ho gridato con tutto il mio cervello come una pazza." Scuoto la testa. "Non so, Pom. Non penso di poterti dare una scossa."

Sbuffa. "Con tutta quella mancanza di sonno, hai la mente troppo annebbiata."

"Certo, da' pure la colpa a me."

Mi rivolge una pelosa espressione preoccupata. "Mi stupisco che tu riesca a stare in piedi."

Mi trattengo a stento dal roteare gli occhi. "Sai una cosa? Lascia che ti racconti il resto." Proseguo con la spiegazione sugli estratti del diario del camminatore dei sogni, ragione per cui ero venuta qui all'inizio.

"Hai qualche collegamento con un licantropo, per verificare questa faccenda del lupo interiore?" chiede alla fine.

"Temo di no. Non ho mai lavorato con la loro specie. Immagino che scoprirò come sono, quando mi toccherà affrontare il licantropo di questo Consiglio."

Le punte delle sue orecchie si scuriscono. "Ricordami di non unirmi a te in quell'occasione. Sembra spaventoso."

"Affare fatto." Lo gratto in cima alla testa pelosa, finché le sue orecchie non diventano viola. "Ora mi cimenterò in quella storia della 'doppia coscienza'."

"Resterò a guardare." Volando qualche spanna più in alto, mi fissa con attenzione, un comportamento che lo rende quasi bizzarro grazie ai suoi occhi delle dimensioni di piattini da tè.

Uscita dal mio corpo, divento un fantasma dei sogni, e creo un duplicato esatto di quel corpo. Fin qui tutto bene. In seguito, tento di tornare in entrambi i corpi contemporaneamente. Mi ritrovo in un solo di essi: quello originale. Il secondo è lì in piedi, come un manichino.

Esco di nuovo dal mio corpo, rendo infuocati i capelli delle due Bailey, e ordino a me stessa di entrare in entrambi.

Niente. Finisco sempre in uno solo dei due.

Pom sfreccia verso il basso e dà un colpetto al secondo corpo con un dito del piede. "Non è che, magari, devi trasformare questo in uno dei personaggi dei sogni con cui ti piace fare sesso?"

"Pom!" Gli lancio un'occhiata minacciosa. "Quante volte devo ripeterti che è un argomento privato?"

Diventa rosso come un pomodoro. "Non mi hai chiesto di non spiarti ogni singola volta. Pensavo fosse okay."

Fantastico. Prima, mi dimentico di rendermi invisibile quando cammino nei sogni degli umani, e adesso scopro di essermi anche dimenticata di chiedere a Pom un po' di privacy nei miei momenti di riposo e relax. Dev'essere colpa della mancanza di sonno.

"Lasciami tentare con la tua idea" dico, e sostituisco il corpo davanti a noi con una copia dei sogni di me stessa, cosa mai provata prima d'ora.

"Ciao" esordisce sensuale la nuova me. "Come posso essere d'aiuto?"

Pom sposta lo sguardo tra me e la mia creazione. "Desiderano tutti fare sesso?"

Mi stringo nelle spalle. "Sono come qualsiasi persona incontrata in un sogno."

"Quello che noi, personaggi dei sogni, diciamo e facciamo viene guidato dal subconscio del sognatore" spiega l'altra me. "Per questo so che si è posta spesso domande su *questo*." Balzandomi addosso, incolla le labbra sulle mie in un bacio passionale.

"Ehi!" La spingo via. "Non davanti a Pom."

Sorride. "Se lo ammetti, mi fermo."

"D'accordo. Mi riconosco colpevole. Ci *avevo* pensato. Tu. Che fai cose con me stessa. Ma non le ho mai messe in pratica, perché mi sembrava un po' da narcisisti."

Si mette in una posa da pin-up. "Al di là della persona con cui fai sesso in questo mondo dei sogni, sono sostanzialmente io. Potrò anche fingere di essere loro, ma sappiamo entrambe che in realtà sei tu, o una parte di te, a manovrare la situazione."

Non sta andando come avevo previsto. "Resta immobile" le ordino.

S'immobilizza in una posa comica. Mi concentro, per vedere se la mia coscienza risieda in entrambe.

Niente.

Fluttuo fuori dal mio corpo, e cerco di finire in entrambi.

Un altro fallimento.

Congedo la seconda Bailey. "A quanto pare, non sono abbastanza potente da portare a compimento la doppia coscienza."

"Oppure, non stai usando correttamente il tuo potere per l'eccessiva mancanza di sonno" suggerisce Pom, venendo ad appollaiarsi sulla mia spalla. "È come ti ho detto. Sono passati più di quattro mesi da..."

"Sei come un marito brontolone." Afferro il suo corpo peloso, tenendolo davanti al viso. "Non potrei racimolare abbastanza soldi per le spese della mamma, se perdessi tempo a dormire. Ora, devo anche risolvere questo caso al più presto."

I suoi occhi color lavanda non battono ciglio. "Non stai evitando il sonno per paura degli incubi, allora?"

Ah. Da quando Pom è stato nominato mio terapeuta? "Ricordi quella storia della privacy di cui abbiamo parlato un minuto fa?"

Le sue spalle si afflosciano.

"Sì, indovinato." Lo metto giù. "Posso averne ancora un po' per qualche minuto?"

"Se insisti" dice tetramente.

"Insisto. E devi promettermi di non spiare. Dico sul serio."

"Incrociamo i mignoli." Protende una zampa con tre dita.

Essendo tutte uguali, presumo che il mignolo sia quello più a destra, e lo incrocio solennemente per concludere l'affare. "Adesso fila."

Esegue una sparizione da Stregatto con una lentezza mai vista prima.

Una volta certa che se ne sia andato, trasformo l'ambiente nella mia camera preferita del palazzo, e lascio vagare la mente verso Valerian. Anche se il suo aspetto avesse avuto lo scopo di colpirmi, *era* uno schianto. Visualizzarlo è facile; credo che il suo volto, tanto sexy da far venire l'acquolina in bocca, sia rimasto impresso nella mia immaginazione.

Senza ulteriori indugi, faccio materializzare una versione da sogno di Valerian davanti a me, con indosso lo stesso completo del mondo reale.

"Ciao, splendore" dice il Valerian del sogno, strascicando le parole. "Ti manco già?"

"Sta' zitto." Cerco di mantenere la voce ferma. "Sai che cosa voglio."

Con un sorriso malizioso, si slaccia il primo bottone della camicia, e viene verso di me. Anche se mi trovo nel mondo dei sogni, e lui è una simulazione di una probabile illusione, nel mio corpo si scatena una reazione molto realistica... in ogni minimo dettaglio.

Sarà divertente.

Se il vero Valerian non dovesse avere questo aspetto, sarei comunque in debito con lui per avermi ispirato le fattezze di questo sogno.

Muovendosi con la grazia di un predatore, il Valerian dei sogni accorcia le distanze tra noi, e mi bacia. Le sue labbra sensuali sono morbide, proprio come le avevo immaginate. Mi sciolgo tra le sue braccia, sentendo il suo...

"Bailey" tuona la voce di Felix da ogni direzione. "La porta."

Ma davvero? Non avevo idea che Felix fosse così castrante.

"L'indagine, ricordi?" grida Felix dal mondo esterno. "C'è qualcuno qui."

"Bene" ruggisco, e dopo aver abbandonato il deluso Valerian dei sogni, torno nel mondo della veglia.

I versi degli uccelli cannibali si fanno sentire di nuovo, così come il rivoltante odore delle gabbie.

Apro gli occhi. La porta è già aperta, e Kit si trova un po' troppo vicina a me, con un'espressione di curiosità dipinta sul viso.

Indietreggio, imbarazzata. "Ciao."

"Sono qui in temporanea sostituzione di Kain" spiega, trasformandosi in lui. "Sono arrivata in un pessimo momento?"

M'incollo un sorriso in faccia. "Nessun problema. Stavo aspettando di uscire di qui."

"Per fare cosa?" chiede con la voce di Kain.

"Voglio intervistare i membri più forti del Consiglio. Chiunque sia in grado di squartare una persona in due."

"Capisco." Kit riassume il proprio aspetto di personaggio dei cartoni giapponesi. "Da chi vorresti cominciare?"

Mi preparo ad osservare la sua reazione. "Da te."

Il suo viso non rivela alcunché.

"Con il tuo potere, potresti trasformarti in un orco e possederne la forza, no?"

Si trasforma in un gigantesco orco verde, una

creatura ipermuscolosa che i terrestri scambierebbero per Hulk con le zanne. "Sono uno dei sospetti?" tuona.

La vicinanza di qualcosa di queste proporzioni attiva una paura primordiale nella mia amigdala, perciò riesco solo a ciondolare la testa.

"Okay allora" ringhia l'orco Kit, prima di colpire la porta con un pugno. Il pesante legno si disintegra in mille pezzi, rispondendo alla mia domanda sulla sua forza. Gli uccelli, smettendo di tubare, fissano meravigliati l'orco, con il panico nei loro occhi da cannibali.

So cosa stanno pensando: *Stiamo per morire.*

Ma d'altro canto, forse si focalizzano su quanto siano deliziosi i miei resti.

"Ora" ringhia Kit, avanzando minacciosamente di un passo verso di me. "Parliamo."

CAPITOLO SEDICI

IL MIO RESPIRO ACCELERA.

Sono una vittima del mio stesso successo? La prima persona che interrogo formalmente risulta essere il colpevole?

Potrebbe essere. Kit avrebbe potuto trasformarsi in Leal, il camminatore dei sogni, per avvicinarsi abbastanza da spingere Ryan, l'elfo, giù dalla scogliera. Avrebbe potuto trasformarsi in un uccello per beccare a morte Leal, e aprire le gabbie, dando la colpa alle colombe. E ha appena dimostrato che avrebbe potuto trasformarsi in un orco per squartare in due Gemma, la dominatrice degli animali. L'unica parte che non mi è chiara è il modo in cui avrebbe potuto infilzare Tatum, il succubo, con una freccia da un punto tanto lontano... o forse si è trasformata in un elfo, per acquisire l'abilità nel tiro?

Ma se è Kit l'assassino, perché si era schierata dalla mia parte al processo? Psicologia inversa, forse?

Una cosa è certa: se mi uccidesse adesso, dimostrerebbe che ho ragione.

Indietreggio. Per quanto mi piaccia aver ragione, è un prezzo troppo alto. Potrei ancora scappare? Lei blocca la porta, ma...

Invece di gettarsi in avanti e farmi a pezzi, Kit riassume le proprie sembianze di persona minuta dalle guance rotonde. "Acquisisco solo le qualità fisiche della cosa in cui mi trasformo, non i poteri."

Allora, non ha intenzione di uccidermi? Così va bene. Ora, se solo il mio cuore frenetico si calmasse.

"L'abilità nel tiro degli elfi è un potere?" chiedo cautamente. "Oppure è come la forza dell'orco, qualcosa che si sviluppa con il corpo giusto?"

"È una bella domanda." Si trasforma in una femmina di elfo. "Hai un arco e una freccia?"

Fingo di palparmi le tasche. "Dammi solo il tempo di prendere l'arco e la freccia che porto sempre con me. Sono proprio vicino alla mia spada e alla mia ascia."

"Non essere cattiva." L'elfo Kit mi passa davanti e si siede su una sedia, incrociando le gambe in modo seducente. "Nonostante la lusinga di essere considerata una dei sospetti, perché dovrei desiderare di uccidere quei quattro? Specialmente Tatum."

Prendo posto di fronte a lei. "Perché specialmente Tatum?"

"Era la migliore amante che avessi mai avuto" risponde Kit, nostalgica, e si trasforma in Tatum, ma senza il caratteristico profumo da succubo.

"Kit è dipendente dal sesso" spiega Felix. "Non c'è da stupirsi."

Questo lo so; ecco perché era in riabilitazione, quando ci siamo conosciute. Ma come fa Felix a saperlo?

Mmm, forse è meglio non conoscere i dettagli.

Kit riassume le sue vere sembianze, e la sua espressione diventa insolitamente feroce. "Uccidere Tatum è stata un'atrocità, simile alla distruzione di un'opera d'arte insostituibile. Quando scoprirò il responsabile, non mi limiterò ad ucciderlo... ma mi trasformerò in un drekavac, prima di farlo."

Reprimo un fremito istintivo. I drekavac sono creature orribili, si dice che uccidano le vittime attraverso un dolore indicibile. Sono persino più spaventosi dei folletti.

"Non credo che stia bluffando" sussurra Felix. "Ha già ucciso in quel modo. Qualcuno che se lo meritava, comunque."

Quindi, Kit *può* uccidere con la tortura, se lo desidera. Ad ogni secondo che passa, sembra sempre meno innocente. *Affatto.*

"Puoi dirmi dove ti trovavi e cosa stavi facendo, al momento degli omicidi?" chiedo, con la voce più ferma possibile. "Kain ha detto che Tatum è morta sei giorni fa, a..."

"So quando sono morte tutte le vittime." L'espressione di Kit si rabbuia ulteriormente. "Tutti lo sappiamo. Quando Tatum è morta, stavo facendo sesso."

Sbatto le palpebre.

"Non con Tatum, ovviamente." Si trasforma in una bionda da urlo. "Mi sono lasciata coinvolgere da Lola due settimane fa, riuscendo a staccarmi da lei solo l'altro giorno."

"Lola è una ninfa, nonché sua abilitatrice" sussurra Felix.

Mi chiedo se sia il caso di disattivare di nuovo il microfono; continua a dirmi cose che già so.

Riconcentrandomi su Kit, chiedo: "Che cosa stavi facendo quando l'elfo..."

"Lola. In tutti i casi." Riassume il proprio aspetto normale. "Come ben sai, quando io e Lola stiamo insieme, le cose possono sfuggirci un po' di mano."

Solo un po'? Certo, definiamolo pure così. Ho visto alcuni sogni di Kit con Lola, quand'era in riabilitazione, e a me sembrava che non fosse Kit quella affetta da dipendenza... ma Lola. Altrimenti, il fatto di essere insaziabile è parte della natura di Lola. La parola *ninfa* è la radice di *ninfomane*, dopotutto.

"Puoi fornire i dettagli?" chiedo, mentre Felix si schiarisce la voce, a disagio. "C'era qualcosa di memorabile in quegli amplessi? Che aspetto aveva la stanza?"

Quando Kit mi sorride in modo troppo amichevole, mi schiarisco anch'io la voce, aggiungendo: "È per quando entro nei sogni."

Mi parla delle stanze da loro usate; poi, con piacere, descrive le posizioni in cui si erano messe lei e Lola, quali giocattoli erano stati inseriti in certi orifizi, quanti orgasmi aveva provato ciascuna delle due, e quante volte aveva assunto la forma di qualcosa, o qualcuno, con cui Lola aveva voglia di fare sesso... così come quanti falli possedeva ciascuna di quelle forme. Sebbene Felix svenga solo alla vista del sangue, di solito, è così tremendamente muto nel mio auricolare, che mi chiedo se i dettagli di Kit non l'abbiano steso.

Prendo il telefono per scrivere degli appunti, onde evitare di dimenticare qualcosa, per quanto improbabile. "Dovrò verificare tutto questo nei tuoi sogni" spiego a Kit alla fine. "Ma se sei stata con Lola, come hai detto, non hai alcuna colpa."

"Ottimo." Si alza. "Ora, chi vuoi interrogare?"

"Chi altro è abbastanza forte?"

Si trasforma in Kain, con tanto di naso aquilino e il resto. "Un vecchio vampiro?"

"Nutri dei sospetti su di lui?" Lancio un'occhiata furtiva alla porta.

Riassume il proprio aspetto. "Ti sto solo dicendo chi sono le persone forti."

"Ma Kain s'impegnerebbe così duramente per risolvere questo caso, se fosse lui il colpevole?"

"Carina." Si trasforma in me, una versione molto riposata, senza le occhiaie. "Presupponi che assumerti equivalga ad 'impegnarsi duramente per risolvere questo caso'."

La fisso con occhi socchiusi.

"Non prendertela." Si ritrasforma in se stessa. "Sei una terapeuta incredibile, non fraintendermi, e sicuramente sai rubare dei segreti, quando ci provi. Ma da quando sei un'investigatrice?"

Non rompere, signora. "Tu stessa mi hai definita tale al processo."

Si stringe nelle spalle. "Cercavo di salvarti la vita. Se Kain volesse davvero un detective, potrebbe usare la malia su un umano, o trovare qualcuno su..."

"Ma io so stabilire quando le persone mentono con me. Posso entrare nei sogni e confrontare le storie con i ricordi."

"Esistono modi più diretti per capire se qualcuno sta mentendo" afferma Kit. "Direi che assumerti non è tra questi."

Probabilmente, si riferisce all'uomo che chiamo scherzosamente Bowser, un membro del Consiglio attualmente in vacanza. Lui semplicemente *sa*, senza ombra di dubbio, se qualcuno gli dice la verità. Se fosse qui, il caso sarebbe tanto facile quanto chiedergli di domandare a tutti: "Sei stato tu?"

Chissà se è per questo che l'assassino ha scelto di colpire adesso, con Bowser lontano a tempo indeterminato. È la sua unica possibilità di passarla liscia.

"Vediamo se Kain mi lascia camminare nei suoi sogni" replico. "Essendo un vampiro, non ha bisogno di dormire, quindi dovrebbe essere un atto volontario."

"Buona idea." Kit si trasforma in un gigante, seppur piccolo, e con la voce profonda di un cantante death metal, afferma: "Un'altra persona forte è ovviamente Colton."

"Che assomiglia decisamente ai giganti del gioco di *Skyrim*" aggiunge Felix in tono complice.

"Chi altro?" chiedo.

"C'è Eduardo." Kit si trasforma in un uomo dai capelli ispidi, non molto più piccolo del gigante, che poi si tramuta in un enorme lupo.

"Secondo me, Eduardo assomiglia a Donkey Kong" commenta Felix. "Ma non dirglielo, altrimenti sono morto."

Certo, stavo proprio per andare da un lupo mannaro, per dirgli che assomiglia al gorilla di un videogioco. Ho idee suicide *così* estreme. "Okay, chi altro?"

Kit si ritrasforma in se stessa. "Dev'essere obbligatoriamente una forza fisica?"

"Che cosa intendi?"

Si trasforma in una bellissima donna dai capelli neri, con folte sopracciglia scure, un piccolo anello alla narice destra e borchie d'argento sul labbro superiore e inferiore. "Nina non è fisicamente forte, di per sé" spiega con una voce melodiosa che, presumo, appartenga a Nina. "Ma la sua telecinesi è così potente, che potrebbe usarla per squartare una persona a metà."

Oh, anche una telecinetica. Ci divertiremo. "Vorrei parlare anche con lei. Chi altro potrebbe squartare una persona?"

"Non mi viene in mente nessuno" risponde Kit.

Mi alzo in piedi. "Allora, partiamo con Kain, Colton, Eduardo e Nina."

"Certo." Kit assume il proprio aspetto, decisamente

carino e dagli occhi grandi, da personaggio dei cartoni giapponesi, poi schizza verso la porta.

La seguo lungo un paio di corridoi. Quando raggiungiamo una porta massiccia, le squilla il telefono.

Lo prende. "Pronto?" Rimane in ascolto per qualche secondo, ma non riesco a sentire l'interlocutore. "Certo, per me il solito. Se hanno salmone di tipo sashimi, due chili."

"Qualcuno ha fame" mormora Felix. "Oppure, come me, possiede un gatto dal palato raffinato."

Kit resta in ascolto per un altro istante. "Sì, è con me." Copre il telefono. "Kain ha mandato Firth a fare spese. Hai bisogno di qualcosa?"

Chiedo un casco di banane, venti litri di acqua distillata, una decina di boccette di disinfettante per le mani e, per rompere le scatole a Filth, ogni prodotto per l'igiene femminile che mi viene in mente, oltre a lassativi e a pannolini per adulti.

Kit non batte ciglio, mentre ripete la mia lista a Filth. Purtroppo, non riesco a sentire se lui si lamenta.

Prendo il telefono di soppiatto e mando un messaggio a Felix:

Vedi se riesci ad hackerare la videocamera del negozio, per registrare Firth che acquista tutta quella roba. Punti bonus se i pannolini per adulti non possono essere scansionati, e l'addetto deve cercare il prezzo manualmente.

Si strozza dalle risate. "Ci provo."

Kit riattacca. "Credo di sapere perché tu abbia richiesto tutte quelle cose, tranne le banane." Si trasforma in una scimmia e si gratta la testa con una zampa, prima di ritrasformarsi in se stessa.

Felix geme. "Non posso credere che abbia appena dato inizio a *quel* discorso. Disattivo il microfono."

"Se lo vuoi sapere" rispondo a Kit, "è una delle poche cose che riesco a mangiare con sicurezza su questo pianeta. Puoi sbucciare le banane con attenzione, senza toccare la parte interna. Anche se l'esterno fosse zeppo di salmonella, non correresti pericoli."

Kit sgrana gli occhi. "Sul serio?"

Non riesco a resistere a questo input. "L'industria alimentare qui, sulla Terra, è un abominio. Lo sai che negli hot dog c'è DNA umano? O che la FDA negli Stati Uniti ammette la presenza di vermi, peli di roditori, mozziconi di sigaretta e muffa negli alimenti? Lo sai che è consentita la presenza di pus e sangue nel latte, o che ogni tipo di carne che ti viene in mente contiene fe..."

"Fermati, per favore." Kit fa scomparire e riapparire le orecchie. "Non voglio finire con il mangiare banane per il resto della vita."

"Scusa. Vuoi sapere a cosa serve il disinfettante?"

Alza gli occhi al cielo. "È abbastanza chiaro. Suppongo che il resto sia uno scherzo ai danni di Firth?"

"È così palese?"

Assume le sembianze da faina di Filth. "Sai quante battute ci sono sui vampiri e gli assorbenti interni?"

Sogghigno. "Dovresti dirmene alcune. Ma solo dopo che avrò risolto questo caso."

"Giusto." Dopo aver riacquistato il proprio aspetto, bussa alla grande porta di legno di fronte a noi.

Il gigante, Colton, ci apre. Non mi meraviglio, nel vederlo identico alla rappresentazione di Kit, tranne il fatto che indossa un grembiule.

"Ho un petto di manzo nel forno" tuona. "Ci vuole molto?"

Felix sbuffa. "Approfittane per la ramanzina sulle banane."

Furtivamente, tocco l'auricolare nella speranza di assordare Felix. "No. Ma possiamo posticipare."

"No, entrate." Il gigante apre di più la porta.

Varco la soglia, ma sto attenta a non toccare qualsiasi cosa abbia potuto contaminare durante la preparazione del cibo. L'aroma di carne animale arrostita è inconfondibile.

"Accomodatevi" ci sprona, mentre entriamo in una cucina sorprendentemente moderna... beh, moderna per la Terra. Considerando l'atmosfera medievale del castello, mi aspettavo quasi di vedere la testa di uno sfortunato maiale allo spiedo. Invece, ci sono bianchi banconi al quarzo, apparecchi in acciaio inossidabile e un tavolo elegante, con sedie prive di schienale che sembrano fatte appositamente per un gigante. E, immagino, un petto di manzo nel forno.

Stringo il disinfettante in tasca, per trovare un po' di conforto. "Io rimango in piedi, grazie."

"Come vuoi." Cade di peso su una sedia, facendola scricchiolare sotto di lui. "Che cosa volevate sapere?"

"Tutto si riduce ad una domanda" rispondo, desiderosa di evadere il più rapidamente possibile da questo posto insalubre. "Che cosa stavi facendo, quando Gemma è stata squartata?"

Sulla sua fronte compaiono rughe profonde. "Pensi che io..."

"Deve chiederlo a tutti" afferma Kit. "Anche a me."

Lui libera un sospiro rassegnato. "Stavo radunando le capre."

Sposto lo sguardo da lui a Kit, che si trasforma in una di quelle creature birichine ed emette un belato.

Colton le rivolge uno sguardo di protesta. "Le capre tengono a bada gli arbusti intorno alla montagna, offrono ai monaci una fonte di latte e di formaggio, e sono un'occasionale risorsa per la carne per tutti."

"Latte, formaggio, carne... un'altra possibile predica sulle banane" mormora Felix.

Se mi degnassi di ammettere la sua esistenza, gli direi che i prodotti derivanti da capre libere di pascolare sono molto più sicuri, per me, degli alimenti agricoli industriali infestati dai germi, almeno per quanto riguarda la *salmonella* e l'*E. coli*.

"Ho principalmente necessità di conoscere i dettagli" informo Colton. "Per esempio, com'era il cielo, o qual era la formazione delle capre... qualsiasi cosa rendesse memorabile quel pomeriggio."

"Certo." Mi spiega che era una giornata di nebbia, e che sulla collina vicina era spuntata una grande quantità di funghi. Mentre continua, prendo appunti sul telefono.

"Grazie" concludo alla fine. "Era tutto ciò che ci serviva."

"Siete sicure di non voler assaggiare..."

"Meglio non far attendere Nina. Magari un'altra volta."

Kit osserva il forno con bramosia. Le do una piccola gomitata, e lei si trasforma in una scimmia... senz'altro in riferimento al mio consumo di banane. Poi sgattaiola via dal covo del gigante, con me letteralmente alle calcagna. Mi guida attraverso altri corridoi, fino ad una porta grande quanto quella della dimora di Colton. Riassumendo il proprio aspetto, suona il campanello.

L'orripilante ululato di un lupo riecheggia da dietro la porta.

CAPITOLO DICIASSETTE

"LO SO" dice Kit, notando il mio improvviso pallore. "Occorre del tempo per abituarsi al campanello di Eduardo."

"Era un campanello?" sussurra Felix. "Sembrava che qualcuno venisse assassinato."

La porta si apre, e compare un uomo alto, dai capelli ispidi, con attenti occhi di lupo. Anche lui è fedele alla rappresentazione di Kit, e al Donkey Kong menzionato da Felix, ma con indosso un abito su misura.

"Stavo per uscire" ringhia. "Di che si tratta?"

Quell'uomo è così intenso, che non posso trattenermi dal fare un passo indietro. "Hai un minuto? Sto interrogando tutti per l'indagine."

Guarda il suo orologio Jaeger-LeCoultre. "Hai due minuti."

"Dov'eri, quando Gemma è morta?" chiedo di getto. "Dammi il maggior numero di dettagli possibile."

Socchiude gli occhi. "Stavo cacciando con il mio branco. C'era la nebbia. Abbiamo abbattuto un cervo con un corno spezzato. È una descrizione abbastanza dettagliata?"

"Sì, graz..."

"Allora, toglietevi dai piedi." Si muove in avanti.

"Solo un secondo" interviene Kit, restando al proprio posto. "Dove te ne vai così in fretta?"

Fissa Kit, proprio come il grosso lupo cattivo deve aver guardato Cappuccetto Rosso. Deglutisco. I licantropi di Gomorra sono noti per il loro pessimo carattere, e nemmeno Eduardo sembra un membro particolarmente zen della sua specie.

Senza battere ciglio, Kit si trasforma in un orco.

"Faccende da branco" ringhia lui. "Ora spostatevi."

"È l'alfa di quel branco" sussurra Felix con voce più bassa del solito. "Io obbedirei."

Tiro con forza la manica di Kit. "Di nuovo, grazie. Kit, abbiamo altre persone da interrogare."

"Divertiti." L'orco Kit si ritrasforma in se stessa, e con comodo, si sposta dalla sua traiettoria.

La porta successiva verso la quale mi conduce Kit non è altro che una grande lastra di pietra. Non vedo maniglie, né cardini. Di lato, sulla parete, c'è un campanello con una videocamera, che Kit preme.

"Sì?" risponde la voce melodica imitata prima da Kit. "Che cosa volete?"

"Bailey è qui per interrogarti" risponde Kit. "Serve per l'indagine. Sono sicura che non ti dispiaccia."

Per tutta risposta, la gigantesca pietra scivola verso l'alto.

Nina ha proprio l'aspetto che Kit mi aveva mostrato, indossa unicamente una giacca di pelle nera e dei jeans. Sta muovendo una mano in direzione della lastra di pietra, con un'espressione concentrata dipinta sul bellissimo viso.

Ma certo... ha aperto la porta usando la telecinesi.

"Accomodatevi." Ci fa segno con la mano libera.

Kit entra con leggiadria, mentre io esito, quando Pom diventa nero al mio polso. Se Nina smettesse di sostenere la roccia con il proprio potere, chiunque si ritrovasse sotto di essa si trasformerebbe in un pancake.

Nina si acciglia. "Su. Non ti farò del male."

Accidenti. Se non voleva spiaccicarmi prima, potrebbe farlo dopo aver percepito questo affronto. "Non volevo sottintendere che l'avresti fatto apposta. Solo che è una roccia enorme e..."

"Se volessi ucciderti, potrei scagliarla *contro* di te." La roccia si solleva di un altro mezzo metro dal pavimento, poi comincia a librarsi nella mia direzione.

"Okay." Mi affretto a varcare la soglia. "Grazie per non averla lasciata cadere."

Senza degnarmi di una risposta, Nina rimette a posto la roccia e ci accompagna in soggiorno, dove ci indica di accomodarci su quello che sembra un futon dell'IKEA. In generale, il suo arredamento sembra ispirato al minimalismo, con una sorta di atmosfera New Age.

"Qualcosa da bere?" Una bottiglia di vino si solleva da sola dal bar, e il tappo salta via.

Scuoto la testa. "Non quando sono in servizio."

"Volentieri" risponde Kit.

Un bicchiere vola verso l'alto dal tavolo vicino, la bottiglia lo riempie di vino a mezz'aria, e il bicchiere scivola nella mano protesa di Kit.

"Non solo potere grezzo, ma controllo accurato" mormora Felix. "Impressionante."

"Come posso aiutarvi?" chiede Nina.

"Puoi dirci che cosa stavi facendo, quando Gemma è stata uccisa?" chiedo. "È successo..."

"So quando" interrompe con espressione più tetra. "Significa che sono una dei sospetti?"

"Non farla arrabbiare" sussurra Felix. "Potrebbe suonartele a mo' di Darth Vader e soffocarti con il suo potere."

"Tutti i membri del Consiglio sono dei sospetti" rispondo con prudenza, per niente felice della scena dipinta da Felix. "Sto solo partendo da chiunque abbia la capacità di commettere facilmente l'ultimo crimine, ma..."

"Mi ha posto la stessa domanda." La sagoma di Kit assume le sembianze di Colton e poi di Eduardo. "Anche ad altri, ed è soltanto l'inizio."

L'espressione di Nina si distende, e mi osserva con curiosità. "Sei una camminatrice dei sogni, giusto? Proprio come Leal?"

"Possediamo lo stesso potere, sì, anche se non sono sicura di eguagliare le sue capacità."

137

Si versa un bicchiere di vino a mezz'aria, sorseggiandolo poi pensierosa.

Potrebbe essere lei la colpevole, alla fin fine? Non risponde alla domanda, e nel complesso sembra nascondere qualcosa.

"Dunque" la sollecito con cautela, "quando Gemma..."

"Stavo facendo yoga" dichiara bruscamente.

Ah. Suppongo che vada a braccetto con l'atmosfera New Age. "Ricordi qualcosa di specifico di quella seduta?"

"Questo serve per verificare nei miei sogni se stia dicendo la verità, giusto?"

"Esatto. Più dettagli vengono forniti, più la cosa mi facilita il lavoro."

"Ero in questa stanza." Imita un gesto, che fa levitare tutti i mobili di diverse spanne sopra il pavimento, come dovrebbe fare durante la pratica dello yoga. "Ho iniziato con la posizione del bambino, poi sono passata a quella del cane a testa in giù." Mi mostra altre posizioni yoga, che annoto nel telefono. "Alla fine, concludo sempre con una rilassante posizione del cadavere. Non avevo mai riflettuto sul suono macabro di questo termine, prima di pronunciarlo proprio ora... come sospetta di omicidio" aggiunge, giochicchiando con l'anello alla narice.

"Non rimarrai a lungo tra gli indiziati" prometto. "Adesso, sapendo che cosa stavi facendo, posso depennarti facilmente."

"Giusto. Nei miei sogni." Le sue sopracciglia scure si

accostano. "Tienimi informata, quando non avrai più dubbi sulla mia colpevolezza." Dà un'occhiata a Kit. "In privato."

Ok, che cosa c'è *sotto*?

Tiro a indovinare. "Se sai chi è il vero assassino, posso chiedere a Kit di andarsene, così noi..."

"No." Appoggia di nuovo i mobili sul pavimento. "Ma dovremmo parlare. Dopo. Ora, se abbiamo finito, vi conviene andare ad interrogare le altre persone sospette."

Kit si alza e posa il bicchiere sul tavolo vicino. "Grazie per il drink."

La nostra uscita sotto la gigantesca roccia non è più tanto spaventosa come prima.

"Il prossimo è Kain" annuncia Kit da sopra la spalla. "Speriamo che sia tornato."

Prima di chiederle dove fosse andato, scorgo una figura familiare che attraversa il corridoio.

È Filth, e mi sta rivolgendo uno sguardo truce.

"Ecco la puttana per il sangue" sghignazza, quando sono a portata d'orecchio. "Quando sarai pronta per una dose non diluita, fammelo sapere."

Gli lancio un'occhiata tranquilla. "Il fattorino ha avuto problemi a trovare gli assorbenti?"

Felix ridacchia. "Dimenticavo di dirti che gli ho messo davvero i bastoni fra le ruote, quando è arrivato alla cassa... e *c'è* un video."

Le zanne di Filth si allungano. "Ti strapperò il..."

"No, invece." Kit si è trasformata in Kain.

"A proposito di strappare..." Squadro il delicato

corpo di Filth. "Sei abbastanza forte da squartare una persona a metà?"

Kain-Kit mi lancia un'occhiata penetrante. "Non inimicartelo ancora di più."

"La domanda fa parte delle mie indagini" ribatto, distorcendo la verità solo un pochino. "In un certo senso, è un complimento. Hai detto che solo i vampiri più anziani possono compiere questa impresa."

"Non ho mai provato a squartare qualcuno a metà. Ma sospetto che mi divertirei." Filth mi scocca volutamente un'occhiata generale.

"Che carino" commento. "Allora, che cosa stavi facendo quando Gemma è stata uccisa?"

"Stavo lavorando con Kain." Le zanne scompaiono. "Un individuo senza il Mandato ha oltrepassato i limiti, perciò l'abbiamo abbattuto come un cane rabbioso... proprio come avremmo dovuto fare con te."

"Grazie" rispondo con calma. "A quanto pare, tu e Kain siete il vostro rispettivo alibi. Spero che non la prenderai come un'offesa personale, quando confronterò la tua storia con Kain e nel mondo dei sogni."

"Continua pure con il tuo lavoro immaginario. Aspetterò il tuo fallimento." Ci sfiora, oltrepassandoci.

Kit si ritrasforma in se stessa, e percorre il corridoio fino ad una porta nera di metallo. Bussa, e proprio mentre la raggiungo, Kain apre la porta.

"Te la riporto" dice Kit. Si gira verso di me. "Devo sbrigare alcune faccende, ma immagino di rivederti nei miei sogni?"

Sorrido. "Grazie per il tuo aiuto."

"Come stanno andando le indagini?" chiede Kain, facendomi cenno di entrare.

Mi guida in un'elegante cucina che mi ricorda quella di Colton, ma con il tavolo e le sedie di dimensioni normali, e mi fa accomodare su un elegante sgabello nero da bar. Nel frattempo, lo aggiorno sulla situazione, ad eccezione dell'alibi fornitomi da Filth un minuto fa. È improbabile che le loro storie non coincidano, ma in tal caso, sarebbe una svolta importante. E non posso ignorare le parole di Kit sulla potenziale colpevolezza di Kain.

Il vampiro apre una bottiglia di acqua distillata e me la porge davanti, come un barman. "Stasera, stabilirai un collegamento onirico con tutti i membri del Consiglio. Camminerai nei sogni di tutti coloro che hai interrogato finora, più alcune persone di cui sospetto personalmente."

Bevo l'acqua con avidità. "In realtà, forse devo fare o l'una o l'altra cosa. Esiste un limite alla quantità di potere che posso usare in un giorno, e stabilire i collegamenti è dispendioso. Perché non limitarmi a quelli, e a camminare nei sogni delle persone con cui ho parlato finora?"

"Voglio che tutti i membri del Consiglio abbiano l'impressione di poter essere esaminati nei sogni in qualsiasi momento." Si appollaia su uno sgabello accanto a me. "Allora, se possiedi abbastanza potere, possiamo andare più a fondo con i sospetti."

"Non pensi che siano stati Eduardo, Colton, Kit o Nina ad uccidere Gemma?"

"Non importa quello che penso. Fa' come dico."

Trattengo una risposta per niente educata. "Certo. A proposito... ed è una mera formalità... puoi dirmi che cosa stavi facendo *tu*, quando Gemma è stata uccisa?"

Non batte ciglio. "Nessun problema. Usa subito il tuo potere per eliminarmi dai sospetti, così potrai parlarmi più apertamente del caso."

"Lo farò, però potrebbe significare che non sarò in grado di stabilire un collegamento con tutti i membri del Consiglio, oggi."

"Va bene, va bene. Puoi sempre posticipare le persone con un alibi solido." Si alza, prende una sacca di sangue dal frigorifero, e la getta nel microonde. "Era stata una giornata tosta. Un folle licantropo, proveniente da una delle Altreterre, era arrivato all'aeroporto locale, attaccando gli umani presenti. Abbiamo dovuto ucciderlo e usare la malia su centinaia di vittime, affinché dimenticassero l'incidente."

"Caspita" sussurra Felix.

In effetti. Non vorrei mai essere un Esecutore, questo è certo.

"L'aeroporto JFK?" chiedo, mentre il microonde emette un segnale acustico.

"Sì, quello." Preleva lo spuntino, e torna al suo posto accanto a me. Strappando un angolo della sacca, ne beve una sorsata.

Sopprimo l'istintivo disgusto alla vista di lui, che consuma i fluidi corporei di una persona. "Puoi dirmi qualcosa su questo evento che l'abbia reso memorabile?"

"Quante volte pensi che un Conoscente pazzo si faccia vedere su questo pianeta?"

"Non ne ho idea. Non spesso?"

"Questo è stato il primo incidente di cui mi sia occupato. I nuovi arrivati, come te, di solito tengono un basso profilo. Sanno che, senza il Mandato, possono essere uccisi senza un equo processo solo per la loro presenza qui."

Tracanna il resto della sacca, senza dubbio per dimostrare ciò che sarebbe accaduto ad una persona piena di delizioso sangue in tali circostanze. Se è una minaccia, funziona a dovere.

Costringo la voce a rimanere ferma. "Questi dettagli sono sufficienti."

"Bene." Scivola giù dallo sgabello e protende la mano. "Vieni con me."

Osservo quella mano, la stessa che, solo un secondo fa, aveva preso una sacca con il sangue di una persona. La sua occhiata sembra suggerire che la stretta di mano non sia facoltativa. Con un fremito interiore e l'intento di usare un'intera boccetta di disinfettante in un secondo momento, gliela stringo mollemente, permettendogli di guidarmi all'interno dell'appartamento.

Oh, accidenti.

L'ultima stanza in cui entriamo è la sua camera.

La camera di un vampiro, o quella che finge di esserlo, dato che la sua specie non ha bisogno di dormire.

Il mio battito cardiaco sale alle stelle. Questo posto assomiglia troppo alla stanza dei sogni dove svolgo la terapia di esposizione di Ariel. Strumenti di tortura, erotica e non, brillano e luccicano ovunque. Il letto stesso è dotato di anelli di ferro, integrati nella testiera e nella base, in modo tale da incatenare più facilmente le persone per scopi scellerati.

Su Gomorra, tutti pensano che i vampiri siano perversi, e lui rientra proprio in questo stereotipo.

Kain mi libera la mano, e guarda me e il letto con una strana espressione.

Deglutisco rumorosamente.

Ha fame... oppure qualcosa di peggio?

CAPITOLO DICIOTTO

NON PUÒ AVERE FAME. Ha appena bevuto tutta quella sacca, e perché rovinarsi l'appetito prima di cena, no? Il che significa...

Prima di poter concludere il pensiero, Kain sale sul letto.

Pensa che lo seguirò? Neanche tra un milione di anni.

Si sdraia sulla schiena, con gli occhi chiari fissi sul mio viso. "So che sembra da pazzi, ma quello che sta per succedere mi mette un po' a disagio."

A disagio per cosa? È un invito per uno scambio di fluidi corporei?

Si passa una mano sulla fronte, liberandola da una ciocca di flosci capelli castani. "Non dormo da decenni. Non ricordo l'ultima volta in cui ho sognato qualcosa, e ora sto per farlo con una testimone."

Sgrano gli occhi, mentre tutto forma un disegno

logico. Vuole che lo discolpi da ogni accusa *immediatamente*. Pfiù... adesso è più sensato. Quella maledetta privazione del sonno mi sta rendendo paranoica.

"Sarò invisibile, mentre sognerai" spiego, con la massima calma consentitami dall'adrenalina in circolo. "Hai anche una buona probabilità di dimenticare il sogno, dopo il risveglio."

Annuisce e chiude gli occhi. "Dammi qualche secondo."

L'ho già visto prima. I vampiri non hanno bisogno di dormire, ma quando lo desiderano, si addormentano all'istante, senza dover contare i mooft. Nel giro di poco tempo, il respiro di Kain cambia, e dopo qualche minuto vedo i suoi occhi muoversi rapidamente dietro le palpebre, prova tangibile della fase REM.

"Wow" mormoro, "se solo fosse così facile con tutti gli altri."

Felix non risponde. In realtà, ora che gli presto attenzione, sento un debole russare dall'altra parte della linea. *È* stato sveglio per tutto questo tempo, ovviamente. Oh, beh. Credo che se lo perderà.

Protendendo la mano già contaminata da Kain, gli tocco la fronte, e cado nel suo mondo dei sogni.

———

MI RITROVO nella cucina di Kain.

Sta parlando animatamente al telefono... penso che si tratti di tasse... quindi mi rendo invisibile, prima che possa individuarmi. Dopo decenni senza sonno, il suo subconscio improvvisa un sogno così noioso? Che delusione. In ogni caso, posso tirare un sospiro di sollievo. Siccome era già sprofondato nella fase REM, ho evitato i pericolosi sub-sogni. E a differenza di Bernard, Kain sembra non avere incubi ben radicati di cui preoccuparsi... incubi in cui mi troverei in questo momento, se fossero esistiti. A meno che *non* gli piaccia affatto parlare al telefono con il commercialista? Non sarebbe poi così folle. In quanto alla morte e alle tasse, i vampiri non devono preoccuparsi granché della prima opzione.

Cerco a tastoni il mio polso nudo. Poiché sono nel sogno di Kain, e non in quello di Pom, quest'ultimo non si mostra subito, e probabilmente è un bene, perché credo che preferirebbe saltare la parte con il licantropo.

È ora della manipolazione dei sogni.

Manifesto la data e l'ora che desidero, e modifico l'ambiente, trasformandolo in un aeroporto internazionale a mezzogiorno. Eseguo questa azione sempre con la massima fluidità possibile. In questo caso, la cucina è già dotata di sgabelli, quindi diventa un bar dell'aeroporto. Kain non dubita di questa nuova realtà, perciò aggiungo lentamente rumori di persone che parlano e di occhiali che sbattono.

Sempre bene. Kain continua a parlare al telefono.

Termino la chiamata.

Si stringe nelle spalle e si allontana dal bar, come se fosse la cosa più naturale del mondo. Diventando più audace, aggiungo dettagli tratti dalla sua storia: le urla delle vittime durante il sanguinoso omicidio da parte del licantropo, umani in preda al panico, colleghi Esecutori che passano rapidamente all'azione. È più arte che scienza, e offre spunti sufficienti per proseguire con il sogno al dormiente, il cui subconscio aggiunge tutto il necessario. Mentre Kain comincia a farlo, mi rilasso e osservo la successione di eventi.

Con la schiuma alla bocca, il lupo fa a pezzi un'anziana signora. Quando Kain gli spara addosso un dardo tranquillante, molla la presa sull'umana e si precipita verso il Terminal 8. Filth e alcuni altri Esecutori sono già lì, in attesa, con pistole stordenti.

Non interessata all'esito truculento, mi pongo un'unica domanda: questo sogno è un ricordo? Il mio potere lo conferma, proprio come nel sogno di Bernard. Bene. Se fosse Kain l'assassino, mi ritroverei in una posizione vulnerabile nel mondo reale, dentro la sua camera dungeon.

Terminato il lavoro, estrapolo me stessa dal sogno, e torno nel mondo della veglia.

———

PRIMA CHE KAIN SI RISVEGLI, uso i residui di disinfettante per lavarmi finalmente la mano.

Alla fine, chiamo piano: "Kain. Svegliati."

Snudando le zanne, balza fuori dal letto, come se dovesse lottare per la propria vita. Nel vedermi, si ferma, e la consapevolezza appare nei suoi occhi.

"Sei ufficialmente non colpevole per la morte di Gemma" lo informo. "In questo modo, anche Firth e un gruppo di altri Esecutori sono esclusi."

Si massaggia il naso. "Ero in cucina e in aeroporto. Non ha senso, eppure era così logico e reale in quel momento. In qualche modo, conoscevo la data e l'ora senza guardare alcun orologio. Le percepivo, quasi."

Annuisco. "I sognatori non si chiedono quasi mai: 'Come sono finito qui?'. Chi lo fa, a volte, si rende conto di essere in un sogno. Si chiama sogno lucido, e può causarmi dei problemi, quindi sono contenta che succeda di rado."

"Credo che potrei passare dei secoli senza sognare di nuovo." Esce dalla camera, e lo seguo di buon grado.

Senza fermarsi, esce dall'appartamento e scende in un corridoio lungo e stretto, brulicante di monaci. Quando raggiungiamo una porta di legno sgangherata, la apre. "Questi sono i tuoi nuovi alloggi."

Il posto, dotato solo di un piccolo letto e di un tavolo di legno all'interno di una stanzetta priva di finestre, è spartano ma lussuoso rispetto alla cella della prigione sotterranea. Possiede addirittura un bagno con una doccia e una vera toilette.

"Il materiale che volevi è lì." Indica un mucchio di sacchetti di plastica dietro il letto. "Hai un po' di tempo, mentre prendo provvedimenti, affinché i Consiglieri vadano a dormire."

Quando se ne va, rovisto nelle borse della spesa. Sì, c'è tutto quello che ho chiesto, compresi i pannolini per adulti e i lassativi. Prendo le banane, l'acqua e il disinfettante, e li appoggio sul tavolo.

Il sangue di vampiro ha molti effetti collaterali, uno dei quali è la soppressione della fame, oltre che del sonno. Dato che ci sono, mangio per puro buonsenso... qualche centinaio di calorie ogni poche ore. In realtà, sono molto indietro rispetto alla mia porzione, quindi disinfetto sette banane e mi costringo a mangiarle una dopo l'altra... il che richiede venti minuti, che sembrano cinque ore.

Sentendomi come una scimmia ripiena, dopo la frutta bevo molta acqua, e uso il gabinetto finché è a portata di mano. Non devo farlo spesso, il che è un effetto collaterale dei pasti così rari e della costante disidratazione.

La sonnolenza post-prandiale mi colpisce pesantemente, al punto che devo darmi uno schiaffo per svegliarmi. Ma non posso dormire adesso. Kain tornerà da un momento all'altro. Disinfetto le mani, fino a sentire la pelle scorticata, poi prendo la fiala con il sangue di vampiro diluito. Tenendola lontana dall'inquadratura della videocamera di Felix, bevo il sorso più breve che mi riesce.

Immediatamente, mi sento del tutto sveglia. Un'ondata di piacere orgasmico m'invade, con un'intensità doppia rispetto all'ultima volta.

Accidenti.

Immaginando che la parete sia il volto di Filth, la colpisco con un pugno con tutte le mie forze. Non provo alcun dolore, ma solo pressione, e il piacere continua imperterrito.

Doppio accidenti.

Affondo il pugno nello stesso punto, ancora e ancora, lasciando impronte di sangue sulla pietra. Quando la pelle delle nocche si spacca, guarisce all'istante: proprietà curative del sangue di vampiro. Se mi fratturassi delle ossa, guarirebbero senza alcuna traccia di dolore.

Alla fine, il piacere si attenua, lasciandosi dietro solo l'alquanto sgradita eccitazione sessuale.

Porca miseria, stavolta è stata tosta. Perfino diluito, l'effetto quasi sfugge al mio controllo. Devo risolvere questo caso e salvare la mamma, in modo tale da sbarazzarmi di quella orribile sostanza, altrimenti potrei seguire lo stesso destino di Ariel. Per ora, diluisco la fiala mezza vuota con acqua, fino a riempirla di nuovo. Forse, una versione ancora più diluita funzionerebbe come nei casi precedenti?

Ora, vorrei che Kain tornasse, in modo da poter fare qualcosa di utile.

In realtà, *c'è* qualcosa che posso fare. Se Kit è andata a letto, e sarebbe ragionevole, potrei controllare se sia lei la responsabile di tutti i crimini. Nonostante le sue parole su Tatum, rimane una delle mie principali persone sospette.

Toccando Pom, vado in trance, e ne incontro la forma onirica nel mio palazzo. Si libra contento nell'aria, agitando una zampa pelosa verso di me per salutarmi.

"Sto per entrare nei sogni di Kit." Rendo i miei capelli infuocati. "Vorrei avere un po' di privacy."

Salvo bugie da parte di Kit, i suoi sogni saranno a luci rosse, e non è un'esperienza che voglio condividere con una creatura pelosa, priva di genitali visibili.

"Io gioco a Jenga" dice. Una torre di blocchi di legno compare sul pavimento. "Vai a sbrigare le tue faccende."

Gli do un buffetto sulla testa, e mi affretto a raggiungere la torre dei dormienti.

Sono fortunata, per una volta. Kit è qui che dorme, e anche Felix: la mia ipotesi di prima era corretta.

Tocco la fronte di Kit, e finisco dritta nel bel mezzo di un'orgia con ogni specie di Conoscente che mi venga in mente, più altre che non avevo mai visto. D'accordo, allora. Dovrebbe essere facile trasformare questo sogno nella situazione descritta precedentemente da Kit.

Innanzitutto, do a Kit la sensazione che tutto ciò stia accadendo nel giorno e nel momento in cui Gemma è stata squartata. Poi rimuovo una decina di partecipanti, e trasformo uno dei rimanenti in Lola.

Ci sono quasi. Il problema è che il comportamento di questa Lola non combacia con la descrizione di Kit. Sentendomi decisamente una pervertita, prendo il controllo della Lola del sogno, e la spingo a chiedere a Kit di trasformarsi in quello che mi aveva descritto, assicurandomi di menzionare il numero preciso di falli, già che ci sono.

La scena inizia ad assomigliare alla descrizione di Kit... e in quell'istante, so che si tratta di un ricordo.

Pfiù. Nonostante il desiderio di portare a termine le

indagini, Kit è mia amica, quindi sono davvero felice che non sia lei la colpevole.

Uscendo dal mondo dei sogni di Kit, considero l'idea di parlare con Felix, ma decido di non farlo. Tra il sangue di vampiro e i sogni di Kit, sono troppo su di giri per vederlo.

Ma c'è qualcosa che *posso* fare per darmi una calmata.

Con un profondo e delizioso respiro, ripenso alla lussuosa camera creata da Valerian intorno a noi grazie ai suoi poteri di illusionista. Parto dalla ricostruzione dal grande letto, ricoperto da lenzuola di seta e cosparso di petali di rosa, prima di creare l'uomo stesso in tutta la sua gloria (probabilmente finta).

"Ciao, bellissima" mormora il Valerian dei sogni. "Hai del tempo da dedicarmi, finalmente?"

"Vieni più vicino." Elimino i miei vestiti con un guizzo dei miei poteri.

Slacciandosi i bottoni della camicia, mi si avvicina.

La mia libido sovraccarica monta freneticamente.

Il Valerian dei sogni mi dà un bacio più intenso rispetto all'ultima volta, la sua mano destra mi accarezza in fondo alla schiena, mentre la sinistra scivola...

"Che cosa significa?" La voce di Kain rimbomba come un tuono.

Con un sospiro, mi ritraggo dal mondo dei sogni, e apro gli occhi davanti alla furia di Kain.

"Mi avevi spiegato che il tuo potere ha dei limiti"

brontola con la pronuncia blesa, dovuta alle zanne allungate. "Come puoi sprecarlo per darti piacere?"

Che cavolo? Come fa a saperlo? Ne sente l'odore sul mio corpo?

Puah. Devo immergere il mio cervello nel disinfettante.

Vedendo i suoi occhi trasformarsi in specchi, sbotto: "Stavo facendo il mio lavoro."

I suoi occhi tornano alla normalità, infondendomi la speranza di non scoprire mai per quale motivo volesse usare la malia su di me.

"Spiegati" sibila.

"Kit. Ho verificato il suo alibi, e corrisponde."

"Capisco." Le sue zanne si ritirano. "Avevo parlato con Lola il giorno dopo l'omicidio, ma è un bene poter confermare la storia di Kit. Quella ninfa direbbe qualunque cosa, pur di proteggere la sua insaziabile fidanzata."

Lo sapeva? D'altro canto, Kit non ha mai fatto mistero delle proprie avventure. Oh, beh. Prendo una bottiglia d'acqua e metto in tasca il disinfettante per le mani. "Sono pronta a connettermi con gli altri e a verificarne gli alibi."

"Andiamo nei miei alloggi."

Di nuovo? Perché?

Dopo la precedente minaccia della malia, non glielo chiedo.

Una volta a destinazione, mi guida nel suo dungeon/camera da letto... e tutte le mie preoccupazioni precedenti riaffiorano.

Subito prima di entrare nella stanza temuta, ruota su se stesso con una tale rapidità, che quasi vado a sbattere contro di lui.

"Questo rimarrà tra noi" dichiara duramente. "Intesi?"

Subito nota il calore della sedia lasciata poco fa e si ripara con una lieve rigidità, che non si vede obbligata a...

Quegli uomini che nessun desidera davanti...
tita.

CAPITOLO DICIANNOVE

LO FISSO, con il battito cardiaco che corre due volte più veloce.

"È una situazione delicata" continua. "Quella donna odia i camminatori dei sogni con tutta se stessa."

Lo guardo, meravigliata e ancora più confusa.

"Entra e basta" scatta. "Va', altrimenti ti ci porto io."

Mentre Pom diventa nero come la pece al mio polso, entro nella maledetta stanza e mi blocco, incapace di credere ai miei occhi.

È Gertrude.

Sdraiata sul letto di Kain, fissa il soffitto con sguardo vacuo.

"È la mia principale sospetta" afferma Kain, come se lei non fosse presente. "Era invidiosa del matrimonio di Tatum e Ryan... non chiedermi perché... e disprezzava Gemma apertamente e accanitamente. Sai già come la pensa sui camminatori dei sogni."

"Ma nessuno è morto per decomposizione letale" replico.

"Certo che no. Non è così stupida da uccidere in quel modo, o sarebbe l'unica persona sospetta."

Sbircio il suo corpo immobile. "Che cosa le prende?"

"Ho dovuto usare la malia" spiega Kain. "Dormire davanti agli altri, per dirla alla leggera, le causa grossi problemi."

"Ha una buona ragione." Mi sposto di lato e all'indietro, frapponendo Kain tra me e Gertrude. "Tra il disturbo del comportamento del sonno REM di cui soffre, e il suo potere con la cancrena, sarebbe pericoloso per qualsiasi testimone."

"Eppure, io la farò dormire, e tu controllerai che non sia lei la responsabile degli omicidi." Si rivolge alla donna dagli occhi vacui, e con voce melodiosa le ordina: "Gertrude, ammanetta la tua caviglia destra all'angolo in fondo a destra del letto."

Lei si alza a sedere e obbedisce. Un altro comando, e si aggancia la caviglia sinistra e la mano destra, rimanendo perlopiù a braccia e gambe divaricate. Mi aspetto che Kain faccia qualcosa con la sua mano sinistra, ma non è così.

"Con il braccio libero, potrebbe comunque afferrare uno di noi, e mandare in putrefazione qualunque cosa tocchi" gli dico. "Devi bloccarglielo."

"Vuoi farlo *tu*?" chiede in tono di scherno. "Non ho alcuna intenzione di avvicinarmi alla sua pelle."

Dunque, i vampiri possono marcire. Che scoperta disgustosa.

Osservo Gertrude. Con quella gonna corta e la maglia smanicata, c'è anche troppa pelle scoperta per avvicinarsi a lei senza una tuta per materiali pericolosi.

"Gertrude, dormi" cantilena Kain.

Chiude subito gli occhi, e il suo respiro diventa regolare.

Wow, pagherei un alto prezzo per quel potere speciale.

"Ora fa' quel che devi" ordina Kain.

Mi avvicino cautamente per osservare le sue palpebre.

"Che cosa ti trattiene?" chiede lui.

Mi giro. "Devo attendere la fase REM."

"La fase REM non è quella in cui il braccio libero diventerebbe un problema?"

Sospiro. "Se entrassi adesso, dovrei affrontare il sub-sogno, che comporta i propri pericoli."

Solleva un sopracciglio.

"Potrei morire nel mondo dei sogni."

Il sopracciglio s'inarca in maniera quasi comica.

"Se dovessi morire lì, diventerei una pazza omicida."

Il sopracciglio scende, incontrando il compagno sotto la fronte corrugata. "Funziona così per tutti i camminatori dei sogni?"

"Per quanto ne sappia io."

Lo sguardo di Kain si fa più penetrante. "Potrebbe essere successo a Leal? Cioè, morire all'interno dei sogni e diventare..."

"Gemma non è stata uccisa *dopo* la morte di Leal?

Inoltre, stai suggerendo che si sia suicidato usando quegli uccelli?"

"Dobbiamo considerare la possibilità che ci sia più di un assassino" afferma con meno entusiasmo.

"Se fosse stato Leal, gli omicidi sarebbero stati molto più brutali" dico. "Tutti voi sareste stati al corrente della sua follia. Avrebbe agito come un folletto."

"Capisco" risponde Kain. "Tuttavia, secondo me, è una buona cosa aver focalizzato la maggior parte della tua attenzione sull'omicidio di Gemma."

"Giusto." Torno a guardare le palpebre di Gertrude.

"Allora, che cosa stai aspettando?"

"Te l'ho appena detto. Il sub-sogno..."

"Entra" esclama. "E non morire. Aspettare è più rischioso, fidati di me."

Mi ritraggo dal letto, mentre i suoi occhi si tramutano in specchi. "Lo farò..."

I suoi occhi tornano alla normalità.

"...ma ci sono altri problemi. Se sopravvivessi alla parte del sub-sogno, il mio potere costringerebbe Gertrude a passare alla fase REM. Ciò significa che la sua mano libera diventerebbe un problema."

"Ti allontanerò da lei non appena vedrò i segnali della fase REM" afferma. "Dopo, potrai tornare nei suoi sogni a distanza, perché so che ne sei capace."

Lo sa? Volevo tenere segreto questo particolare.

"Potrebbe funzionare" rispondo, guardinga. "Ma c'è un altro problema più serio. Per usare il mio potere,

dovrò toccarla... e in quel caso, perderò un dito."
Osservo cautamente la pelle nuda di Gertrude.

"Puoi entrare nel sogno di una persona, toccandone i capelli?" chiede Kain. "Ho visto Gertrude distrarsi, mentre uno dei monaci le stava dando una spuntatina, il che mi suggerisce che i capelli possano forse essere toccati senza pericoli."

"'Possano forse' non mi rassicura."

I suoi occhi si socchiudono come fessure. "Puoi usare i capelli per svolgere il tuo lavoro o no?"

"Non ne ho idea. In teoria, non vedo perché no. Il corpo è pieno di peli, perciò, probabilmente, l'ho fatto senza accorgermene. Ma non ci ho mai provato con i capelli di una persona, perché è una schifezza piena di forfora, sebo, acari, germi..."

All'interno delle fessure, i suoi occhi si ritrasformano in specchi. "Bailey" dice con quella voce speciale, "toccherai le punte dei capelli di Gertrude, lontano dalla pelle. Adesso."

Cerco di oppormi alla costrizione, ma essa prende il sopravvento ancora più rapidamente di quando aveva usato la malia prima della riunione del Consiglio. Il mio corpo si sposta in avanti da solo, il mio braccio si protende, e il mio dito atterra sulla ciocca di capelli più lontana dal viso di Gertrude.

Se la mia faccia fosse sotto il mio controllo, farebbe una smorfia.

Il dito non marcisce, con mio sollievo. Ma d'altra parte, forse deve ancora succedere.

"Bailey, ti libero dalla malia" annuncia Kain in tono solenne. "Entra subito nel suo sogno."

L'unica ragione per cui non esplodo in oscenità è che sveglierei Gertrude, e lei mi farebbe decomporre ancor prima di pormi delle domande.

"Basta esitare" ringhia Kain. "Ti ho detto che ti allontanerò, non appena vedrò le sue palpebre muoversi. Ora fa' il tuo lavoro."

D'accordo. Spero che funzioni, altrimenti sono abbastanza sicura che mi costringerà a toccarla dove il mio dito correrebbe guai ancora più seri.

Digrignando i denti con tanta forza, da farmi male alla mandibola, mi obbligo ad entrare nei sogni di Gertrude.

I capelli funzionano. Percepisco una zaffata di ozono, e provo la sensazione di cadere, mentre la stanza si oscura intorno a me, spingendomi nella trance familiare.

Ora, spero solo che il sub-sogno non mi mandi fuori di senno.

CAPITOLO VENTI

SONO su un nero oceano placido, con un cielo di magma sopra di me. In lontananza, due creature puntano verso di me a cavallo di un'altra specie di creature, lanciando orribili urla di battaglia.

Qualcosa serpeggia via dal mio polso, scendendo al suolo, e assume le proporzioni di un unicorno peloso.

"Meglio andarcene di qui" dico al mio nuovo destriero. "Qualunque cosa siano, quelle cose non sembrano amichevoli."

L'unicorno soffia, e non appena mi aggrappo al suo collo, comincia a galoppare così velocemente, da sfiorare a malapena l'acqua con gli zoccoli.

Le urla di battaglia, se sono tali, si avvicinano alle nostre spalle. Sono terrificanti. Immagino che sia esattamente così il rumore dei denti dei folletti, quando raschiano le ossa delle loro vittime. Eppure, per qualche ragione, non riesco a liberarmi della sensazione che quelle orribili grida nascondano un messaggio, ma in una lingua a me sconosciuta.

Lanciandomi un'occhiata alle spalle, osservo quelle mostruosità. L'aspetto delle cavalcature assomiglia ad un incrocio tra un facocero e un ragno, mentre i cavalieri mi ricordano talpe senza pelo... ma dalle enormi proporzioni e con i tentacoli.

Accelero, ma una delle coppie guadagna comunque terreno. Mentre accosta vicino a noi, la seconda coppia grida subito dietro di me.

Un tentacolo mi si attorciglia intorno al collo, come un lazo. Prima che riesca a sbalzarmi via, la mia cavalcatura vira di lato, e infilza il cavaliere con il corno.

Mentre la creatura muore, il tentacolo allenta la presa sul mio collo.

La bestia senza cavaliere ruggisce. Con le narici che vibrano dalla rabbia, il mio unicorno s'impenna, e mi aggrappo alla sua criniera pelosa, come ne andasse della mia vita, mentre lo colpisce alla tempia con uno zoccolo, uccidendolo all'istante. Poi sferra un calcio in testa al facocero alle nostre spalle. Ferita a morte, la bestia barcolla, ma la talpa senza pelo piena di tentacoli che la cavalca atterra sulle zampe posteriori, e snuda le zanne, simili a sciabole, davanti a noi.

Il mio unicorno parte alla carica.

La talpa schiva il corno e mi blocca un polso con un tentacolo. Come una corda per il bungee jumping, il tentacolo si contrae, attirando la vile creatura verso di me. Allontano di scatto la mano, ma è inutile. La creatura mi è già addosso, e le sue zanne mi affondano nel collo.

Il sangue sgorga dalla ferita, e comincia a girarmi la testa.

Ignorando il dolore, do una testata alle fauci dell'avversario, lanciandolo all'indietro. Poiché è ancora attaccato a me con il tentacolo, non è un volo molto lungo... ma sufficiente.

Con una torsione del collo, il mio unicorno lo infilza come uno spiedino, mettendo a segno un colpo mortale.

———

ANSANDO E SANGUINANDO PROFUSAMENTE, osservo le pareti verde-rossastre tutt'intorno e gli oggetti impossibili galleggianti.

Certo. Sono nel mio palazzo, e quel macello sanguinolento era un altro sub-sogno.

Ma d'altro canto, non avevo idea che si trattasse di un sogno. Perché questo? Che cosa mi servirebbe per capirlo, l'unicorno Pom che scoreggia arcobaleni?

Esco dal mio corpo e guarisco le ferite al collo e alla fronte.

È ufficiale: non sono mai stata così vicina alla morte nel sogno e alla successiva follia.

A proposito di morte, mi sono completamente dimenticata di Gertrude. Poiché l'ho appena immersa nella fase REM, potrebbe toccarmi con la mano libera in qualsiasi momento.

Torno in fretta nel mio corpo e mi sveglio.

CAPITOLO VENTUNO

I MIEI OCCHI si aprono alla vista della mano slegata di Gertrude, che ciondola in maniera imprevedibile.

Accidenti, adesso viene verso di me.

Ma prima ancora di poter pensare alla parola *schivare*, qualcuno mi sposta all'indietro con uno strattone. La mano di Gertrude mi vola proprio davanti al naso.

Barcollo leggermente nella mia nuova posizione, stordita. Mi ha toccato il naso? In caso affermativo, lo perderò... nella migliore delle ipotesi.

Kain esamina il mio viso, come un chirurgo che si appresta ad eseguire una rinoplastica. "Tutto bene. Non ti ha toccata."

"Bene?" Guardo il dito entrato in contatto con i capelli di Gertrude. Anche se non è andato in putrefazione, non l'ho ancora disinfettato.

"Vieni." Kain mi guida verso il lavandino della

cucina, prende il dito con cui le ho toccato i capelli, e versa sopra il detersivo per i piatti.

"Accidenti" sibilo sottovoce.

Mi lavo le mani, sfregandole per diversi minuti, onde evitare di inimicarmi un vampiro, cosa che vorrei *veramente* fare.

Kain mi porge un rotolo di asciugamani di carta, con cui mi asciugo le mani, aggiungendoci mezza boccetta di disinfettante.

"Presumo che tu non abbia avuto la possibilità di discolpare Gertrude" afferma.

Scuoto la testa, ancora troppo arrabbiata per parlare.

"Fallo adesso. Non voglio trattenerla qui più del necessario."

"C'è un problema." Mi appollaio su uno sgabello. "Affinché sia una cosa facile e veloce, devo sapere che cosa stava facendo al momento dell'omicidio. Altrimenti, potrebbe diventare un progetto enorme."

"Oh, me l'ha detto." Prende un'altra bottiglia d'acqua dal frigo e me la porge. "Stava guardando un film nella sua stanza."

"Da sola?" Bevo un sorso d'acqua di malavoglia: non ha senso disidratarmi, solo perché ce l'ho con il vampiro davanti a me.

"Esatto, nessun testimone." Si appoggia contro il bancone. "Un'altra ragione per nutrire dei sospetti."

"Puoi descrivermi la sua stanza? E il film che stava guardando?"

Descrive il suo soggiorno, poi aggiunge: "Il film era

Catwoman. Non pensavo che avessimo quelle schifezze nella nostra biblioteca."

"Non l'ho mai visto. Di che parla?"

Muove una mano con impazienza. "Non l'ho visto nemmeno io. Ha una pessima reputazione, al punto che ho trovato sospetto il fatto che Gertrude guardasse proprio quello."

Mi stringo il naso tra le dita. "Beh... sapere che riguardava Catwoman potrebbe bastare."

"Okay, bene."

"Puoi andare a sorvegliare Gertrude?" dico. "Fammi sapere se si sveglia."

Se si rende conto che non voglio mostrargli come metto in pratica la mia magia a distanza, non lo dà a vedere.

Non appena se ne va, accarezzo qualche volta il pelo di Pom per calmarmi, e scivolo nella trance.

———

POM È nero come la pece, quando ricompaio nel mio palazzo dei sogni. "Era un sub-sogno, vero?"

Spicco il volo. "Parliamone mentre andiamo alla torre dei dormienti. Suppongo che anche tu non sapevi che fosse un sogno?"

Mi raggiunge nell'aria. Il suo pelo ha assunto una tonalità scura color barbabietola. "Già, non ne avevo idea."

"Anche se eri un unicorno?" Creo una copia in miniatura dell'unicorno, in volo accanto a noi.

"Nemmeno tu sapevi che fosse un sogno." Sfreccia in avanti per librarsi davanti al mio viso. "E sei tu quella con i poteri nei sogni."

"Ma tu non fai altro che dormire e sognare. Tra i due, hai più possibilità di capire che un sub-sogno è solo un sogno... e a quel punto, potresti dirmelo."

"Beh, non lo sapevo." Le punte delle sue orecchie sembrano carote. "La prossima volta, magari?"

"Non voglio che ci sia una prossima volta." Entro nella torre. "Ci sono andata troppo vicina."

Voliamo in un silenzio cupo, mentre localizzo Gertrude. Nell'avvicinarci, scorgo significative nuvole scure in miniatura, che fluttuano sopra la sua testa.

"No, di nuovo" mormoro. Come con Bernard, dovrò affrontare il suo circolo di traumi, prima di poter verificare la sua innocenza.

D'accordo. Considerando questa complicazione, mi preparerò un po' meglio.

Localizzo il Felix dormiente ed entro nei suoi sogni.

––––––

FELIX STA GIOCANDO ad un videogioco violento con la sua seconda coinquilina, una ragazza che chiamo scherzosamente Principessa Peach. Ciascuno di loro ha un animale domestico in grembo: lui una gatta, e lei invece, un cincillà.

Felix scatena una raffica di calci e pugni sullo schermo, staccando la testa al personaggio di Peach.

Interessante. Con una simile quantità di sangue e

violenza, mi aspetterei di vederlo svenire, invece sorride. O non percepisce come reale la violenza del gioco, o si tratta di un sogno. Probabilmente, è la seconda opzione. Nel mondo reale, l'avversaria avrebbe anticipato ogni sua mossa con i propri poteri di veggente.

Mi schiarisco la gola.

Entrambi mi guardano, ma solo gli occhi di Felix esprimono un'intelligenza reale.

"Siamo in un sogno" dichiaro. "Nel caso in cui non fosse ovvio."

Felix balza in piedi. "Mi sono addormentato?"

Trasporto noi due nel mio ambiente sulla nuvola. "Sì."

Si sistema la T-shirt con la scritta 'Il cucchiaio non esiste'. "Mi dispiace. Ho bevuto due Red Bull e..."

"Non preoccuparti." Sprofondo nella mia poltrona sulla nuvola. "Ho bisogno del tuo aiuto. Hai visto il film *Catwoman*?"

Si abbandona sul divano per le sedute di terapia. "È una schifezza."

Pom compare accanto a me, e gli arruffo pigramente il pelo. "Non ho bisogno delle tue abilità di critico cinematografico. Sto per entrare nel sogno di una persona che ha visto questo film, e ho bisogno dei dettagli."

"Mi pare che abbia avuto una valutazione di tre virgola tre su dieci su IMDb" afferma, guardando di sbieco Pom. "Halle Berry, la star del film, ha ricevuto come disonore un Razzie Award per la sua performance."

"Okay, quindi sembra che tu conosca almeno l'attrice coinvolta." Mi piego in avanti. "Che aspetto ha?"

Mi osserva pensieroso. "Ti assomiglia un po', in realtà."

Pom assume una curiosa tonalità arancione chiaro, mentre lo posiziono sulle mie gambe, e chiedo a Felix: "Perché non te la immagini mentalmente, così posso vederla di persona?"

Gli concedo un momento, prima di colpirlo con una scossa di potere.

Una donna attraente compare accanto a Pom. Indossa il genere di tuta in pelle che portano spesso i dipendenti dal sangue di vampiro su Gomorra. Dev'essere il famigerato costume da gatta.

Pom arriccia il naso peloso. "Non assomiglia affatto a Bailey."

Pensierosa, m'imprimo nella memoria quegli zigomi perfetti. "Sì, lei è molto più bella."

"Se hai proprio bisogno della trama, chiedi ad Ariel" dice Felix, ignaro. "Adora qualsiasi cosa abbia che fare con Batman, e non si sarebbe mai persa quel film, per quanto brutto."

"Buona idea" rispondo. "Rimani qui e parla con Pom. Torno subito."

Prima che uno di loro possa replicare, torno alla torre per vedere se Ariel sta dormendo.

Sono fortunata: è qui.

Le tocco la fronte ed entro nel suo sogno.

———

UN ORCO STA per colpire la mandibola di Ariel con un pugno gigantesco. Lei lo schiva, estrae un coltello enorme da qualche parte, e gli infilza il pugno in un movimento rapido. L'orco ruggisce, tentando poi di colpirla con un calcio... ma lei schiva anche questo.

Wow. Ariel è davvero abile, e si adatta addirittura all'abbellimento così tipico dei sogni. Potrei farle visita nei sogni, in seguito, per imparare alcuni dei suoi trucchi di combattimento. Per ora, ho bisogno delle sue conoscenze, perciò la aiuto con moderazione a sconfiggere l'orco, e quando quest'ultimo cade, mi posiziono davanti a lei.

"Bailey." Ariel rinfodera il coltello. "Che cosa ci fai qui?"

Sorrido. "E dove sarebbe *qui*?"

Ariel si sforza di rispondere, ma non le viene in mente alcunché.

"È cosa comune non chiedersi dove sia ambientato un sogno" spiego.

Esamina l'orco morto. "È un sogno?"

"Gli orchi non vengono sulla Terra." Faccio scomparire il cadavere. "E poi, perché avrebbe dovuto attaccarti?"

"Giusto, è *proprio* un sogno." La sua fronte, perfettamente liscia, si corruga. "È ora della mia terapia?"

"No, ho bisogno di te per una cosa." La guido nel mio ufficio sulla nuvola, dove Felix e Pom si librano nell'aria davanti agli scacchi.

"Oh, ehi, Felix. E Pomsie!" Ariel agguanta il mio simbionte peloso, sorridendo come una bambina che scarta un regalo. "Mi sei mancato."

Tra le sue braccia, Pom assume l'intenso colore viola della felicità.

Pfiù. Almeno, non è rosa corallo. Sarebbe un po' imbarazzante, anche se comprensibile, se Ariel lo eccitasse. Immagino che il loro amore sia platonico, almeno da parte di Pom. Si erano conosciuti dopo che avevo deciso che Ariel avrebbe trovato beneficio in qualcosa di simile alla pet therapy, e andavano talmente d'accordo, che alla fine avevo dovuto chiedere a Pom di evitare le sue sedute, altrimenti non avrebbe fatto altro che accarezzarlo ininterrottamente.

"Ariel te l'ha detto?" Il monosopracciglio di Felix balla una giga sulla sua fronte.

"Dirle che cosa?" Ariel stringe più forte Pom.

"*Catwoman*." Felix sposta lo sguardo da me a lei. "Bailey voleva conoscere la trama di quell'abominio."

"Non ho avuto la possibilità di spiegare." Mi abbandono sulla mia poltrona. "Hai visto quel film?"

Stringe di nuovo Pom. Se non fosse una creatura dei sogni, gli avrebbe ormai spezzato la schiena con quegli sbaciucchiamenti pieni d'entusiasmo. "Felix sa che è così."

"Te l'avevo detto." Felix mi sorride. "Probabilmente, le è pure piaciuto."

173

"No." Terminati gli abbracci, gratta delicatamente la pancia di Pom, che diventa prontamente blu.

"*Batman e Robin* ti era piaciuto." Felix si stravacca sul divano per la terapia. "Non è che fosse molto meglio."

"*Piaciuto* è una parola grossa." Gratta Pom sotto il mento, quel gesto che i gatti adorano così tanto. "In mia difesa, c'era Batman. E George Clooney. E..."

"Ragazzi, ho bisogno della trama di *Catwoman* per un lavoro importante" li interrompo. "Per favore."

Ariel scocca un'occhiata di avvertimento a Felix, poi si lancia in un riassunto del film.

"Grazie" dico alla fine. "Ora, posso lasciarvi tutti qui a passare del tempo insieme, mentre mi occupo delle mie faccende, oppure posso permettervi di svegliarvi. A voi la scelta."

"Io resto" risponde Felix.

"Anch'io." Ariel strofina la guancia contro il pelo di Pom.

"E anch'io" fa le fusa Pom.

Felix indica la nuvola e l'oceano sottostante. "Come funziona?"

"Quando avrò terminato le mie faccende, mi sveglierò" affermo. "E dato che vi ho presi in causa, a quel punto scomparirete da questo luogo, il che significa svegliarsi."

Felix annuisce. "Ho capito. E ci vediamo presto di persona. Ricordi la cerimonia del Mandato della figlia della migliore amica della cugina di Ariel, di cui ti avevo parlato? Vi prenderò parte sicuramente, quindi potrò dare un'occhiata a quel dispositivo da camminatore dei sogni per te."

"Sembra un'ottima idea" commento. "Ci vediamo, allora."

Mi sposto nella torre dei dormienti, mormorando tra me e me: "Sempre se non sarò morta."

Avviandomi verso il letto di Gertrude, mi rendo invisibile con un lampo di luce, e le tocco la fronte.

Circolo di traumi, eccomi che arrivo.

CAPITOLO VENTIDUE

LA GERTRUDE di questo sogno ha un aspetto più giovane. È seduta su un divano con un bell'uomo biondo, che beve un sorso di birra da una bottiglia, e gli osserva le labbra con desiderio.

Le offre la bottiglia. "Ne vuoi un po'?"

Lei si ritrae, come se fosse veleno. "Devo avere il controllo assoluto delle mie facoltà per sopprimere il mio potere."

Lui sorride in modo sfacciato. "Tutto affinché io possa toccarti, giusto?"

Gli toglie la bottiglia di mano, la posa sul tavolo e lo bacia. Mentre vanno avanti a pomiciare, mi rendo conto di due cose: si tratta di un ricordo, come la maggior parte dei circoli di traumi, e l'uomo, nonostante il contatto con lei, non si sta decomponendo. Immagino che gli artefici di cancrene possano disattivare i propri poteri. Ha senso. Altrimenti, come potrebbero riprodursi?

A proposito di riproduzione, l'uomo tira fuori un preservativo di tasca, e proseguono fino alla fine.

Sbadiglio nell'osservarli. Non sono molto creativi... tutt'altro, rispetto ad alcuni sogni che ho visto. Semmai arrivassi a questi punti con il Valerian dei sogni, ci sarebbero molte più acrobazie.

"Devi andartene adesso" dice Gertrude alla fine, con aria assonnata.

Lui la guarda con occhi da cucciolo. "Non possiamo farci le coccole per qualche minuto?"

"Due minuti. Metti una coperta in mezzo a noi, per sicurezza."

L'uomo obbedisce, e restano abbracciati attraverso la coperta, finché il respiro di lei non cambia. Quando si accorge che sta dormendo, lui scende con cautela dal divano e comincia a raccogliere i propri vestiti. Prima che possa infilare i pantaloni, lei sprofonda nella fase REM. L'uomo non si accorge di alcunché.

A questo punto, il sogno non è più un ricordo, ma l'estrapolazione di Gertrude di ciò che dev'essere accaduto.

Il suo braccio oscilla all'improvviso, proprio come quando mi aveva quasi cancellato il naso. Per puro caso, la sua mano gli tocca una caviglia e, come se avesse una mente propria, la stringe.

La putrefazione è immediata. In pochi istanti, la gamba dell'uomo sembra infetta da settimane.

Si afferra la gamba, urlando.

Lei si agita, come sul punto di svegliarsi, ma senza mollare la presa, e la cancrena si diffonde sempre di più, finché le grida dell'uomo non cessano e lui collassa in un mucchietto decomposto.

Il sogno è di nuovo un ricordo.

Gertrude apre gli occhi... e salta giù dal divano con un grido di tale orrore e agonia, che provo una fitta al petto di sincera compassione.

Nonostante il suo terribile comportamento nei miei confronti al processo, non se lo merita.

Ma ho l'occasione di fare ciò per cui sono venuta qui, così faccio scomparire il cadavere dell'uomo, la rimetto sul divano e la riaddormento. Poi modifico la stanza, conferendole l'aspetto descritto da Kain, spostando il divano, regolando la data e l'ora dell'orologio a quella dell'omicidio di Gemma, e mettendo *Catwoman* in pausa in TV.

Poi uso il mio potere per 'risvegliare' Gertrude qui, nel mondo dei sogni.

Telecomando in mano, si sfrega gli occhi, confusa, temporaneamente dimentica di ogni angoscia. Come speravo, pensa di essersi addormentata prima dell'inizio del film. In seguito, quando si sveglierà davvero, elaborerà il terribile incidente a cui ho appena assistito, per quanto si possa elaborare un avvenimento del genere.

Con mio sollievo, Gertrude si cala perfettamente nel nuovo sogno. Avvia il film e lo guarda, dimenticando tutto il resto. Non impiego molto, prima di notare che la visione di questo film è davvero un ricordo.

Kain aveva torto a sospettare di lei. Il suo alibi combacia.

Una parte di me si sente delusa. Considerando tutto il suo odio nei miei confronti, nonostante le scarse motivazioni, mi avrebbe reso la vita più facile se fosse stata lei la colpevole. Eppure, dopo aver assistito a quel circolo di traumi, capisco perché sia così arrabbiata con chiunque non riesca ad aiutarla con il suo problema del sonno.

Oh, beh.

È ora di svegliarsi.

———

APRO gli occhi nell'elegante cucina di Kain e mi dirigo verso la sua camera, dove dovrebbe tenere d'occhio Gertrude. Lo trovo diligentemente impegnato in quel compito, in piedi davanti al letto come una sentinella.

"Ehi" dice Felix nell'auricolare. "Mi sono appena svegliato."

Ignorandolo, informo Kain: "Gertrude non è colpevole. Stava *veramente* guardando un film, come sosteneva."

Kain impreca sottovoce. Sembra pronto ad uccidere qualcuno.

"E adesso?" chiedo guardinga.

"Ti porto dal prossimo dormiente con cui dovrai confrontarti, poi tornerò qui a ripulire questo macello." Esce dalla stanza a lunghi passi.

Mi affretto a stargli dietro. "Come?"

"Userò la malia su Gertrude per farle dimenticare l'accaduto" snocciola da sopra la spalla, mentre usciamo dai suoi alloggi.

"Non le verranno dei sospetti, se sarà l'unica persona a non subire un esame nei sogni?"

"Le dirò che rimarrà per ultima." Attraversa il corridoio a lunghe falcate. "E prima di allora, troveremo il vero assassino."

"Sempre che tu ci riesca" commenta Felix, mentre mi sforzo di stare al passo senza correre. Fortunatamente, Kain rallenta un po' alla svolta successiva.

"Dove stiamo andando?" chiedo senza fiato.

"Da Colton" risponde, e accelera di nuovo. "È l'unico disponibile stasera tra i tuoi indiziati."

Accidenti. Corro a tutta velocità per raggiungerlo. "Che cosa intendi?"

"Eduardo se n'è andato per sbrigare delle faccende da branco, e Nina ha detto che stava per fare un importante viaggio nelle Altreterre."

Ansimando, riesco ad affiancarmi a lui. "E non lo trovi sospetto?"

"Un po'." Rallenta leggermente per guardarmi. "Sanno che, domani sera, dovranno affrontare un esame nei sogni."

"Ma se non tornassero?"

Si ferma accanto alla massiccia porta di legno. "In tal caso, considererò il caso chiuso e il problema risolto. La nostra priorità principale è fermare gli omicidi. La giustizia è una lontana seconda scelta."

Apre la porta con una spinta, poi mi conduce nella camera del gigante.

"Wow" esclama Felix. "Saranno due letti California king size."

Già, riesco a vedere dove finisce un letto e comincia l'altro. Immagino che, su questo pianeta, nessuno fabbrichi letti per persone della stazza di Colton.

"Non è nella fase REM" sussurro a Kain. "Va' ad occuparti di Gertrude, io aspetterò il mio momento."

Se ne va, mentre mi appollaio sul bordo del letto, per osservare gli occhi chiusi di Colton: un'attività abbastanza noiosa, al punto che uno sbadiglio rischia di tendermi la mandibola, nonostante il sangue di vampiro recentemente consumato.

"Quella seduta onirica con Ariel e Pom è stata davvero figa" afferma Felix... una piacevole distrazione, per una volta. Continua con il racconto di che cos'hanno fatto, mentre mi occupavo di Gertrude: oziare, perlopiù.

Dopo alcuni lunghi minuti, Kain ritorna e mi guarda, impaziente. Indico le palpebre di Colton e mi stringo nelle spalle. Se non avessi paura di svegliare il gigante, gli spiegherei che la fase REM, solitamente, avviene circa novanta minuti dopo che una persona si è addormentata.

Kain raggiunge un angolo e s'immobilizza, come una statua di alabastro. Dev'essere una bizzarra meditazione da vampiri.

Rivolgo la mia attenzione a Colton. Dopo quella che mi sembra un'ora, le sue palpebre indicano finalmente la fase REM... ma se dovessi fare a modo mio, userei l'attrezzatura per stabilirlo con certezza. Se mi sbagliassi, dovrei affrontare di nuovo il sub-sogno. Eppure, sono abbastanza sicura che stia sognando. I suoi occhi, come il resto di lui, sono giganteschi, ed è difficile non notare il movimento.

Con attenzione, tocco il dorso della mano del gigante e precipito nel mondo dei sogni.

———

"ARIEL E FELIX SONO COSÌ DIVERTENTI" ansima eccitato Pom, mentre prendo forma nell'atrio del mio palazzo dei sogni. "Devi riportarli qui, un giorno."

"Lo farò" gli rispondo, puntando verso la torre dei dormienti. "Raccontami che cos'avete fatto."

Ascolto a malapena, mentre ripete alcune cose che mi ha detto Felix. Sto pensando ad una teoria, che mi frulla in testa, da quando abbiamo lasciato la stanza di Gertrude.

Nonostante il suo alibi, Kain potrebbe essere ancora il responsabile degli omicidi in un certo modo. E se avesse usato la malia, affinché gli altri facessero il lavoro sporco e dimenticassero poi l'accaduto? Dopotutto, è riuscito ad applicarla su Gertrude, una collega del Consiglio. Ma non può essere abbastanza potente, da farlo con chiunque voglia. È riuscito ad usare la malia su di *me* solo grazie al sangue di vampiro che avevo bevuto.

Hmm. Potrebbe esserne una consumatrice anche

Gertrude? Se soffrissi del suo disturbo, potrei optare per quella strada, onde evitare il sonno il più possibile.

In entrambi i casi, proseguirò con il mio attuale piano d'azione. Se Kain avesse impiantato un finto alibi nella mente di qualcuno, non corrisponderebbe nel mondo dei sogni. Infatti, dovrei vedere se sia possibile recuperare un ricordo della malia. Non ci ho mai provato, ma potrebbe funzionare.

Presa questa decisione, individuo Colton addormentato nella torre.

"Ah" osserva Pom. "Le dimensioni del letto sono aumentate per accoglierlo."

Questo non mi stupisce. "Anche la nicchia. È questo il bello del mondo dei sogni per te."

La buona notizia è che non si sono addensate nuvole corrispondenti a circoli di traumi sopra Colton, quindi sarà una situazione di entrata e uscita.

Mi rendo invisibile ed entro nel suo sogno.

Intorno a noi, c'è un mondo privo di ogni progresso tecnologico, perfino modesto come la tecnologia della Terra. Scorgo invece capanne di fango delle dimensioni di edifici a molti piani, strade sterrate larghe quanto una grande autostrada, enormi mulini a vento e giganti dagli abiti semplici, che vanno avanti e indietro.

Colton si sta trascinando lungo la strada, e appare molto piccolo accanto ai membri della sua specie. Immagino che abbia senso per lui essere piccolo. Per vivere sulla Terra, dev'essere scambiato per un umano. Se fosse realmente un umano, comunque, probabilmente avrebbe avuto seri problemi alla ghiandola pituitaria.

Dando inizio al lavoro, richiamo una fitta nebbia per oscurare le capanne e le persone. Riduco le dimensioni della folla per strada e rimuovo completamente le capanne, sostituendole con un paesaggio collinare costellato di funghi. Infine, imposto la data e l'ora e aggiungo le capre.

Come se fosse stato quello l'obiettivo per tutto il tempo, Colton comincia serenamente a portare al pascolo le bestie.

Sì, questo è un ricordo. Un'altra persona con un alibi.

Delusa, mi sveglio.

———

INDICANDO A KAIN DI SEGUIRMI, esco in punta di piedi dalla camera di Colton e punto direttamente verso l'uscita.

Una volta fuori dagli alloggi del gigante, mi disinfetto il dito. "Non è colpevole. La situazione non volge a favore di Eduardo e Nina."

Kain sembra tetro. "Entra in contatto con il maggior numero possibile di Consiglieri. Albina è nelle vicinanze, quindi puoi iniziare con lei."

Non mi oppongo, e mi guida verso una porta d'acciaio di dimensioni normali, che oltrepassiamo.

Albina non è a letto. Troviamo invece una nota sul cuscino:

Kain, sono molto spiacente, ma è successa una cosa. Dovrò partecipare all'indagine in sogno domani sera.

Saluti, Albina

"Vago" commento. "È abbastanza forte da squartare una persona?"

"No." Kain esce dagli alloggi di Albina. "Non può spezzare la materia in alcun modo. Se avesse usato il suo potere, avremmo pensato che la vittima fosse scomparsa senza lasciare traccia. Sarebbe stato stupido da parte sua lasciarsi dietro dei corpi."

Ci dirigiamo verso gli alloggi di un altro soggetto, mentre chiedo: "Non è sempre una cattiva idea?"

"A meno che tu non sia Albina, potrebbe essere difficile sbarazzarsi di un corpo in questo castello. Ma hai ragione. È possibile che l'assassino voglia comunicare qualcosa, lasciandosi dietro questi corpi... e in tal caso, potrebbe essere Albina. In qualche modo."

Ci fermiamo accanto ad una nuova porta di legno, che tiene aperta per me.

"Gertrude beve sangue di vampiro?" chiedo con la massima noncuranza.

"Esatto." Si acciglia. "Il fornitore è Firth... e l'unica ragione per cui lo consento è che, in questo modo, ho potere su di lei."

"Altri membri del Consiglio bevono sangue di vampiro?" chiedo, sempre cercando di apparire noncurante.

"Che io sappia, no." Le sue zanne si allungano. "E Gertrude è l'unica persona del Consiglio su cui posso usare la malia come prima. Non potrei, ad esempio, aver fatto in modo che Colton squartasse Gemma."

"Ovvio che lo dicesse" sussurra Felix. "Se fossi in te, non scarterei così in fretta quella teoria."

Ignorando Felix, guardo in cagnesco Kain. "Non essere suscettibile. Non è compito mio pensare a tutte le possibilità?"

"Preferirei che ti concentrassi sulla parte del lavoro da fare lì dentro." Indica l'appartamento con la testa.

Mentre lo oltrepasso per entrare, le sue zanne spariscono.

La dormiente in questa camera è Isis, il Consigliere che ha promesso di guarire la mamma, quando porterò a termine con successo il mio lavoro.

Mi conviene comportarmi bene.

In silenzio, attendo che Isis sprofondi nella fase REM, prima di entrare nel mondo dei sogni. Una volta lì, controllo che compaia nella torre dei dormienti e torno indietro, muovendomi con cautela per non svegliarla. Mi limiterò a spiare i sogni di Isis, solo se mi verrà esplicitamente ordinato. Il suo potere è troppo prezioso per me, per turbarla. In realtà, se si rivelasse lei l'assassina, potrei ricattarla per salvare la mamma, invece di dire al Consiglio la verità sulla sua colpevolezza. Ma non penso che dietro a tutto questo ci sia una guaritrice.

Il dormiente da cui Kain mi porta adesso non mi è familiare. Ancora una volta, attendiamo la fase REM, poi stabilisco il collegamento ed esco dal mondo dei sogni.

Il Consigliere successivo, lo riconosco. È Hekima, l'illusionista dall'espressione benevola. Raggiunge un'altra fase REM nel giro di pochi minuti, dopodiché, compaio nel suo sogno ed esco immediatamente, come ho fatto con gli altri Consiglieri.

Anche l'individuo successivo lo conosco, in qualche modo. Pur non avendo mai parlato a tu per tu, l'ho visto nei sogni di Ariel. Il suo volto da folletto, o più precisamente da satiro, è caratteristico. È Chester, un manipolatore delle probabilità, o un imbroglione, come viene soprannominata la sua specie a livello locale. Un manipolatore delle probabilità non è una persona che vorrei inimicarmi, quindi stabilisco con attenzione un collegamento ed esco in punta di piedi dalla sua camera.

Il prossimo Consigliere è una bella donna, che impiega più di un'ora per sprofondare nella fase REM.

Alla persona dopo di lei occorrono solo cinque minuti.

Continuo a stabilire sempre più collegamenti, finché non entriamo nella camera di un uomo magro, che apre gli occhi e ci guarda in tralice.

"È mattina" dice Kain, mentre ci affrettiamo ad uscire dalla dimora dell'uomo magro. "Dovrai continuare stasera."

Evviva. Un po' di tregua.

Torniamo ai miei alloggi.

"Erano quasi tutti?" chiedo una volta lì.

"Il novanta per cento del Consiglio." Mi apre la

porta. "Pensavi di non avere abbastanza potere, ma in realtà abbiamo esaurito solo il tempo."

Mi fermo sulla soglia. "Volevo vedere se qualcuno sta dormendo."

Scuote la testa. "Ho promesso a tutti che non arrecherai alcun disturbo. Inoltre, la reale creazione di un collegamento è meno importante del far loro *pensare* che esista."

"Che cosa intendi?" Entriamo e mi lascio cadere su una sedia.

Rimane accanto alla porta. "La mia speranza è che l'assassino ti ritenga una minaccia. Si muoverà per eliminare la minaccia stessa, e in quel momento si rivelerà a me."

Lo guardo in tralice. "Quindi sono un'esca? Speri che cerchi di uccidermi, così saprai chi è?"

"Io, o uno degli Esecutori, ti proteggeremo" minimizza. "E otterrai la tua ricompensa."

"Se sopravvivrò."

Mi rivolge uno sguardo fermo. "Giuro che tua madre sarà guarita anche in caso di tua morte."

"Beh, è morbosamente rassicurante" sussurra Felix.

Una parte della mia rabbia evapora. "Grazie. Significa molto."

Senza curarsi di rispondere con un 'prego', Kain se ne va, e sento la serratura girare nella porta.

Immagino di essere una prigioniera. Oh, beh.

La prima cosa che faccio è prendere alcune banane e iniziare a masticarle, consumandole una dopo l'altra, e ignorando le frecciate di Felix.

"Quando hai finito con quella roba da scimmie, sarebbe un buon momento per schiacciare un pisolino" dice, quando arrivo alla banana numero sei. "Sicuramente, a me farebbe bene."

Finisco la banana, mi lavo le mani, e prendo il telefono per digitare: *Tu va' pure avanti.*

"Okay" risponde con uno sbadiglio. "Aspetta, perché mandi un SMS? Pensi che ci siano delle microspie nella stanza?"

Non posso escludere questa possibilità, digito. *Se Kain non si fidasse di me, non mi stupirebbe.*

"Buona osservazione. Goditi il pisolino." Sbadiglia di nuovo. "Vieni pure a trovarmi nel mondo dei sogni, se ti va."

Alzo i pollici davanti alla videocamera sul colletto.

"Ci sentiamo dopo." Sento dei fruscii, mentre si toglie le cuffie.

Bevo un po' d'acqua e cerco di decidere che cosa fare dopo. Un sonnellino è fuori questione; il sangue di vampiro che ho ingerito non lo consentirebbe. Dal momento che non ho esaurito il mio potere, decido di terminare il lavoro di Valerian... e poi, magari, di ricompensarmi con una visita alla versione dei sogni del mio datore di lavoro.

Accarezzando il pelo di Pom, entro nel necessario stato di trance. Lungo la strada per la torre dei dormienti, aggiorno Pom sull'indagine, e gli spiego che cosa sto per fare.

"Sei fortunata" dice, quando raggiungiamo la nicchia di Bernard. "Oggi è qua che dorme."

"Non mi sento molto fortunata." Adocchio le nuvole intorno alla testa di Bernard. "Il suo circolo di traumi è costituito da più di un sogno, a quanto pare."

"Questo è meno grave dell'ultimo" osserva Pom, annusando le nuvole. "Però, non verrò dentro con te. Mi spiace."

Mi stringo nelle spalle, poi mi protendo per toccare Bernard.

CAPITOLO VENTITRÉ

UNA DONNA, la moglie di Bernard, sta facendo rabbiosamente le valigie.

"Non andartene." Bernard si sfrega la barba in disordine. Ha i capelli scompigliati intorno al viso stanco. "Non farlo, per favore."

"Non posso vivere in questo modo" replica lei senza guardarlo. "Quell'assassino, per te, è più importante di me o di tua figlia vivente."

Un assassino? Che peccato. A quanto pare, il rapimento a cui ho assistito è finito nel peggior modo possibile.

Bernard serra i pugni, ma invece di urlare contro la moglie (o peggio), alza i tacchi e sbatte la porta alle proprie spalle con una forza tale, da poterla quasi scardinare.

Entra come una furia nel proprio ufficio, dove noto la portata della sua ossessione. Questo posto è interamente ricoperto di ritagli di giornale. Sulla parete c'è una cartina con delle puntine da disegno, e perfino una collezione di cartoni di latte raffiguranti immagini di bambini.

La buona notizia per me è che questa sezione del circolo di traumi sembra conclusa. La cattiva è che ce ne sarà almeno un altro in arrivo. Lo sento arrivare.

Una pressione familiare, che non ha nulla a che vedere con il sogno, si manifesta sul mio braccio, e a conferma dei miei sospetti, mi brucia la guancia per uno schiaffo.

Proprio come l'ultima volta, la mia trance del sogno si spezza, e riapro gli occhi nel mondo della veglia.

Filth incombe su di me, con un'espressione soddisfatta dipinta sul pallido volto da faina.

"Kain ha detto che devi risparmiare i tuoi poteri per le indagini" ringhia. "Vengo qui, e ti scopro intenta a divertirti."

Mi chiedo se sia il caso di mentire, dicendo che stavo facendo il mio lavoro, ma decido di non rischiare. Resistendo all'impellenza di disinfettare la pelle che ha toccato, rispondo nel tono più gentile che mi riesce: "Sono contenta che tu sia qui."

Mi guarda come se mi fosse spuntata la proboscide di un elefante, poi un ghigno cattivo gli attraversa il volto. "Hai bisogno di qualcosa da me?" chiede in quello che, probabilmente, considera un tono seducente. È ripugnante. "Qualche prezioso liquido, magari?"

Lotto contro il riflesso del vomito. "In realtà, ho bisogno di informazioni. Riguardano l'argomento di cui stai parlando."

"Eh?" Inarca un sopracciglio arrogante.

Ricordo a me stessa che mi sto rivolgendo ad una macchina assassina, e che non sarebbe saggio colpire quel muso da faina con un pugno. "Tieni presente che sto facendo domande per l'indagine, okay?" Inspiro. "È vero che fornisci a Gertrude il prezioso liquido citato?"

Le sue zanne si rivelano, rendendo il suo volto davvero spaventoso... meno faina e più volverina.

Mi allontano furtivamente. "Lo chiedo perché me l'ha detto Kain. Volevo solo avere una controprova, quindi..."

"Kain è l'unica ragione per cui non sei una sacca di sangue. Fammi ancora pressioni, e rischierò la sua ira." Gli cade l'occhio sulla vena pulsante nel mio collo. "Mi piacerebbe mostrarti il tuo posto nella catena alimentare."

Penso di poter interpretare questa reazione come un sì. È il momento di una riconciliazione. "Non volevo turbarti."

Mi fissa nel modo in cui ho intenzione di guardare io un pasto decente di Gomorra, dopo tutte queste banane della Terra.

Decido di fare un'altra profferta di pace. "Il tuo alibi, comunque, combaciava. Non so se Kain te l'abbia detto."

La sua espressione non cambia.

Schiarendomi la voce a causa della gola molto secca, chiedo: "C'è un posto in cui il Consiglio tiene i registri di cose come le votazioni, le cerimonie del Mandato o le occasioni in cui ogni membro è entrato nel Consiglio?"

Tanto vale scavare in qualche cartella, come un vero detective.

Filth mi guarda torvamente per un altro istante, poi alza i tacchi e raggiunge la porta a lunghi passi.

Prendo un casco di banane e lo seguo nel labirinto di corridoi, tenendomi sempre a qualche passo di distanza da lui, per sicurezza.

Quando raggiungiamo una porta con un'elegante decorazione intagliata, si ferma. Senza dire una parola, la apre per me, e non appena varco la soglia, la sbatte alle mie spalle.

CAPITOLO VENTIQUATTRO

LIETA DI ESSERE FUORI dal suo campo visivo, disinfetto tutti i punti in cui mi ha toccata, poi mi guardo in giro con un fischio di apprezzamento. È la biblioteca di libri cartacei più grande che abbia mai visto. Quanti alberi sono stati estirpati per crearla? Su Gomorra, un albero costa tanto quanto una settimana di spese mediche della mamma, quindi la maggior parte delle persone legge su dispositivi elettronici. Solo le persone schifosamente ricche si godono i libri stampati.

"Qualcosa d'interessante?" chiede Felix in un rauco sussurro. "Non sono riuscito ad addormentarmi, alla fin fine."

Non molto, gli scrivo in un SMS. *Sto per esaminare alcuni archivi.*

Nell'auricolare si sente un debole rumore di tasti. Quando non è impegnato ad hackerare le banche della Terra e altro, Felix si guadagna da vivere, lavorando per gli umani come softwarista e, ironicamente, come consulente per la cybersecurity.

Mi addentro nella biblioteca. In fondo, scorgo una persona seduta su una poltrona. Tiene un bagel in una mano e un libro cartaceo nell'altra.

Lo conosco. È Chester, il manipolatore delle probabilità nel cui sogno ero entrata poche ore fa... e non è solo.

Felix smette di digitare. "Wow."

Può dirlo forte. Accanto a Chester, c'è un enorme leone bianco, intento a devastare qualcosa che, sospetto, sia un grosso brandello di capra. O almeno, spero che sia una capra e non, per esempio, uno sfortunato monaco.

Mi fermo a diversi metri di distanza, osservando guardinga la scena. Né l'uomo, né il leone mi stanno prestando attenzione, perciò prendo la parola. "Scusate. Spero di non interrompere la colazione."

L'orecchio del leone fa uno scatto, ma l'animale continua a divorare il macabro pasto.

Chester posa il libro e rivela un sorriso da satiro. "Ecco la detective extraordinaire. Hai delle domande per me, come parte della tua indagine?"

Sbuccio nervosamente una delle banane. "Sono qui per rivedere alcuni dati."

Il sorriso di Chester si allarga. "Una coincidenza, eh?"

"Non è identico al Joker della serie di videogiochi Arkham?" sussurra Felix. "È la preferita di Ariel."

Sorrido a Chester e dico educatamente: "Sei un manipolatore delle probabilità, vero?"

"Ti sei informata?" Gratta il leone dietro l'orecchio, come si farebbe con un gatto. Alla bestia non sembra dispiacere, forse perché è troppo impegnata con il pasto, o forse perché la fortuna di Chester gli impedisce di farsi straziare da essa.

Ingerisco un boccone di banana senza masticare. "Ho stabilito un collegamento onirico con te, mentre dormivi la notte scorsa. È solo prudente, per me, saperne di più sul tuo conto."

Ovviamente, è una bugia. Non saprei dire quali poteri abbiano molti Consiglieri con cui ho stabilito un contatto. Kain non si è curato d'informarmi.

"Hai sentito, Bertie?" Chester abbassa lo sguardo sul leone. "Non ti ho bandito dal mio letto solo per divertimento." Mi rivolge un sorriso sbilenco. "Bert mi mette ancora il broncio per questo."

"Dorme con quel leone?" esclama Felix in un'eco dei miei pensieri. "Come fa ad avere ancora tutti gli arti attaccati?"

"Apprezzo che tu abbia chiesto a Bert di non essere presente." Ingoio un altro boccone di banana intero. "Ho la sensazione che non avrebbe gradito che qualcuno toccasse il suo padrone nel cuore della notte."

Il ghigno di Chester diventa sinistro. "Oh, vorrebbe tanto che qualcuno ci provasse. Se non si considerano i pisolini, uccidere delle cose è il passatempo preferito di Bertie."

Che carino. M'immagino il leone impegnato in

questo passatempo, e trattengo un brivido. "Beh, è stato un piacere conoscervi entrambi. La ricerca mi attende."

"Un secondo." Il sorriso di Chester scompare. "Non vuoi sapere che cosa stavo facendo, quando è morta Gemma?"

"Non saresti nemmeno uno dei sospetti." Stringo i resti della banana un po' troppo forte, ed essa cade a terra con un lieve tonfo. Bert il leone le lancia una truce occhiata di disgusto. "Perché infastidirti, finché non è necessario?"

"Non è un problema. Stavo portando a passeggio Bert in quel momento."

Le orecchie del leone si drizzano. Deve aver riconosciuto la parola *passeggio*, come sembrano fare i cani.

"La dama si sbilancia, penso, troppo a promettere, no?" sussurra Felix. "Se non rientrava già nella tua lista dei sospetti, lo aggiungerei."

Felix potrebbe aver ragione, ma devo andare con i piedi di piombo, e non solo a causa del leone a pochi metri di distanza.

"Ti ringrazio" dico con un sorriso, che spero risulti entusiasta. "Ora non dovrò mai più disturbare te o il tuo amico qui."

"Speriamo di no" mormora Felix.

"Comincia con la tua ricerca da lì." Chester indica una pila di libri alla propria sinistra.

"Grazie." Seguo con cortesia il suo suggerimento. Il primo libro che tocco, guarda caso, parla dei manipolatori delle probabilità e delle imprese di cui sono capaci.

"Pensi sia stata una tattica d'intimidazione?" chiede Felix, mentre trascino il dito su una porzione di testo, che parla della capacità di un imbroglione di aumentare la probabilità che i nemici si ammalino di cancro, o subiscano una morte accidentale.

O un modo per scagionarsi, rispondo. *Perché lasciare dei corpi in giro, quando può usare dei mezzi più sottili?*

"Come atto dimostrativo?" dice Felix, riesumando il precedente suggerimento di Kain. "Per non parlare del fatto che, al secondo o al terzo incidente, tutti sospetterebbero comunque di lui."

Vero, digito. *Tuttavia, dovrei avere un motivo, prima di diventare sua nemica.*

"Astuta. Ma ricorda che, in caso di una sorta di vendetta, non sarebbe la prima volta per Chester. Lui..."

"Andiamo, Bertie" sento dire Chester. "Se farai il bravo, domani ti porterò in Africa."

"Si è appena preparato una scusa per fuggire?" chiede Felix.

Forse, rispondo.

Osservo Chester uscire dalla biblioteca, con una mano noncurante appoggiata sulla bianca criniera del leone, e decido che l'etichetta di 'imbroglione' si addice molto bene a questo manipolatore delle probabilità in particolare.

Okay. È il momento di cercare qualcosa di utile.

Mi faccio un giro, per vedere se riesco a individuare recenti aggiornamenti in base alle tracce di polvere, o se le sovraccoperte dei libri possono fornirmi un indizio di partenza.

Niente. La stanza sembra essere stata meticolosamente spolverata, senza dubbio dai monaci, e le rilegature della maggior parte dei libri sono identiche, costringendomi ad aprire ogni tomo per scoprirne il contenuto.

Con un sospiro, sbuccio un'altra banana, mentre cerco qualsiasi cosa assomigli ad un archivio.

Niente.

Mangio una banana dopo l'altra, e continuo a guardare, senza trovare altro che inutili inezie. È possibile che tengano i dati giornalieri sugli scaffali più alti? C'è una scala qui, ma impiegherei mesi per farli passare tutti.

Una manciata di ore e banane più tardi, quando ho percorso quasi un cerchio completo e sono tornata al punto indicatomi prima da Chester, scorgo qualcosa di utile su uno scaffale facile da raggiungere.

Archivi delle votazioni: centro.

Lo vedi? scrivo a Felix.

Smette di digitare nell'auricolare. "Interessante. Non posso fare a meno di notare che, partendo dal punto indicato da Chester, hai impiegato il massimo tempo possibile per imbatterti in quel libro."

Hai ragione, digito. *Sperava che rinunciassi? O è una coincidenza?*

"Non esistono coincidenze con i manipolatori delle probabilità. Te lo direbbe lui per primo."

Probabilmente ha ragione. Capovolgendo la parte

posteriore del libro, controllo con ansia l'ultima annotazione. Sì, il voto sul mio destino fa già parte di questo archivio. Esamino i nomi di tutti coloro che mi volevano morta.

Gertrude. Non c'è da meravigliarsi, di questo.

Eduardo il lupo mannaro. Interessante.

Albina, la Consigliera con il potere di dissolvere la materia, che ha evitato il collegamento onirico con me ieri sera. Interessante anche questo.

E sorpresa, sorpresa: anche Chester ha votato per uccidermi.

Non riconoscendo alcuni degli altri nomi, li annoto nel telefono per verificare se abbiano un alibi... in parte per dispetto, ma soprattutto per pura logica. Prima della votazione, era stata menzionata l'idea di sfruttare le mie capacità per le indagini. Se i colpevoli avessero creduto nelle mie abilità, avrebbero votato per uccidermi, per impedirmi di capire la loro identità.

Mando a Felix i miei pensieri via SMS.

"Penso di essere d'accordo con te. Ma solo per fare l'avvocato del diavolo, se l'assassino fosse cauto, potrebbe non aver votato a tuo sfavore."

Buona idea, rispondo. *Vale ancora la pena di analizzare attentamente gli archivi delle votazioni.*

Felix sbadiglia. "Fa' pure. Nel frattempo, tenterò con un altro pisolino."

Apro il libro in un punto a caso, e leggo di una situazione che sembrerebbe molto simile alla mia. Come me, la giovane Siti non aveva un Mandato al momento dei propri crimini. Anche se non dice quali fossero i suoi poteri, li aveva apparentemente usati per far sentire meglio i malati terminali umani nei loro ultimi giorni di vita. Secondo il Consiglio, aveva rischiato di 'evidenziare l'esistenza dei Conoscenti di fronte alla popolazione umana in generale'. Purtroppo per lei, l'esito del suo caso si era rivelato diverso dal mio: i voti non erano andati a suo favore, pertanto l'avevano giustiziata.

Riconosco molti nomi nell'elenco delle persone che avevano votato contro questa ragazza. È interessante il fatto che quello di Chester non appaia tra loro. Scorro le pagine, fino a trovare un caso simile.

Sì, le stesse persone avevano votato per uccidere quest'uomo, proprio come Siti, ma non Chester.

Continuo a cercare.

Lo svolgimento del voto rimane stranamente coerente, e credo abbia senso. Se una persona è totalmente contraria a qualsiasi esposizione di fronte agli umani, probabilmente rimarrà tale.

Volto le pagine più velocemente, fino ad imbattermi in un caso, in cui i voti registrati sono leggermente diversi. Davvero molto interessante. Il convenuto, in questo caso, era la Principessa Peach, la coinquilina di Ariel e Felix. Nel suo caso, Chester aveva votato per la pena più estrema.

Un caso ancor più interessante attende alla pagina successiva. Stavolta, a subire il processo è lo stesso Chester. A parte 'ha parlato dei segreti dei Conoscenti ai non iniziati', non vengono forniti molti dettagli. A differenza di tutti i casi precedenti, in cui i voti avrebbero deciso per l'esecuzione, Chester non rischiava altro che l'espulsione dal Consiglio. I voti non erano andati a favore di Chester; l'avevano espulso. Ah. Dev'essersi guadagnato la riammissione da allora. Ma, cosa non sorprendente, le stesse persone che in genere avevano votato per l'esecuzione in casi simili, avevano votato anche per estromettere Chester.

Potrebbe essere questo il suo movente? Tutti i Consiglieri morti rientravano nell'elenco di persone che avevano votato per l'esecuzione in questi casi. Chester potrebbe volersi vendicare di quello che aveva percepito come un trattamento indegno? Ciò spiegherebbe il suo insolito voto a favore della morte di una come me, che potrebbe potenzialmente esporlo.

Se fosse vero, il prossimo a morire sarebbe uno dei Consiglieri che avevano votato per l'esecuzione o l'espulsione, in caso di esposizione di fronte agli umani.

Ehi, stai schiacciando un pisolino? scrivo a Felix.

Non risponde.

Vado nel mondo dei sogni, dico a Pom che ha la possibilità di rivedere Felix, ed entro nel sogno di quest'ultimo.

È seduto sul divano, e gioca a un videogioco in cui creature abbastanza simili a Pom si combattono a vicenda con superpoteri molto fighi.

"Ehi" esordisco. "L'avevo pensato, che stessi dormendo."

Felix guarda il controller del videogame, le creature sullo schermo, me, e infine Pom. Il monosopracciglio si muove su e giù sulla sua fronte. "Ogni volta, è così difficile credere di trovarmi in un sogno." Guarda di nuovo lo schermo. "E poi, perché non sto facendo qualcosa di più interessante nel mio sogno, come volare?"

"Sono sicura che tu lo faccia, a volte." Mi unisco a lui sul divano, e Pom svolazza per sedersi in mezzo a noi. "Scusa per l'interruzione, ma ho bisogno di parlarti di Chester."

"E io ho bisogno di giocare." Pom non fa che saltellare, impaziente. "Che cosa sono quelle creature?"

"Pokémon." Sorridendo, Felix porge a Pom il controller del videogioco. "Prova a impersonare Pikachu o Jigglypuff."

Un Pom felice, di colore viola, inizia a schiacciare i pulsanti.

Felix si gira verso di me. "Allora. Chester."

Gli riferisco le mie scoperte, poi gli chiedo: "Pensi che potrebbe essere lui l'assassino?"

"Pensare alla manipolazione delle probabilità mi fa venire il mal di testa." Felix si massaggia le tempie in un gesto teatrale. "Penso che potrebbe essere lui."

"Eh?"

"Partiamo dalla freccia. Se fosse esistita una possibilità che Tatum ne venisse colpita, il potere di Chester l'avrebbe resa una certezza. E in quanto ad avvicinarsi di soppiatto all'elfo, avrebbe potuto usare il proprio potere, così che l'elfo non si accorgesse del suo arrivo, se non quando fosse stato troppo tardi, o avrebbe potuto farlo cadere dalla scogliera accidentalmente."

Stavo seguendo la stessa linea di pensiero, ma è positivo averne conferma da un'altra persona.

"Avrebbe potuto esserci lui anche dietro l'attacco degli uccelli" continua Felix. "Se fosse esistita una possibilità che gli uccelli impazzissero e beccassero a morte un camminatore dei sogni, Chester l'avrebbe incrementata."

"Giusto, ma che mi dici di Gemma?" chiedo. "È stata squartata a metà. Non avrebbe potuto farlo in alcun modo, giusto?"

"Magari il suo leone?"

"Forse. Quella cosa, in effetti, sembrava un fascio di muscoli. Deve possedere una forza incredibile."

Felix sgattaiola via da Pom, che si sta impegnando nel gioco con entusiasmo sempre maggiore. "Dovresti parlarne con Kain al più presto. Ma sii prudente. Parte del potere di Chester consiste nel trovarsi nel posto giusto al momento giusto, perciò potrebbe origliare."

"Allora come posso..."

"T'interrompo di nuovo?" tuona dal cielo la voce di Kain.

Parli del diavolo. Mi ha beccata di nuovo nella mia trance.

"Grazie, Felix. Devo andare." Mi sveglio.

Come previsto, Kain è accanto a me in biblioteca, e la sua bocca sottile è rivolta all'ingiù più del solito.

Mi porto una mano al cuore, che batte rapidamente. "Stavo lavorando al caso, lo giuro."

"E?"

"Dobbiamo parlare, ma non qui." Osservo

furtivamente le pile di libri tutt'intorno. "Possiamo uscire e andare in un luogo dove non saremo ascoltati?"

Kain solleva un sopracciglio. "Certo."

Mi guida attraverso i corridoi di pietra, finché non raggiungiamo l'entrata del castello ed emergiamo dalla montagna, accolti dal profumo boschivo della vegetazione bagnata e da una pioggerella sottile.

"Andiamo a parlare vicino al fossato" dico, ignorando le gocce d'acqua che mi cadono sul viso. Spero che non siano troppo contaminate. Sulla Terra, non si sa mai.

Kain annuisce, e camminiamo in silenzio finché non siamo quasi giunti a destinazione, e a quel punto mi accorgo di un paio di problemi con il mio piano.

Il fossato emana i miasmi simili a quelli di una fogna, ed Hekima si trova già al centro del ponte che lo attraversa.

L'anziano illusionista ha in mano un ombrello e tira boccate di fumo da una pipa. Immagino che, con tutti quegli agenti cancerogeni che gli fluiscono nei polmoni, non senta il fetore emanato dall'acqua. Nel vedere noi due, espelle una nuvola di fumo e ci fa un gesto con la pipa.

Altro che conversazione privata.

L'espressione di Kain cambia improvvisamente. "Attenzione!" grida, indicando qualcosa alle spalle di Hekima. "Scappa!"

Hekima si gira di scatto e grida per l'orrore.

Seguendo la direzione del dito di Kain, soffoco un mio stesso grido.

Un'enorme testa, sopra un lungo collo sottile, si sta sollevando dal fossato. Sembrerebbe un dinosauro, ma non so bene di che tipo.

Hekima inizia ad arretrare, ma scivola sui sassi bagnati, cadendo su mani e ginocchia. Con la bocca aperta in un altro grido, solleva il braccio per difendersi... ma in quell'istante, la creatura apre le fauci zeppe di denti e colpisce, strappando via la parte superiore del torace di Hekima in un solo morso.

CAPITOLO VENTICINQUE

DA CIÒ CHE rimane di Hekima, sprizza una fontana di sangue.

Grido.

Snudando le zanne, Kain saetta verso il limitare del ponte. La bestia deve temere i vampiri, poiché afferra i resti di Hekima tra le fauci e scompare nelle acque torbide.

"Che diavolo?" Tremando in modo incontrollabile, barcollo dietro a Kain. "Che cos'era?"

Il vampiro impreca e osserva torvamente l'acqua, come se stesse prendendo in considerazione la prospettiva di tuffarsi.

"Sei fuori di testa?" Lo prendo per una spalla. "Hekima è morto. Vuoi unirti a lui?"

Si gira di scatto per guardarmi in faccia. "Non devi farne parola con nessuno" dice a denti stretti. "La pioggia laverà via il sangue e…"

Ignoro le parole successive. Con movimenti

puramente meccanici dovuti all'adrenalina, prendo il disinfettante per lavarmi le mani, come se fossero sporche del sangue di cui parlava Kain.

"Non ti preoccupare" rispondo, inebetita, quando mi dà una scossa. "Non lo dirò a nessuno."

"E ti rendi conto che questo è stato un altro omicidio, vero?" Mi guarda negli occhi, come sul punto di usare la malia su di me.

"Ah sì?" Di riflesso, mi rilavo le mani.

"Vieni dentro." Afferrandomi una mano appena pulita, mi trascina dietro di sé, come una bambola di pezza.

Non so bene se abbia usato la malia o meno, ma in qualche modo, mi ritrovo nei suoi alloggi.

"Di che cosa volevi parlare?" ringhia. "Parla."

Scrollandomi di dosso lo shock rimanente, mi guardo intorno, alla ricerca di cimici. Non ne vedo, ma non significa molto. "Puoi rimetterti a dormire? Nessuno ci può sentire, se parliamo nel mondo dei sogni."

Rotea gli occhi, tuttavia marcia obbediente nella propria camera e si mette a dormire. Scivolo nel mondo dei sogni, chiedo a Pom di non farsi vedere, poi cerco Kain. È già sprofondato in un sogno, nel quale beve sangue da una donna che non ho mai visto.

Dopo averla fatta scomparire, lo convinco che sta sognando, e ci trasporto nel mio ufficio sulla nuvola... in questo caso, per calmare i miei nervi tesi. Kain può cavarsela da solo.

"Accomodati lì." Indico il punto in cui mi siedo

solitamente, scegliendo per me stessa il divano destinato alle sedute di terapia. "Quindi, che cos'era quella roba?" Riproduco la creatura che ha divorato Hekima a pochi metri di distanza. "Le creature come quelle vivono sulla Terra?"

Lancia un'occhiata minacciosa alla mia ricostruzione. "Quella era Nessie. Un dono del Consiglio scozzese."

Lo guardo con occhi stralunati. "Come il mostro di Loch Ness?"

Annuisce. "Gli umani avevano fiutato quella povera creatura, perciò è stato necessario trasferirla."

Oh, merda... parla sul serio. Faccio scomparire Nessie, e creo una copia impagliata dell'usuale forma onirica di Pom, così posso stringermelo al petto. "Perché mettere qualcosa di così pericoloso nel tuo fossato?"

Kain alza stancamente le spalle. "È accaduto prima di me, quando il Consiglio teneva i prigionieri nei sotterranei. Chiunque fosse riuscito a fuggire dalle fogne sarebbe diventato il pranzo di Nessie."

Disgustoso. La cella che inizialmente mi avevano concesso come stanza... se avessi usato quella penosa toilette, composta da un buco nel pavimento, ci avrei letteralmente rischiato il culo. Faccio un respiro profondo, rassicurandomi sul fatto che, mostro o no, non mi sarei mai avvicinata a quel buco sopra le fogne. Troppo poco antigienico.

Scacciando quell'immagine sgradevole, chiedo: "È la

prima volta che Nessie attacca qualcuno al di fuori del suo territorio?"

Kain china il mento in un unico cenno. "Non credevo che fosse possibile. Ora che ci penso, immagino che una persona con il potere di Gemma potrebbe far sì che Nessie agisse in questo modo, ma..."

"C'è qualcun altro dotato degli stessi poteri di Gemma nel Consiglio? Potrebbe essere la causa della morte di Leal e di questo omicidio."

Kain sospira. "Era l'unica."

"E i poteri delle probabilità?" Creo una copia di Chester di fronte a noi. "Immagino che sia sempre esistita una piccola possibilità che Nessie attaccasse qualcuno vicino al fossato. Un imbroglione avrebbe potuto incentivare queste probabilità."

"Forse. In teoria. Ma perché?"

Gli riferisco i miei sospetti su Chester.

"Non mi convince" afferma. "Hekima non faceva ancora parte del Consiglio, quando hanno cacciato Chester."

Accidenti, è vero. Hekima non rientrava nell'elenco delle persone che avevano votato contro Chester... o contro chiunque altro, in ogni caso. Addio a quella teoria.

Stringo più forte la copia di Pom. "Allora, forse, è stato un vero e proprio incidente. Dopo tutto questo tempo senza alcun prigioniero da sgranocchiare, magari a Nessie è venuta fame."

Kain emette un verso di scherno. "I monaci la nutrono con una capra al giorno. Penso che dovremmo considerarlo un omicidio, per questo ti ho chiesto di tenere la bocca chiusa."

Non ho un bel presentimento. "Che cosa intendi?"

"Come avevo detto, se si verificasse un altro omicidio, il tuo destino diventerebbe incerto. Come minimo."

Il mio battito cardiaco triplica. Dato che ci troviamo nel mondo dei sogni, esco in fretta dal mio corpo per darmi una calmata.

"Scommetto che la vera ragione sia la sua reputazione come capo degli Esecutori" mi sussurra Pom (che dev'essersi reso invisibile, per origliare dall'inizio alla fine) nell'orecchio al mio ritorno.

Ha ragione. Questo omicidio si è verificato sotto il naso di Kain. Se qualcuno ne venisse a conoscenza, lui farebbe per forza una pessima figura.

Facendo scomparire il Chester dei sogni, chiedo: "E se Hekima l'avesse in qualche modo turbato?"

"Può darsi" risponde Kain. "Perché non verifichi il suo alibi?"

"Lo farò. Per caso, sai dove si trovava, quando Tatum è stata trafitta dalla freccia? Ha offerto volontariamente delle informazioni sulla sua posizione al momento dell'omicidio di Gemma, ma..."

"Las Vegas. Penso che fosse a Las Vegas." Kain si alza in piedi, e comincia ad andare avanti e indietro sulla nuvola. "Il suo leone ha una fidanzata tra i leoni dell'hotel Mirage, ma questa è solo una scusa. Chester ama entrare nei casinò e utilizzare il suo potere per vincere alle slot machine. Di solito, una somma che non desta sospetto."

Mi appunto mentalmente di controllare l'aspetto del casinò del Mirage. "Non appena Chester andrà a dormire, controllerò quegli alibi."

"Fino ad allora, rimarrai nei miei alloggi, così potrò tenerti d'occhio" replica Kain. "Non discuteremo di questo argomento, nel caso in cui la tua paranoia fosse corretta, e non mangerai, né berrai. Meglio evitare sfortunati incidenti."

Annuisco solennemente, e sveglio entrambi.

Riaperti gli occhi, Kain rimbalza fuori dal letto e si dirige verso la zona pranzo, senza voltarsi indietro.

Resistendo alla voglia di sdraiarmi sul copriletto peloso, lo seguo e mi appollaio su uno sgabello al bancone della cucina. Si è già messo davanti al computer, e m'ignora completamente.

Prendo il telefono e cerco il casinò, per annotare alcuni dettagli chiave. Poi lo ripongo e mi limito a rimanere seduta lì, troppo stanca per fare qualsiasi altra cosa. Dopo un po', gli ultimi residui di adrenalina evaporano dal mio corpo, e vengo investita dalla sonnolenza più potente che abbia mai sperimentato.

Balzo in piedi e inizio a camminare avanti e indietro, ma mi sento ancora sul punto di addormentarmi.

Ecco perché gli umani su questo pianeta usano la privazione del sonno come forma di tortura. Lo è. Darei qualsiasi cosa, pur di chiudere gli occhi. Beh, la sera calerà tra poche ore. Magari, potrei schiacciare un pisolino? Se avrò fortuna, non ci sarà alcun sogno. Ma anche in caso contrario, a questo punto, sono disposta ad affrontare i miei peggiori incubi, solo per interrompere questa sensazione.

"Posso usare il tuo letto?" chiedo, soffocando uno sbadiglio.

Kain alza lo sguardo dal portatile. "Per dormire? E il tuo vizio?"

Abbasso lo sguardo. "È passato un po' di tempo da quando ho bevuto. C'è una possibilità che riesca ad addormentarmi... minuscola, ma..."

"Serviti pure." Riporta l'attenzione sullo schermo. "Ti sveglierò, quando avrò bisogno di te."

Che sollievo. Vado in camera, e ignorando l'armamentario per il sadomasochismo tutt'intorno a me, mi precipito sul letto.

Naturalmente, ora che mi trovo in posizione orizzontale, il sonno non arriva: tipico, quando si assume sangue di vampiro.

Faccio comunque un tentativo, e mi metto a contare i mooft.

Alle 5:40, Kain entra nella stanza. "È ora."

Mi rimetto stancamente in piedi. "Pensi che Chester stia dormendo?"

"Lo so. Fa' quel che devi" dice Kain, ed esce dalla stanza.

Senza ulteriori discussioni, tocco Pom ed entro nel mondo dei sogni.

Il looft appare di fronte a me, diventa viola, e strilla come se non mi vedesse da un'eternità. D'altro canto, trovandosi così spesso nel mondo dei sogni, il suo senso del tempo potrebbe essere distorto.

"Ehi, amico" esclamo, dirigendomi verso la torre dei dormienti. "Come va?"

"Sono felice di vederti." Vola in cerchio intorno a me. "Ero preoccupato."

Il mio picco di adrenalina deve averlo influenzato. In qualità di parassita... cioè, simbionte... si prende tutti i miei ormoni.

Le sue orecchie diventano rosse. "Hai pensato di nuovo a quella parola con la P."

"E tu mi hai di nuovo letto nel pensiero. Se l'avessi fatto con attenzione, sapresti che mi sono corretta mentalmente."

"Eppure" dice, scontroso. "A te non piacerebbe, se ti vedessi come una persona cattiva, e poi mi ricordassi che hai solo la sindrome premestruale, e che la colpa è dei tuoi ormoni."

"Non so nemmeno da dove cominciare con il discorso." Raggiunta la torre, scorro le nicchie alla ricerca di Chester. "Ti rendi conto che, grazie alla tua natura di simbionte, quando ho la sindrome premestruale, succede anche a te?"

Gli enormi occhi di Pom si sgranano ancora di più. "Davvero?"

"Sei inondato dagli stessi ormoni... e diventi altrettanto nervoso."

Agita le orecchie. "Penso che tu sia semplicemente così irritabile, da *percepirmi* nervoso."

Ignorandolo, volo verso il letto di Chester, sulla cui testa si è radunata una nuvola. "Accidenti."

Pom annusa la nuvola. "È brutto. Sa di uova marce."

Mi protendo verso la fronte di Chester. "Entro lo stesso."

CAPITOLO VENTISEI

"TESORO?" grida Chester dal suo ufficio. "Tesoro, la bambina sta piangendo."

Nessuna risposta.

Accigliato, va dalla neonata. Fermandosi accanto alla culla, le sorride, e la bambina smette immediatamente di piangere. O quest'ultima ha sentito la mancanza del padre, o lui sta usando il proprio potere, per aumentare le probabilità di calmarla.

"Vado a cercare la mamma" cantilena. "È strano che non ti abbia sentita. Ha le orecchie più sensibili di quelle del grosso lupo cattivo."

La piccola gli rivolge un sorriso senza denti. Lui esce con riluttanza dalla cameretta, e comincia ad ispezionare la casa, una stanza dopo l'altra.

"Matilda?" chiama dalla porta del bagno padronale. "Sei lì?"

Nessuna risposta.

Saggia la maniglia. È chiusa a chiave. "Tesoro, va tutto bene?"

Silenzio.

Di nuovo accigliato, tira la maniglia. Si sente uno strano scatto, e la porta si sblocca, senz'altro perché è entrata in gioco la probabilità che accadesse.

Sbircia all'interno.

C'è la lama di un rasoio sulle piastrelle del pavimento, e l'acqua fuoriesce dai bordi di una vasca da bagno. Acqua rossastra.

Pom aveva ragione. È uno di quelli brutti.

Perdendo ogni colorito, Chester si precipita dentro.

Nella vasca c'è una splendida donna dalla pelle perfetta, simile a cioccolato bianco fuso sulla seta. Una pelle perfetta, sfigurata da tagli sui polsi, che non stanno più sanguinando.

Freneticamente, le controlla il battito. "No!" Afferra il suo corpo nudo e lo tira fuori dalla vasca. "No. Ti prego, no."

Punta una mano in direzione del corpo e si sforza, usando il proprio potere alla massima potenza.

Non funziona. La donna non ha alcuna possibilità di tornare in vita, evidentemente.

"Com'è potuto accadere?" geme.

Vorrei che Pom fosse qui adesso, per poterlo stringere a me. Una madre che se n'è andata per sempre... tocca proprio sul vivo. Sarebbe un male tornare al mio palazzo dei sogni per riprendermi, e tornare ad affrontare Chester in seguito?

Mi faccio animo. L'indagine attende... ed è un

mezzo per salvare mia madre, che, a differenza della moglie di Chester, *può* ancora essere salvata.

Indirizzo forzatamente l'attenzione verso il sogno davanti a me. Il circolo di traumi si è concluso, ma una specie d'intuizione mi costringe a lasciar proseguire la prossima sequenza di sogni.

Chester è seduto in soggiorno con la bambina tra le braccia. "Scoprirò che cos'è successo alla mamma." Regola di nuovo la presa sul biberon di latte caldo. La sua voce diventa risoluta. "Quando lo farò, il responsabile la pagherà, chiunque sia."

Il resto del sogno non sembra avere alcuna risposta, e nemmeno quello successivo.

Poi faccio centro.

Intorno a noi, c'è il laboratorio con le colombe cannibali, e Chester è lì, intento a parlare con Leal il camminatore dei sogni.

"Il nostro caro collega veggente, Darian, aveva profetizzato che, se mia moglie non fosse morta, la nostra bambina l'avrebbe fatto al posto suo" afferma Chester con voce bassa e furiosa. "Ma naturalmente, lo sapevi già."

Leal si alza. "Non è così. Voglio dire, conosciamo tutti il tuo odio per Darian, ma..."

Anche Chester si alza. "Lei aveva saputo di quella nefanda profezia da un camminatore dei sogni. Quanti ce ne possono essere di voi, gentaglia?"

"Non sono stato io." Leal indietreggia verso le gabbie degli uccelli. "Non ho motivo di mentire."

"Ne hai, invece." La mascella di Chester si flette minacciosamente.

"No." Interrompendo la ritirata, Leal raddrizza le spalle. "Ho scoperto alcune cose interessanti nei tuoi sogni. Se mi dovesse accadere qualcosa, anche per puro caso, tutti scoprirebbero ciò che hai fatto."

"Mi minacci?" Nella sua furia, il volto di Chester assomiglia stranamente a quello di un folletto.

"Ti sto solo ricordando le conseguenze delle azioni avventate" replica Leal. "E chiarendo bene un semplice punto: non ho motivo di mentirti. Se tua moglie avesse chiesto qualcosa che, secondo me, avresti potuto disapprovare, sarei venuto prima da te. Tu sei un mio collega Consigliere, al contrario di lei."

Il sogno s'interrompe qui, e il prossimo non è un ricordo. Lo lascio scorrere in sottofondo, mentre elaboro le mie scoperte.

Chester aveva avuto una discussione con Leal, e doveva anche fare attenzione a non inimicarselo. Leal sapeva qualcosa sul suo conto, qualcosa che, in caso di morte del camminatore dei sogni, sarebbe saltato fuori. E se Chester fosse andato avanti, uccidendolo comunque? Oppure la mia teoria precedente era corretta, e Chester si è messo ad uccidere chi aveva votato per estrometterlo dal Consiglio? Ma allora perché Leal non ha messo in atto la propria minaccia? Perché i suoi segreti su Chester non sono saltati fuori?

Inoltre, perché Chester ha ucciso Hekima?

In ogni caso, questo spiega il voto di Chester contro di me. Sembra che il suicidio della moglie l'abbia spinto a non gradire veggenti e camminatori dei sogni, e io rientro nell'ultima categoria.

Beh, mi odierà ancora di più, quando l'avrò smascherato come assassino.

Osservo il rapido susseguirsi dei suoi sogni, finché non vedo il suo leone intento ad uccidere ferocemente un uomo. Sposto il sogno, facendo in modo che il leone esca dal castello, perplesso, con Chester subito dietro. Imposto la data e l'ora, in modo che corrispondano all'omicidio di Gemma, e aspetto che Chester aggiunga i dettagli.

Passeggiano pacificamente lungo il sentiero.

Che cavolo? Questo sogno è un ricordo. Né Chester, né il suo leone hanno squartato Gemma in due.

E la freccia scoccata verso Tatum?

Imposto la data e l'ora corrispondenti di quell'omicidio, e sostituisco il castello con un casinò. Chester aggiunge di nuovo i dettagli, e lo vedo vincere un piccolo jackpot: ancora una volta, un ricordo. Se fosse stato a Las Vegas, non avrebbe potuto colpire Tatum con una freccia a New York, al di là dei poteri con le probabilità.

"Sei soddisfatta adesso?" chiede Chester, guardandomi in faccia.

Lo fisso a bocca aperta.

"Ti sei dimenticata di renderti invisibile." Sogghigna. "Come volle la sorte, per così dire."

Ha ragione. Me ne sono davvero dimenticata.

"Ho appena dimostrato la tua non colpevolezza"

dico rapidamente, prima che decida di farmi venire un tumore o peggio.

Inserisce una moneta in una slot machine vicina, vincendo di nuovo. "Ecco perché mi sono assicurato di trovarmi nella fase REM, quando ti sarebbe servito."

Uso i miei poteri, per rendermi più piccola e fragile. "Non ho scoperto nulla... di troppo personale."

Ridacchia senza umorismo. "Andiamo dritto al punto. So che sei a conoscenza del mio voto per ucciderti." Introduce una moneta in un'altra slot machine, che gliene restituisce una valanga. "L'ho fatto perché non mi piacciono i camminatori dei sogni in generale... e adesso, hai un'idea della motivazione."

Annuisco cautamente.

Sogghigna, frugando tra una manciata di monete, alla ricerca di quella che desidera. "Quando il mio potere ci ha riuniti in biblioteca, mi sono reso conto che avresti potuto effettivamente tornarmi utile. Avevo ragione, ovviamente: mi hai appena assolto da ogni crimine. Penso che Kain nutrisse dei sospetti su di me, perciò assicurati di metterlo sulla retta via."

"Lo farò. Siamo a posto adesso?" *Devo preoccuparmi di mutazioni del DNA e cose del genere?*, vorrei aggiungere, ma non lo faccio, per evitare di mettergli in testa qualche idea.

"Se d'ora in poi te ne starai fuori dai miei sogni, non dovrai preoccuparti di me" risponde, magnanimo. "Adesso svegliati."

Lo faccio.

Localizzato Kain, gli riferisco che Chester non è colpevole.

"A causa di Hekima, non lo credevo neanch'io" afferma. "Allora, chi c'è adesso?"

"Penso che dovrei stabilire un collegamento onirico con Eduardo e Nina, per verificare i loro alibi. Poi potrò collegarmi con il resto del Consiglio."

Kain annuisce e mi conduce negli alloggi di Nina.

La lastra di pietra non blocca la strada: ci sta aspettando.

Lascio scivolare lo sguardo sulla zona da lei indicata per la pratica dello yoga, memorizzando alcuni dettagli chiave, e seguo Kain in camera.

Sono fortunata.

Nina è nella fase REM, quindi entro rapidamente nel suo mondo dei sogni.

———

POM MI SALUTA, mentre accelero il passo verso la torre dei dormienti. "Su chi stai lavorando adesso?"

"Nina. E temo che avrà un circolo di traumi."

"Eh?" Assume un colore arancione chiaro.

Mi stringo nelle spalle. "Una cosa sua."

Quando localizzo la Nina dei sogni, tiro un sospiro di sollievo.

"Niente nuvola" afferma Pom. "Non ha tutti i problemi che pensavi, immagino."

"Sì." Mi assicuro di rendermi invisibile. "Tocca a te decidere se vuoi unirti a me o no."

"Lo farò" dice in modo complice, e diventa invisibile anche lui. "Possiamo parlare telepaticamente?"

D'accordo, penso di proposito. *Ma non abituarti a leggermi nel pensiero*.

No, risponde Pom sotto forma di voce nella mia testa. *Grazie*.

Tocco lo spazio tra le sopracciglia scure e ben definite di Nina.

——————

UNA MACCHINA lanciapalle da tennis spara in direzione di Nina al ritmo di una mitragliatrice. Lei intercetta ogni palla con la telepatia, gettandola in un cestino. Un'altra macchina lanciapalle inizia a sparare da un'angolazione diversa, e lei devia quei proiettili con la stessa facilità.

Che cosa sta facendo? chiede Pom.

Allena il suo potere, penso. *Lasciami concentrare*.

Mi guardo intorno nel campo da tennis, alla ricerca di un modo per trasformarlo nell'appartamento di Nina.

Qualcosa di strano cattura la mia attenzione: le finestre di questo edificio sono completamente nere. Lasciandole perdere, mi sistemo, in attesa che Nina si stanchi di allenarsi.

Alla fine, raduna le sue cose e si dirige verso gli spogliatoi. Imposto la data e l'ora dell'omicidio di Gemma e modifico l'ambiente. Invece di un bagno, Nina esce dal campo ed entra nel suo appartamento... e come spesso accade ai sognatori, non batte ciglio di fronte al cambiamento.

Anche qui, le finestre sono nere, uno strano dettaglio che non ricordo di aver aggiunto.

Ma non importa.

Nina fa levitare i mobili, srotola un tappetino e si mette fluidamente nella prima posizione yoga.

Accidenti, penso a beneficio di Pom. *È un ricordo.*

Quindi non è colpevole?

Sembra così. Adesso mi sveglio. A presto.

Prima che Pom possa protestare, esco dalla trance.

———

DOPO AVER AGGIORNATO Kain sulle mie scoperte, ci dirigiamo verso gli alloggi di Eduardo. Una volta lì, il letto è vuoto.

Le zanne di Kain si allungano. "Aveva detto che sarebbe stato qui, stasera."

"Forse va a letto più tardi?" Mi guardo intorno nella camera spartana, alla ricerca di qualsiasi suggerimento.

"Gli concederemo qualche ora" ringhia Kain.

In seguito, ci aggiriamo per un po' nel castello, ed entro nelle camere delle persone, per stabilire i collegamenti... scorrendo l'ultima parte dell'elenco di Consiglieri che avevano votato per uccidermi. Quando arriviamo all'ultimo nome dell'elenco, riconosco il soggiorno in cui entriamo.

Questa è la dimora di Albina, il Consigliere che

aveva lasciato un biglietto di scuse, per essersi persa il collegamento onirico l'ultima volta.

Mi rianimo. Evitarmi quella volta è stato un comportamento losco. Forse, dovrebbe stare più in alto nella mia lista dei sospetti.

Kain annusa l'aria con espressione sempre più cupa. Con le zanne completamente snudate, si precipita nella camera di Albina.

Corro nella stanza dietro di lui, ma mi arresto bruscamente.

Al mio polso, Pom diventa nero.

Sul letto c'è Albina, o così suppongo. Il suo corpo nudo è pallido come quello di un vampiro, con orrendi lividi sul collo. Considerando il suo aspetto disordinato, non è difficile pensare ad un caso di asfissia erotica andato a finire male... o peggio.

Kain le controlla il polso, e trattengo il respiro, preparandomi a ciò che sta per dire.

"Niente." Molla la presa sul polso. "È morta."

CAPITOLO VENTISETTE

IL PICCO di adrenalina elimina ogni residuo della mia sonnolenza precedente. Kain aveva detto che, se fossero morte altre persone, io le avrei seguite... e adesso, se ne sono accumulate già due durante il mio incarico.

Muovendosi così velocemente, da diventare quasi una macchia sfocata, Kain si squarcia il polso con i denti e riversa il sangue nella bocca di Albina.

Non succede alcunché.

Anzi, in realtà, non è vero. Qualcosa succede, ma non ad Albina... a me. Fisso ipnoticamente il sangue, mentre Kain controlla di nuovo il polso di Albina, impreca, e schizza fuori dalla stanza.

Barcollando fuori dalla camera, individuo la cucina e vomito le banane, per metà digerite, nel lavandino.

Dov'è andato Kain? Che cosa devo fare? Mi frullano domande in testa, ma nemmeno una risposta. Cerco a tentoni un bicchiere, lo riempio con acqua di rubinetto, probabilmente contaminata, e la tracanno.

Dopo un altro cadavere durante il mio incarico, è improbabile per me vivere abbastanza a lungo, da ammalarmi.

In ogni modo possibile, mi sento da cani. Sto tremando, sento la bocca e la gola infuocate, e desidero dormire tanto quanto un uomo bramerebbe l'acqua in un deserto.

Le pareti intorno a me si restringono.

Fatico a respirare.

Ho appena scoperto un altro cadavere? Ho davvero visto Hekima che veniva divorato?

E se fosse la privazione del sonno a darmi le allucinazioni?

Prendo la fiala di sangue di vampiro diluito. Desidero questo? Vedere il sangue di Kain sprizzare dal suo corpo non mi ha disgustata come avrebbe dovuto. Ne ero affascinata. È la prima fase della dipendenza? Una fase successiva?

D'altro canto, se non voglio crollare e addormentarmi in questo istante, devo fare *qualcosa*.

Posso provare a limitare seriamente la mia dose. Verso una gocciolina di sangue diluito nel bicchiere, e lo riempio di nuovo d'acqua. Dopo aver infilato la fiala in tasca, immergo un dito nel bicchiere, e scrollo via la maggior parte dell'acqua. Non diventa più diluito di così.

Mi lecco il dito.

Il piacere è intenso come l'ultima volta, forse ancora di più. Gemo, e sbatto la testa contro il frigorifero.

Sento a malapena il dolore.

Porca miseria, qualcosa mi cola sulla fronte.

Mi asciugo, fissando poi le dita macchiate di liquido rosso. Sangue. A differenza di prima, le mie ferite non stanno guarendo. Suppongo che il mio farmaco fosse troppo diluito per quell'effetto specifico.

Peggio ancora, provo quasi la stessa privazione del sonno di prima.

Kain irrompe nell'appartamento, con una Isis dai capelli arruffati alle calcagna.

Ovvio: dato che il suo sangue non avrebbe funzionato, è andato da una guaritrice.

Isis mi guarda con sonnolenti occhi socchiusi, poi indica la mia fronte con un dito, sprigionando un'energia dorata verso di essa.

Il calore curativo mi dà una bella sensazione, ma non tanto intensa quanto il sangue di vampiro.

Mi tocco la fronte.

La ferita si è richiusa.

"Non perdere tempo con lei" ruggisce Kain. "La paziente è lì dentro." La trascina nella camera da letto.

Li seguo, proprio mentre Isis emette un fascio di energia dorata verso Albina, mantenendolo mentre controlla i parametri vitali della donna morta.

Il fascio si arresta.

"Mi dispiace" dice con voce rauca per il sonno. "Era al di là di ogni guarigione."

Kain scaraventa un pugno contro il muro, seppellendo il braccio fino al gomito.

Isis distende una coperta sul corpo. "Dovremmo chiedere a Roger, o meglio ancora, ad un esperto forense umano, di dare un'occhiata."

Roger. Questo nome suona familiare. Non era stato lui a creare un farmaco che facilitasse il sonno per Leal?

Isis incrocia il mio sguardo. "Deduco che tu non sappia chi è stato?"

Scuoto la testa, e dall'occhiata assassina che mi lancia Kain, mi aspetto quasi di vederlo prosciugarmi il sangue... o peggio... in questo preciso istante.

"Il lupo mannaro. Eduardo." Cerco di mantenere un tono di voce uniforme. "Aveva una relazione con lei?" Osservo il cadavere.

Con la mascella serrata, Kain scuote la testa.

"Eduardo non era nella sua stanza, prima" gli ricordo. "Magari era qui."

"Occupati di questo" latra Kain a Isis, poi esce ad un passo tanto svelto, che devo correre per stargli dietro.

Quando torniamo nell'appartamento del licantropo, ho il fiato corto.

"Gli conviene essere presente" ringhia Kain.

Irrompiamo in camera da letto, e troviamo l'uomo grande e grosso nel suo letto, intento a russare come un cane anziano.

Kain indica il letto con la testa. "Fa' il tuo lavoro" ordina con voce bassa e severa.

"Non è nella fase REM" sussurro. "Dobbiamo aspettare."

La sua voce aumenta di volume. "Sto per perdere la pazienza. Altri due Consiglieri morti. Se fossi in te, mi renderei utile immediatamente."

Accidenti. Immagino che non sia un buon momento per raccontargli degli appunti del camminatore dei sogni, riferite alla difficoltà di entrare nei sogni dei licantropi.

Aspetta un secondo. Come potevo dimenticarlo? Le finestre nere nel sogno di Nina. Sono...

"Ecco" dice Kain, stavolta in tono più sommesso. "Guarda le sue palpebre."

Ha ragione. Il licantropo è entrato nella fase REM: un record, considerando il fatto che, solo pochi minuti fa, non era a letto.

Fingendomi sicura, mi avvicino timidamente alla figura prona, e ne tocco il collo muscoloso.

CAPITOLO VENTOTTO

POM SI FA vivo non appena entro nel mondo dei sogni, e lo accarezzo per rilassarmi un po', prima di testare la tecnica del multicorpo citata nel diario di Leal.

Proprio come prima, creo un secondo corpo per me stessa, lontano dalla mia posizione, nel caso in cui possa essere d'aiuto. In seguito, esco dal mio corpo attuale, e ordino a me stessa di tornare all'interno di entrambi.

Niente. Mi ritrovo nel corpo originale.

Ripeto l'azione con uno sforzo di volontà.

Finisco nel corpo più lontano, invece dell'originale, ma non in entrambi.

"È comunque qualcosa, penso" commenta Pom in tono incerto. "Hai imparato un tipo di teletrasporto."

"Già, ma non è quello di cui ho bisogno."

Eppure, Pom ha ragione. Questo è un modo per teletrasportarmi nel mondo dei sogni. Ma d'altra parte, spostarsi in un sogno diverso non è già una forma di teletrasporto? O si tratta di costruirmi intorno una realtà?

Posticipando le questioni metafisiche, abbandono il mio corpo, ne creo uno nella torre dei dormienti, e congedo quello originale. Rientrando in me stessa, finisco nella torre: teletrasporto funzionale.

Ehi, è già qualcosa.

Per sicurezza, testo di nuovo la tecnica del multicorpo, e fallisco. Non posso farci niente, credo. Dovrò affrontare il licantropo nel modo consueto, in un solo corpo.

Mi teletrasporto fino alla sua nicchia, mi rendo invisibile, e lo tocco come ho fatto nel mondo della veglia.

———

NON APPENA MI materializzo nel mondo dei sogni di Eduardo, vedo qual è il problema... e si tratta di una cosa seria.

In qualche modo, il licantropo sta avendo due sogni contemporaneamente, cosa che non ho mai sperimentato e che non ritenevo possibile. I due sogni sono accostati, almeno dal mio punto di vista, come se due proiettori cinematografici stessero riproducendo film diversi sullo stesso schermo.

In un sogno, un violento spettacolo sulla natura, Eduardo è in forma di lupo, e sta facendo a pezzi una gazzella, godendosi la sensazione del sangue caldo tra le fauci. Nell'altro sogno, Eduardo l'uomo lo sta facendo alla pecorina (o a mo' dei lupi?) con una donna che non riconosco.

Potrebbe essere Albina?

È difficile stabilirlo, soprattutto quando il sesso e la violenza s'incrociano tra loro.

Il lupo interrompe bruscamente il pasto, solleva il muso imbrattato di sangue, e annusa l'aria. Guardandomi in faccia con gli occhi animaleschi, ulula e si getta in avanti. Allo stesso tempo, l'uomo nudo smette di spingere e si gira di scatto verso di me.

Vorrei scappare, ma fatico ad orientarmi, a causa delle due ambientazioni, e il dolore mi esplode nel collo, quando il lupo mi azzanna.

Prima che possa serrare le mascelle e uccidermi, mi sveglio.

———

TORNATA NEL MIO CORPO REALE, il cuore mi martella così forte, che temo possa scavare un buco nella cassa toracica. Se il lupo avesse affondato le zanne più in profondità, sarei morta nel sogno, diventando ora preda di tendenze omicide.

A proposito di omicidi, il modo in cui Kain mi guarda non promette alcunché di buono.

"Mi dispiace." Indietreggio. "Non ho potuto verificare il suo alibi."

"Tu cosa?" Le sue zanne si allungano.

"Sapevo che poteva succedere. I licantropi sono difficili da gestire nei sogni."

Gli occhi di Kain si trasformano in specchi. "Dimmi la verità" ordina in una versione tesa della solita voce mielosa.

Parlo meccanicamente, pur senza volerlo. "Stava facendo due sogni contemporaneamente, uno con la parte del lupo e uno con la parte umana. Prima di poter manipolare qualsiasi cosa, si è scagliato sul mio..."

Kit irrompe nella stanza. "Che cosa sta succedendo qui?"

"Ti libero" snocciola Kain, prima di voltarsi verso Kit. "Ho usato la malia, per tirare fuori finalmente un briciolo di verità da questa inutile sacca di sangue."

Lei mi osserva, accigliata. "Sei sensibile alla malia?" Guardando di nuovo Kain, chiede: "Se sapevi che potevi costringerla a dire la verità in questo modo, perché non l'hai discolpata all'udienza?"

Bella domanda. Aveva bisogno di me come esca per smascherare l'assassino, scommetto che sia questa la risposta. O forse, sperava che avrei effettivamente risolto questo stupido caso.

"Perché sei qui?" chiede aspramente a Kit.

"Isis mi ha svegliata." La sua forma, simile ad un cartone animato giapponese, tremola, e si trasforma in quella della guaritrice. "Mi ha detto che cos'è successo ad Albina, e che Bailey ha parlato di un licantropo."

La mia attenzione torna su Eduardo. Nonostante mi abbia vista nel sogno, nonostante il mio risveglio, e nonostante le voci alte di tutti noi, il lupo mannaro non solo sta ancora dormendo, ma sogna come un bambino.

"Dovremmo affrontare questa conversazione altrove" sussurro. Presumo che, se mi costringessero a tornare nei sogni di Eduardo (cosa che vorrei evitare ad ogni costo), sarebbe meglio che rimanesse nella fase REM.

Entrambi osservano il lupo addormentato ed escono, con Kit che riassume le solite sembianze lungo la strada.

Uscendo dall'appartamento, un rumore sconvolgente riecheggia per tutto il castello. È come se qualcuno stesse cercando di riprodurre l'esplosione di una bomba con uno strumento a corde infernale.

"Che cos'è stato?" esclamo, quando il rumore cessa.

Mi fischiano ancora le orecchie.

Kit si trasforma in una donna che non ho mai visto. "Invito ad una riunione di emergenza per il Consiglio."

"Quel suono potrebbe risvegliare i morti." Lancio un'occhiata furtiva agli alloggi del licantropo.

"È ciò che accade quando si ammette una sirena nel Consiglio." Kain mi afferra per il polso. "Andiamo."

Lo guardo, meravigliata. "La vostra sirena è una sirena?"

"Ehi, i monaci usavano le trombe in precedenza" informa Kit, riprendendo il suo aspetto usuale. "Così è molto meglio."

Senza alcun commento, Kain mi guida nei corridoi, finché non vedo Filth accanto ad una porta familiare.

"Se abbandona i suoi alloggi, uccidila" gli ordina Kain.

Filth mi scocca un'occhiata, che sembra significare: *Ti prego, vai. Ti prego, con una ciliegina di sangue in cima.*

"A presto" dice Kit, mentre Kain mi spinge dentro e sbatte la porta alle mie spalle.

Fantastico. Il Consiglio si riunirà, e non sarò presente per parlare per conto mio.

Sono decisamente spacciata.

Lavarmi le mani nel lavandino mi calma un po'; disinfettarle alla fine mi tranquillizza ancora di più. Prendo una banana, e cammino su e giù per la stanza, mentre mastico. Quando mi stanco di farlo, mi metto sulla sedia e mangio altre quattro banane di fila.

È passata almeno un'ora. Quanto dura una stupida riunione del Consiglio? Impazzirei, se continuassi ad aspettare qui.

Afferro il pelo di Pom ed entro nel mondo dei sogni.

———

"L'ATTESA non è di gran lunga peggiore, in questo modo?" chiede Pom, quando lo aggiorno sulla mia situazione. "Il tempo sembra scorrere molto più lentamente qui."

"Ma qui, io ho te." Gli arruffo il pelo in cima alla testa. "Inoltre, qui posso fare anche qualcosa di utile."

Mi teletrasporto nella torre, e fluttuo da una parte all'altra per un po', osservando i dormienti disponibili per un accesso ai sogni. C'è Felix, ma lo lascio stare. Si merita un po' di sonno, dopo quella maratona di privazione che gli ho fatto passare. Cerco Nina, ma non la trovo, ed è proprio un peccato. Voglio parlarle di una cosa importante. La sua assenza qui, però, è sensata; sta partecipando alla riunione del Consiglio.

È interessante, comunque, il fatto che alcuni altri Consiglieri *stiano* dormendo... saltando la riunione per questo. E tra loro c'è Eduardo il licantropo, anche lui dal sonno profondo.

"È un bene o un male per te?" chiede Pom, quando lo sottolineo.

"Un bene, immagino. La maggior parte dei dormienti ha votato per uccidermi, quindi, se si tenesse un'altra votazione proprio ora, la loro assenza aiuterebbe la mia causa."

Pom, imbronciato, lancia al licantropo addormentato un'occhiata penetrante. "Pensi di tornare nei suoi sogni?"

"Non ci penso nemmeno." Volo oltre la stanza del licantropo senza ripensamenti. "Mi occuperò di nuovo di Bernard."

Mi avvicino al doppelgänger Mario/Wario.

Già. Ci sono ancora delle nuvole che indicano un circolo di traumi... e ho già assistito al rapimento di sua figlia e alla scena della moglie che se ne andava. Come potrebbe andare peggio di così?

Facendomi coraggio, gli tocco la fronte.

———

BERNARD È SEDUTO sul bordo della sedia in tribunale. La moglie e la figlia si trovano in una sezione separata, e lancia loro un'occhiata di desiderio che non contraccambiano. Si gira per fissare in tralice l'imputato, un uomo nerboruto di mezza età sulla via della calvizie e dagli occhi scaltri. Come percependo l'occhiata letale di Bernard, l'uomo si gira e ammicca con cattiveria, poi guarda di nuovo il giudice, che tiene in mano un foglio.

"Il bastardo ce l'ha fatta" mormora Bernard sottovoce. "Ce l'ha fatta e mi deride."

Il giudice comincia a parlare, catturando tutta l'attenzione di Bernard. Sembra che stia trattenendo il respiro.

"...considera l'imputato non colpevole" proclama il giudice.

Bernard balza in piedi. "Sono cazzate! Il..."

Il sogno s'interrompe, prima che possa essere giudicato colpevole di oltraggio alla corte.

Ma guarda. Percepisco un altro circolo di traumi in arrivo. È probabilmente un record. La maggior parte delle persone ne ha uno, o magari due. Valerian sapeva quanto sarebbe stato tosto questo lavoro? È per questo che mi ha pagato di più? O forse, ha solo terribilmente bisogno dell'esito finale... a cui non sono ancora arrivata.

A proposito di Valerian, provo l'improvviso desiderio di fare una pausa dallo scenario desolante di Bernard e rivedere il mio super-attraente datore di lavoro nella camera dei sogni. Mi vengono in mente molti modi in cui il suo simulacro potrebbe far passare il tempo. Potrebbe darmi da mangiare grossi e succosi chicchi d'uva, massaggiarmi i piedi con le mani forti e calde, usare quella bocca sensuale per...

"Bailey" tuona la voce di Kit. "Svegliati."

Addio a *quell*'idea.

Esco dalla trance, mentre il sapore dolce dell'uva mi svanisce sulla lingua.

CAPITOLO VENTINOVE

"SEI PROPRIO PADRONA DI TE STESSA" commenta Kit, quando apro gli occhi. "Non so se riuscirei a dormire in queste circostanze."

"Non stavo esattamente dormendo." Mi alzo a sedere. "Quanto sono fregata?"

Si appollaia sul bordo del letto, e posa la pila di documenti che tiene in mano. "La buona notizia è che non ti uccideranno subito. Ho dovuto ricorrere a tutte le mie abilità oratorie per strappare loro questo esito, ma Kain è stato d'aiuto."

"Ah sì?" Mi sposto dal letto ad una sedia di fronte a lei. Non sembrerebbe questo il vampiro che conosco.

Si trasforma in Kain. "Non è così male come sembra. È solo in una posizione schifosa. In quanto capo degli Esecutori, tutti danno la colpa a lui per non aver impedito gli omicidi. Chiaramente, ha deciso di addossarti parte di questo peso."

Come pensavo. "Questo mi fa sentire molto meglio. Che santo."

Kit riassume le proprie sembianze. "Sostituire degnamente il capo degli Esecutori antecedente a Kain è un compito molto arduo."

Inspiro profondamente. "Qual è la notizia cattiva?"

"Hai ancora tre giorni a disposizione per trovare l'assassino" risponde Kit. "E se qualcun altro dovesse morire, per te sarebbe finita."

"Fantastico, cavolo." Balzo giù dalla sedia e inizio a camminare avanti e indietro per la stanza. Sto fallendo. Miseramente. Se non mi organizzerò, la mamma non avrà alcuna possibilità.

"Giuro di aver fatto del mio meglio" afferma Kit. "Ma quando Kain ha raccontato a tutti della morte di Hekima e Albina, Gertrude ha fatto sembrare che abbiano votato per risparmiarti la vita nella speranza che potessi trovare una soluzione. Ha detto che avremmo dovuto procedere ad un'altra votazione. Poi Kain è intervenuto per darti un'altra possibilità. Ho detto loro che non si può impedire ad una persona potente quanto uno di noi di uccidere, ma a loro non è importato." Si trasforma con un bagliore in Eduardo. "Per tua fortuna, alcuni di quegli sciocchi dalle idee negative tengono molto al proprio sonno di bellezza. Per quanto possa sembrare incredibile, la votazione avrebbe potuto andare peggio. Una delle opzioni era quella di ucciderti adesso."

Faccio una smorfia, fermandomi davanti a lei. "Perché non mi sento fortunata?"

"Se vuoi, posso aiutarti a fuggire." Assume il mio aspetto. "Presto, si terrà una cerimonia del Mandato, e possiamo travestirti, in modo tale da uscire di nascosto insieme agli ospiti. Posso fingere di essere te per un po', per darti un vantaggio iniziale."

Allettante. Molto allettante... e molto gentile da parte sua.

Con rammarico, scuoto la testa. "Ho bisogno che Isis guarisca mia mamma. Inoltre, Kain ha il mio DNA. Non voglio guardarmi le spalle per il resto dei miei giorni." Sono le stesse ragioni per cui avevo dovuto rifiutare l'offerta di Valerian all'inizio.

Che mi piaccia o no, devo risolvere questa storia.

Kit si trasforma in Isis. "Sei fortunata anche perché nessuno ha ancora ucciso *lei*."

Ha ragione. Non andrebbe affatto bene. "A proposito di fortuna" dico, accantonando quella sconvolgente possibilità, "Chester ha votato a favore o contro di me, stavolta? Anche se aveva un alibi, mi chiedo se ci possa essere lui dietro tutto questo."

"Ha votato per darti un'altra possibilità" risponde con la voce di Chester, ma mantenendo il viso di Isis. "Chester è un rompiscatole, a volte, ma non credo sia lui il colpevole."

"Okay" dico stancamente. Mentre l'adrenalina abbandona il mio corpo, la privazione del sonno m'investe ancora con forza. Mi lascio andare sulla sedia. "E adesso?"

Kit assume il suo aspetto preferito di cartone animato biondo, e mi passa la pila di fogli. "Kain ha chiesto a tutti di scrivere che cosa stessero facendo durante gli omicidi. Hanno tutti promesso di andare a dormire tra un po', e Kain verificherà a breve che mantengano la parola. L'idea è che tu entri nei sogni dei Consiglieri rimanenti al più presto possibile."

"Non è una cattiva idea." Osservo i fogli. "Però, non ho finito di stabilire un collegamento con tutti."

"È qui che entro in gioco io. Ti accompagnerò nelle camere delle persone giuste." Dimena le sopracciglia in modo lascivo.

Bleah. Lascia fare a Kit, e i requisiti del mio potere assumono un significato sconcio.

"C'è un altro problema" aggiungo. "Alcune persone sospette non hanno preso parte alla riunione."

"Kain ha pensato anche a questo. Tutte, tranne Eduardo" indica una sezione evidenziata sul primo foglio, "erano in compagnia di colleghi del Consiglio al momento degli omicidi, quindi puoi discolpare più persone al prezzo di un alibi."

"So già che cosa stava facendo Eduardo, o almeno, che cosa dice di aver fatto."

"Kain ha menzionato le tue difficoltà dovute alla sua natura di licantropo." La sua fronte si corruga per la preoccupazione. "Che cosa farai?"

"Immagino che comincerò con gli altri e lo lascerò per ultimo. Più persone assolverò, peggiore sarà l'impressione che darà lui, no?"

"Ha senso. Beh, se sei pronta, che ne dici di..."

Qualcuno bussa alla porta.

"Sì?" chiede Kit con la mia voce.

"Sono Nina" dice una voce familiare.

"Entra" afferma Kit, assumendo il mio aspetto in tutto e per tutto.

Nina entra. Il suo sguardo si sposta tra me e Kit. "Con tutti questi risvegli nel cuore della notte, dovrei essere felice di non vedere triplo, immagino."

"Grazie per il tuo voto" dice Kit, sempre con le mie sembianze. "Sei una dei buoni."

Nina libera un sospiro di esasperazione. "Chiunque di voi sia Kit, può lasciarci un po' di privacy?"

Guardo Kit, che ricambia la mia occhiata.

"Per me, non c'è alcun problema" dichiaro.

Kit mette il broncio.

"Ciò che ho da dire non t'interesserebbe granché, in ogni caso" aggiunge Nina in tono rassicurante.

Il broncio di Kit si fa più accentuato.

Nina alza la mano. "Giuro solennemente che non passeremo momenti di relax senza di te."

"Okay." Kit si dirige verso la porta con passi strascicati. "E sia."

"Se tu continuassi a mantenere il mio aspetto, Firth potrebbe tentare di ucciderti" informo Kit, ancora voltata di schiena.

Le sue unghie crescono, fino a raggiungere le dimensioni di artigli. "Allora, non ho alcuna intenzione di cambiare. Potrebbe essere divertente assistere ad un suo tentativo."

Fuori dalla porta, sento una cattiveria da parte di

Filth, ma prima di poter capire se mi stia definendo con una parola che inizia per S o per C, un tonfo interrompe di botto il suo sproloquio. Nel silenzio, riecheggiano passi pesanti.

Nina alza gli occhi al cielo. "Mi chiedo se si sia trasformata in Colton o in un orco."

"Tutto è possibile, quando si tratta di lei." Inclino la testa, studiando Nina. "Credo di sapere perché sei venuta."

Si siede sul bordo del letto. "Kain mi ha detto che mi hai già discolpata, il che significa che sei entrata nei miei sogni."

"Sì ad entrambe le cose." Inspiro. "E ho visto le finestre nere."

"Ecco. Ti dispiace?" Indica una delle mie bottiglie d'acqua.

"Assolutamente no."

Prima che possa alzarmi e passarle una bottiglia, usa la telecinesi per teletrasportarla fino alla sua mano. Rapidamente, la tracanna e poi si siede, mordendosi il labbro con il piercing.

"Sei venuta tu da me" le ricordo nel prolungato silenzio.

Fa galleggiare di nuovo la bottiglia d'acqua. "Scusa. Non è facile."

Le sorrido in modo rassicurante. "Basta iniziare da qualche parte, vedere come va."

Giochicchia con il piercing al naso. "Sono l'interruttore uomo morto di Leal."

"Sei che cosa?"

Inspira profondamente. "Ho permesso a Leal di fare in modo che, in caso di sua morte, sarei venuta a sapere informazioni compromettenti sul suo assassino."

La guardo a bocca aperta. "Sai chi l'ha ucciso?"

"È questo il punto." Gioca con una borchia sul labbro, prima di toccare quella sopra il mento. "Finché non so con certezza chi sia stato, le informazioni non si mostreranno a me."

"Non capisco."

"Pensavo che sapessi delle finestre nere" commenta. "Sei una camminatrice dei sogni, come lui."

"In un certo senso, sì" rispondo con cautela. O almeno adesso, dopo aver letto i suoi appunti. "Sono un modo per nascondere un sogno."

Annuisce. "Un sogno che può essere un ricordo di una persona. O il mio."

"Allora, le finestre nere che ho visto nel tuo..."

"Una contiene una cosa che volevo disperatamente dimenticare. Qualunque fosse, dimenticarmene era il prezzo per permettere a Leal di usare il mio subconscio come cassaforte." Si cinge il corpo snello con le braccia.

"E le altre finestre?"

"Ognuna di esse si riferisce a qualcosa che un membro del Consiglio non voleva rendere nota a nessun altro" risponde. "Queste finestre sono programmate per mostrarmi un sogno su una persona che, secondo me, ha fatto del male a Leal."

Mi siedo più dritta con la schiena. "E se l'avessi ucciso *tu*?"

"Mi tornerebbe la memoria." Rabbrividisce vistosamente.

"Un ricordo di che cosa?" domando, accigliata.

"Non lo so" risponde a bassa voce. "È questo il punto. Dopo che Leal ha fatto il suo dovere, ho dimenticato l'argomento. Ricordo solo che non voglio ricordare, qualunque cosa fosse."

Ah. Quindi, avevo ragione a pensare che lei potrebbe soffrire di un circolo di traumi. Una volta che Leal aveva creato la sua finestra nera, si era dimenticata tutto, qualsiasi cosa fosse... un modo poco salutare per affrontare i problemi. D'altro canto, se fosse stato veramente impossibile convivere con quel ricordo, reprimerlo potrebbe essere stata la sua unica opzione valida.

Nina protende una mano, e mi sento levitare. In un battibaleno, la mia schiena rasenta il soffitto.

"Ehi!" Dimeno braccia e gambe... inutilmente. "Che cosa stai facendo?"

Mi fissa, imperturbabile. "Voglio essere sicura che ascolterai realmente le mie prossime parole."

Smetto di agitarmi e le presto tutta la mia attenzione.

"Se entrerai nel mio sogno e mi farai ricordare ciò che Leal aveva messo sotto chiave, al mio risveglio ti ucciderò" afferma in tono piatto.

Pfiù. Temevo che avanzasse una richiesta impossibile. Sollevata, muovo la testa su e giù. "Ho capito. Ho assolutamente afferrato il concetto, lo giuro. Per sicurezza, me ne starò fuori dai tuoi sogni, punto."

Mi rimette in piedi, e mi abbandono sulla sedia con le ginocchia tremanti.

"Entrare nei miei sogni potrebbe tornarti utile" dice, come se nulla fosse successo. "Vale la pena dare un'occhiata alle altre finestre. Potrebbero contenere indizi sull'identità dell'assassino."

Appoggio la mano sul pelo nero di Pom, per calmare il mio frenetico battito cardiaco. "Sai distinguere le finestre? Non vorrei accidentalmente..."

"So quale bisogna evitare."

Il pelo di Pom passa dal nero all'arancione chiaro.

"Come potrei mai..."

"Leal volava nelle finestre, di tanto in tanto" aggiunge. "Ricordo di avere avuto dei sogni in cui lo faceva, ma al risveglio me ne dimenticavo."

Interessante. Alla fin fine, sto imparando qualcosa sull'abilità dei camminatori dei sogni. "Volava al loro interno e basta?"

"Questa è stata la mia impressione, ma potrebbe esserci dietro molto altro. Diceva che, ogni volta, rischiava di consumare il potere per il resto della giornata. Alcune volte è anche successo, e abbiamo dovuto riprendere la collaborazione onirica il giorno successivo."

Oh, accidenti. Potrebbe essere un problema serio. "Nella mia posizione attuale, perdere il mio potere per un giorno equivarrebbe ad un suicidio. Eri presente alla votazione. Lo sai."

Si stringe nelle spalle. "Potresti considerare le finestre nere come l'ultima spiaggia?"

Annuisco lentamente. Ha ragione; non devo testare una tecnica folle e non comprovata. Eppure. "Vediamo se riesco a trovare l'assassino senza di loro. A proposito, probabilmente dovrei cominciare a breve."

Si alza. "Vado a prendere Kit."

"Grazie." Le rivolgo quello che, spero, sia un sorriso caloroso. "E se tu potessi andare a dormire dopo, per lasciarmi dare un'occhiata a quelle finestre in caso di bisogno, te ne sarei grata."

"Ricorda le mie parole sulla mia finestra nera." Osserva il punto sul soffitto in cui mi aveva inchiodata, e poi il tavolo su cui mi sarei schiantata, se mi avesse lasciato cadere.

Deglutisco. "Non preoccuparti. Me ne ricordo."

"Ottimo."

Se ne va, e ricomincio a camminare avanti e indietro.

Dato che Kit non ritorna nell'immediato, decido di entrare nel mondo dei sogni, per vedere se alcuni dormienti, che non ho ancora assolto, siano pronti per me.

Ignorando Felix e il licantropo ancora addormentato, localizzo uno dei Consiglieri dell'elenco di coloro che hanno votato per uccidermi. In base ai documenti portati da Kit, quest'uomo stava bevendo dei cocktail con alcuni altri membri del Consiglio. Avendo già visto la stanza, entro nel suo sogno, per verificare se sia stato realmente presente.

È così. In un sol colpo, assolvo lui e tutte le persone che bevevano cocktail insieme.

Al risveglio, vedo un grosso orango maschio intento a mangiare una banana.

"Kit?" chiedo alla scimmia. "Ti prego, dimmi che sei tu."

L'orango si trasforma in Kit e lancia la banana, lasciata a metà, nella spazzatura. "Volevo verificare se avesse un sapore migliore, una volta assunta quella forma." Storce la bocca. "Invece no."

Mi accompagna nella camera di un uomo più anziano. Dopo un'ora di attesa per raggiungere la fase REM, mi accerto rapidamente che non sia lui l'assassino. Assolvo il prossimo Consigliere allo stesso modo, e anche i cinque successivi.

Ad ogni verdetto di non colpevolezza, la mia preoccupazione aumenta. Che cosa farà il Consiglio, quando dirò loro che non riesco a scovare l'assassino?

Niente di buono.

"Che ore sono?" chiedo a Kit. "Quante persone rimangono?"

Guarda l'orologio. "Sono le otto del mattino. Vickie, la sirena, è la nostra ultima persona sospetta."

L'ultima. Che cosa farò, se non è colpevole? Immagino che arriverà il momento di rischiare o la mia sanità mentale con il licantropo, o il mio potere di oggi con Nina.

Vickie è nella fase REM al nostro arrivo, come previsto. La fase REM si allunga, man mano che il mattino si avvicina. Tocco la fronte della sirena e finisco nel mondo dei sogni. La maggior parte dei Consiglieri è sparita dalla torre dei dormienti, ma

Nina, il mio possibile piano B, sta ancora dormendo. Lo stesso vale per il licantropo, il piano C, dove *c* sta per cavoli amari.

Controllo la sirena. Stava davvero suonando il pianoforte, come aveva detto a Kain.

Esco dal mondo dei sogni, e io e Kit lasciamo l'appartamento della sirena... imbattendoci proprio in Kain.

"Aggiornamento" afferma.

Kit prosegue per la sua strada. "Vado nella mia stanza per il mio sonno di bellezza."

"Puoi darmi cinque minuti?" chiedo a Kain.

Accetta di malavoglia. Distolgo lo sguardo da lui, poi uso Pom per tornare nel mondo dei sogni.

Lui mi saluta, e gli spiego l'accaduto, mentre ci dirigiamo verso la torre dei dormienti.

"Quindi, procedendo per eliminazione" dice, "è il licantropo."

Annuisco tristemente. "Ed è uno schifo. Mi chiederanno di entrare nel suo sogno per controllare, e lui mi farà diventare pazza."

"Ormai, è irrilevante." Pom indica un punto alle mie spalle, e giro su me stessa. "Si è svegliato."

Ha ragione. Il licantropo non è più nella sua nicchia.

Libero il respiro che stavo trattenendo. "È solo una sospensione della condanna. Possono chiedergli di rimettersi a dormire."

Il pelo di Pom si scurisce. "Forse, ciò che troverai nelle finestre nere di Nina sarà così schiacciante, da non rendere più necessario un esame dei suoi sogni."

"Forse" dico, e cerco Nina.

È ancora addormentata.

Oh, beh.

Inizia il piano B.

CAPITOLO TRENTA

STAVOLTA, Nina sogna di mangiare sushi. Non utilizza le bacchette, come i clienti vicini, bensì bocconi di pesce crudo s'immergono da soli nella salsa di soia e le volano in bocca.

Le finestre del ristorante sono nere, proprio come quelle degli altri sogni da parte sua.

"Ti ricordi di me?" Scivolo sul divanetto di fronte a lei, prendo un boccone di salmone crudo, e me lo metto in bocca. Se qualcuno mi puntasse una pistola alla testa nel mondo della veglia, per spingermi a ripetere quel gesto, probabilmente mi rifiuterei. La morte per un colpo di pistola è certa, ma meno dolorosa dei parassiti che vivono nel pesce crudo della Terra e che ti possono mangiare il cervello.

Nina si guarda intorno. "È un sogno?"

"Immagino che il Mandato t'impedirebbe di usare i tuoi poteri in un ristorante degli umani" dico.

"Hai ragione." Osserva le finestre. "Penso di ricordare che cosa sei venuta a fare qui."

"Già." Seguo il suo sguardo. "Ora, quale devo evitare?"

"Quella." Indica la finestra nera più vicina all'entrata del ristorante.

"Capito." Mangio un pezzo di tonno, ricco di grassi. "Mi limito ad attraversarla?"

"Leal ha fatto così."

Mi alzo, già ballonzolando a pochi centimetri dal suolo. "Prima di andare, mi chiedevo… Perché non mi hai mai parlato prima delle finestre nere?"

"Avevo bisogno che mi scagionassi da ogni colpa. Dopotutto, la mia finestra nera costituisce un movente per uccidere Leal."

Sollevo le sopracciglia.

"L'avrei ucciso, se avesse tentato di usare qualunque cosa io abbia dimenticato contro di me" spiega con la calma di chi sta parlando del tempo. "E anche se avesse cercato di farmi ricordare ciò che ho dimenticato."

Nota per me: Nina non è certo una persona da scocciare.

"Ha senso" dico. "Ma perché pensi che Leal abbia creato un interruttore uomo morto fin dall'inizio? Perché usare i tuoi sogni?"

Un boccone di calamaro naviga verso la sua bocca, e lei mastica con aria pensierosa. "Per quanto ne sappiamo, potrebbe disporre di un altro meccanismo di sicurezza, oltre a me. O di molti altri. Quando ho posto la stessa domanda, ha detto che i computer potrebbero essere hackerati, e che molti hacker sarebbero stati ansiosi di farlo. Ma i camminatori dei sogni sono rari, e quelli che sanno delle finestre nere lo sono ancora di più."

Qua la volevo. Annuisco saggiamente.

"Sai una cosa? Prova con quella finestra." Indica il vetro nero alla mia sinistra.

"Perché?" Fluttuo più in alto.

"Non lo so." Studia attentamente la finestra. "Spero, in qualche modo, di sapere quali abbiano a che fare con gli omicidi."

Per me va più che bene. "Procediamo con quella, allora." Con sicurezza, attraverso come un siluro la finestra nera che ha appena scelto.

———

MI ASPETTO QUASI di vedere il vetro di onice frantumarsi intorno a me, sfregiandomi la pelle, invece finisco per tuffarmi in un gelido lago nero. Sforzandomi di nuotare, ordino a me stessa di diventare più leggera dell'acqua.

Non funziona.

Ordino all'acqua di diventare più salata, e quindi più pesante, ma anche questo non funziona... né il tentativo di procurarmi un giubbotto salvagente.

Il mio respiro affannoso accelera. Che cavolo? Provo ad uscire dal mio corpo, per elaborare una strategia, ma sono bloccata dentro me stessa, tanto quanto lo sono in questo lago.

D'accordo. Nuoterò e basta.

Una bracciata dopo l'altra, punto verso la riva più vicina, testando nel frattempo i miei poteri. Trasformare l'acqua in nuvole non funziona. Nemmeno il teletrasporto. Chiamo Pom, ma non ricevo alcuna risposta. Molto strano.

A differenza delle volte in cui mi trovo in un sub-sogno, adesso so di essere nel mondo dei sogni. Solo che i miei poteri non funzionano. Presumo di dover fare la cosa più ovvia: continuare a nuotare.

Mi concentro sul nuoto, unicamente sul nuoto. E sul nuoto. E sul nuoto. Il mio respiro si affatica, ma la riva è ancora lontana. Quando sembra trascorsa un'ora, ogni muscolo mi fa male, perfino alcuni che non sapevo di avere.

La riva è ancora a più di un chilometro di distanza, e avrei voglia di arrendermi.

Ma non posso affogare. Se affogassi, morirei (perdendo il senno), oppure potrebbe essere il modo in cui 'non si riesce ad entrare' in una finestra nera, il che comporta la perdita dei poteri per il resto della giornata.

Annaspando alla ricerca di aria, lascio che i movimenti di braccia e gambe diventino tutto il mio mondo. Ad ogni straziante bracciata, mi ripeto che i miei muscoli non sono realmente in fiamme, che non sto inalando avidamente un'aria vera e propria. Tutto ciò che mi circonda è reale quanto un miraggio.

Non appena la mia mano tocca la terra della riva, il lago (e la mia spossatezza) svaniscono.

MI RITROVO in un sogno dove Gemma è viva, in una palestra ben illuminata. Una delle finestre è nera. Forse la mia strada del ritorno?

Davanti a lei, un lupo delle dimensioni di un asino sta correndo su un tapis roulant. Dev'essere un licantropo. Lui, o lei, sta andando alla velocità di un ghepardo, sfruttando a tal punto l'attrezzo, da farlo cigolare con una tale sollecitazione.

"Non fermarti" ordina Gemma. "Voglio vedere di che cosa è realmente capace la tua specie."

Con la schiuma alla bocca, il licantropo continua a correre, finché l'attrezzo non inizia a fumare e si ferma da solo.

"Bravo" dice Gemma. "Adesso, vediamo se riesci a usare l'ellittica."

Muovendosi come sotto l'effetto della malia, il licantropo cerca di salire su un attrezzo chiaramente non progettato per un animale dotato di zampe. Gemma osserva divertita i suoi sforzi.

Che strano. Perché Leal ha memorizzato questo sogno come arma di ricatto? E poi, è un ricordo vero e proprio che ha rubato a Gemma, o semplicemente un parto della sua fantasia? Il mio solito senso di 'ricordo o non ricordo' non funziona, ma forse è perché il sogno è memorizzato nello spazio onirico di Nina, non di Gemma.

Il lupo sembra in pena, mentre cerca inutilmente di salire sull'ellittica, più e più volte.

Poi, ho un'illuminazione.

Il potere di Gemma risiedeva nel controllo degli animali, quelli normali, ma qui, in questo sogno, è in grado di controllare anche i licantropi in forma animale. Solo i membri più potenti della sua specie devono esserne capaci; non sapevo nemmeno che fosse possibile.

Forse Eduardo, in quanto alfa del branco, l'aveva scoperto e disapprovava. Essendo stata sottoposta alla malia, posso dire senza ombra di dubbio che, se fossi un lupo mannaro, lo condannerei assolutamente. Accidenti, forse sta facendo passare l'inferno ad un amico, magari perfino a Eduardo stesso.

In altre parole, potrebbe essere il movente di Eduardo per uccidere Gemma... e anche concreto, per di più.

Osservo Gemma sottoporre il povero lupo ad una mezza dozzina di altre imprese crudeli, prima di finire di nuovo nel ristorante di sushi.

Nina mi fissa con espressione meravigliata.

"L'hai visto?" chiedo.

"Credo di averlo fatto attraverso i tuoi occhi. È così strano sapere che me ne dimenticherò al risveglio. Nella mia mente, è così chiaro adesso."

Le rubo un altro boccone di salmone dal piatto. "Pensi che Eduardo avrebbe ucciso Gemma per quello che ho appena visto?"

Disegna cerchi sul tovagliolo con un'unghia. "Se un membro del Consiglio possedesse questo tipo di potere su di *me*, non so se gli permetterei di vivere."

Quell'appunto di non rompere le scatole a questa donna? In aggiunta, lo sottolineo mentalmente.

"Darò un'occhiata ad un'altra finestra nera" dichiaro. "Con quale vuoi che provi?"

"Che ne dici di quella?" Indica l'altra parte del bar. "Ho la sensazione che anche quella riguardi Eduardo, anche se non so come posso saperlo."

Tracanno un bicchiere d'acqua, e mi lancio nella finestra prescelta. Stavolta, presto maggiore attenzione a ciò che accade durante il procedimento.

Non appena tocco il vetro con la punta della testa, m'immergo nell'acqua fredda, ma questo lago è molto più esteso, quindi devo prolungare la nuotata di almeno un chilometro. Solo la curiosità e una ferrea volontà m'impediscono di annegare.

Quando la mia mano tocca la riva, inizia un nuovo sogno.

———

MI RITROVO in una camera da letto con una finestra nera. In questo sogno c'è Tatum, che diffonde nella stanza un profumo delizioso, nel senso sessuale e conturbante tipico della sua specie. Ed è decisamente viva. Avvinghiata ad un Eduardo in forma umana, si sta impegnando con l'entusiasmo di un coniglio in età adolescenziale, ma tutte le abilità di una cortigiana.

Peccato che una persona così dotata in qualcosa non sia più in vita. Scommetto che, se avesse scritto un libro, il Kama Sutra sarebbe apparso noioso.

Quando hanno terminato la ginnastica, Eduardo abbraccia il corpo di lei, madido di sudore. Leccandole un delicato lobo dell'orecchio, mormora: "Ti amo. Lascia quel rammollito... ti prego."

Tatum si stiracchia tra le sue braccia come una gatta. "Non mi ami *veramente*, cucciolo. Sei solo sotto l'effetto del mio incantesimo."

Lui la libera con occhi da lupo. "Io non sono sotto l'incantesimo di nessuno. Ti voglio e basta... e ottengo sempre quello che voglio."

"Ma certo" fa le fusa Tatum. "Il grande alfa cattivo ha *sempre* il controllo."

La stanza ha un profumo delizioso più che mai, e le pupille di Eduardo si dilatano. Altre parti della sua anatomia si riempiono presto di un rinnovato vigore.

Ma guarda.

La prossima sessione è più impressionante di quella precedente, e altre fanno seguito. Dopo che Tatum ha usato i propri poteri per farlo impazzire di lussuria altre cinque volte, il sogno si ferma.

———

NINA È ROSSA IN VISO, quando torno al ristorante di sushi, e non posso proprio biasimarla.

"Beh, è appena successo" dico con leggerezza.

"Lo so." Sorseggia il liquore a base di prugne. "Tatum stava anche controllando Eduardo con i propri poteri, una grave offesa."

"Dicendole che avrebbe dovuto lasciare quel

261

rammollito, si riferiva al marito di lei, Ryan l'elfo, giusto?"

"Senza dubbio" risponde. "A volte, Eduardo lo definiva in quel modo, quando non si trovavano d'accordo."

Finalmente, una pista promettente. "Quindi, che cos'è successo? Ryan ha scoperto la loro storia, si è arrabbiato, e ha trafitto Tatum con una freccia? Oppure il licantropo ha imparato ad usare un arco come un elfo?"

"La seconda, immagino" dice. "Avrebbe potuto facilmente buttare Ryan giù dalla scogliera. In forma di lupo, avrebbe potuto avvicinarsi a sufficienza, prima che Ryan si accorgesse di ciò che stava accadendo."

"Ma non capisco perché li avrebbe uccisi entrambi. Voglio dire, capisco perché abbia ucciso il marito della donna desiderata, ma..."

"Probabilmente, l'ha uccisa per riprendere il controllo. All'interno del branco, gli facevano pressioni affinché si trovasse una compagna, e doveva trattarsi di un altro licantropo. Avrebbe potuto uccidere l'elfo per coprire le proprie tracce. Oppure, altrettanto facilmente, nell'impeto della gelosia... e questo genere di cose non segue la logica" aggiunge con un'alzata di spalle.

"Non so" commento. "Mi sembra troppo premeditato per un impeto di gelosia. Ma poniamo che l'assassino sia Eduardo. Perché uccidere anche Leal?"

Nina fa galleggiare un boccone di gamberetto fino alla propria bocca. "È difficile dirlo. Forse, perché sapeva che Leal avrebbe conosciuto le sue motivazioni per eliminare gli altri. O magari, Leal era a conoscenza di qualcos'altro."

Rifletto su questo. "Sai, Leal si *stava* sforzando per entrare nei sogni dei licantropi."

Il suo sguardo si fa più penetrante. "Ecco qua. Magari ci era riuscito, e una delle finestre conterrà il segreto di Eduardo."

Osservo le finestre. "Quale pensi che sia?"

"Non ne ho idea" risponde. "Il mio intuito non fornisce ulteriori suggerimenti."

"Accidenti. Allora, tenterò con una scelta casuale."

"Speriamo solo che, a causa del segreto che potresti scoprire, nessuno voglia poi toglierti di mezzo."

"Fantastico, grazie" mormoro. Con un respiro profondo, recito ambarabà ciccì coccò tra me e me, per scegliere una finestra. "Speriamo in bene."

Prima che cambi idea, volo verso la superficie nera.

———

STAVOLTA, sarebbe più preciso definire il lago un mare. È così grande, che non riesco nemmeno a scorgere la riva. Non avendo altra scelta, nuoto.

E nuoto.

E nuoto.

Quando i miei muscoli si stancano fino al collasso, intravedo finalmente la riva in lontananza, una vista che m'infonde un incremento di forza per nuotare ancora di più. Ma un'ora dopo, non riesco più a farlo.

La riva è a cinquecento metri di distanza, ma potrebbe anche essere un oceano intero.

Stringendo i denti, continuo a muovere le membra pesanti.

Ho i crampi ad un muscolo della gamba, e comincio ad annegare.

Accidenti. Devo almeno trattenere il respiro.

Niente. Con questo respiro affannoso, è impossibile.

L'acqua penetra nelle mie cavità, bruciante come acido, e un dolore mi esplode nei polmoni.

Dopo alcuni secondi di agonia, affogo.

CAPITOLO TRENTUNO

MI TROVO in corridoio e do le spalle a Kain, con il cuore che martella per il terrore.

Sono appena morta nel mio sogno. Significa che mi sono trasformata in una pazza assassina?

Analizzandomi alla ricerca di desideri omicidi, non ne trovo... non più del solito, almeno.

Pfiù. Devo aver perso solo i miei poteri.

Toccando Pom, tento di entrare nel mondo dei sogni.

Non succede alcunché.

Allora è fatta. Non entrerò più in alcun sogno fino a domani. Con un brutto presentimento, guardo in faccia Kain.

"Chi è l'assassino?" latra.

Mi faccio forza. "Ho controllato quasi tutti, e sono innocenti."

Le sue zanne si allungano. "Non ti ho chiesto chi *non è* l'assassino, bensì chi *è*."

"Penso sia Eduardo." Vorrei sembrare più sicura.

"Hai capito come entrare nei suoi sogni?"

Scuoto la testa. "Si è svegliato prima che ci riuscissi."

Le sopracciglia di Kain si accostano di colpo. "Allora…?"

"Ho ragione di credere che avesse una relazione con Tatum. Era geloso di Ryan, e non gli piaceva Leal, perché aveva rubato un qualche segreto."

Il labbro superiore di Kain si arriccia, mettendo più in mostra le zanne. "Questo potrebbe valere per la maggior parte del Consiglio. Come sei arrivata a *lui*?"

"Per esclusione."

"Non è granché come prova." Ma le zanne, lentamente, si ritirano.

Incoraggiata, suggerisco: "Perché non andiamo a parlargli lo stesso? Il minimo che lui possa fare è non opporsi a me, quando entrerò di nuovo nei suoi sogni."

"Okay." Mi afferra per una spalla, trascinandomi fino all'appartamento del licantropo.

Sulla soglia, annusa l'aria e si precipita dentro, lasciando la porta socchiusa. In camera, Eduardo sta ancora dormendo… o questa è l'impressione. Kain deve aver sniffato qualcos'altro, poiché controlla il polso di Eduardo.

"Morto." Si gira di scatto, e il suo volto è una maschera di furia. "Il tuo presunto assassino è stato assassinato."

Indietreggio.

I suoi occhi si trasformano in specchi. "Non muoverti."

La malia m'inchioda sul posto, nonostante ogni istinto mi urli di correre.

Kain si apre un polso e spinge il sangue nella bocca di Eduardo. Proprio come nel caso di Albina, non succede alcunché, a parte il fatto che percepisco un'inquietante acquolina in bocca.

Con un'imprecazione, Kain saetta fuori dalla stanza, lasciandomi da sola con il cadavere.

Non riesco ancora a muovermi. Comincia a prudermi il naso, e non posso nemmeno grattarmelo, il che assomiglia ad una creativa forma di tortura.

Kain torna poco dopo con Isis. Come in precedenza, quest'ultima indirizza il proprio potere verso la vittima, ma Eduardo non dà cenno di movimento. Se ne vanno con trambusto, senza prestarmi attenzione.

Passa un po' di tempo.

Ho i crampi alle gambe, e il prurito al naso ne genera un altro sotto il seno sinistro. In un certo senso, sono grata a questo disagio, che mi distrae dalla mia vicinanza ad un uomo morto. E dal fatto che sarò presto morta anch'io, per aver fallito così miseramente nel mio lavoro.

Kain torna con un nuovo gruppo di persone. Lo accompagnano Gertrude, e anche la sirena, più una persona che non ho mai visto: un tizio pallido dai capelli rossicci, i cui occhiali, decisamente spessi, rendono gli occhi minuscoli. Porta con sé una valigia.

"Roger" dice Kain al nuovo venuto. "Dicci perché è morto."

Roger passa una lente d'ingrandimento sopra il corpo di Eduardo. Zoomando sul gomito, risponde: "C'è una ferita da puntura. Strano. Non pensavo fosse un tossicodipendente."

"Non credo che lo fosse" interviene Gertrude.

"Faceva uso di steroidi, per diventare ancora più grosso di quanto non fosse già" spiega Kain in tono di disapprovazione. "Forse, qualcosa è andato storto?"

Roger si stringe nelle spalle, e si mette ad ispezionare sistematicamente la stanza. Inginocchiandosi per sbirciare sotto il letto, grugnisce in segno di approvazione e si alza, con in mano una siringa. Quando la solleva verso la luce, s'intravedono alcuni millilitri di liquido al suo interno.

"Diamo una rapida occhiata." Apre la valigia ed estrae un aggeggio high-tech, che sembra provenire da Gomorra. Dopo aver versato una goccia di liquido nello strumento, attende.

Bip.

Si spinge gli occhiali sul naso, e osserva il minuscolo schermo sul lato del dispositivo con occhi socchiusi. "Interessante. Conosco questa formula. Io stesso ho realizzato questa sostanza per Leal, il vostro defunto camminatore dei sogni. La usava per cercare di indurre il sonno REM nei suoi uccelli per qualche ora, e a quel punto, essi morivano. Stavo cercando di migliorare la formula, prima che non fosse più necessaria. A causa della morte, intendo."

Giusto. Gli appunti di Leal menzionavano una persona di nome Roger, che stava lavorando ad un farmaco per il sonno... quello che non riuscivo a trovare nel suo laboratorio. E ora so perché: l'assassino l'ha preso, usandolo poi per uno degli omicidi.

Non c'è da stupirsi, se Eduardo fosse stato nella fase REM per non svegliarsi più.

Gertrude mi indica in maniera accusatoria. "È stata lei. Ha ucciso il povero Eduardo."

Se la malìa non m'impedisse di parlare, le chiederei perché avrei dovuto uccidere il lupo mannaro... soprattutto, dal momento in cui era il mio unico indiziato.

Come se avesse sentito la domanda, continua. "Scommetto che ha trovato questo farmaco nel laboratorio di Leal, e l'ha usato su Eduardo, altrimenti avrebbe avuto difficoltà ad entrare nei suoi sogni."

Io so di non averlo fatto, ma immagino che sia vagamente fattibile. Tenerlo nella fase REM per così tanto tempo mi avrebbe offerto un'ottima opportunità per entrare nei suoi sogni. Ma perché sarei così stupida, da somministrare un farmaco letale ad un membro del Consiglio?

"Non importa se è stata lei." Le zanne di Kain sono sporgenti, al punto da articolare male le parole. "Inoltre, non avrebbe potuto uccidere gli altri."

Gertrude si mette le mani sui fianchi. "Eppure, se lei..."

"Che cosa vuoi?" sbraita Kain. "Se avesse ucciso Eduardo, verrebbe giustiziata... cosa che faremo comunque, perché ha permesso che si verificasse un altro omicidio. Vuoi ucciderla due volte?"

Gertrude lo guarda in tralice. "Non voglio che si sottragga alla giusta punizione, come è già successo."

"Oh, non lo farà" replica Kain con freddezza. Punta il dito a pochi millimetri dal naso che mi prude. "Ha chiuso."

CAPITOLO TRENTADUE

HO CHIUSO? Se non fosse per quella maledetta malia, avrei molto da dire in proposito.

La vera follia è che la malia impedisce perfino al mio corpo di andare in paranoia. Ho il respiro normale e il battito cardiaco costante. L'unico segno della mia agitazione è il pelo di Pom, più scuro di un buco nero.

"Devo convocare la riunione del Consiglio?" domanda la sirena con una voce paradisiaca.

"Dammi solo un secondo." Gli occhi di Kain si trasformano in specchi, mentre guarda nella mia direzione. "Cammina alle mie spalle."

Lo seguo come uno zombie per metà del castello, fino ad un sotterraneo familiare.

Certo. Avrei dovuto immaginare che sarei finita qui, ad attendere l'esecuzione.

Questo posto puzza ancora di acque di scarico fermentate, ma grazie alla malia, il riflesso del vomito non mi disturba.

Kain svolta bruscamente a destra, entrando nella cella che rappresentava i miei alloggi originari. Con il letto, il tavolo e la sedia ora spariti, appare ancora più tetra... un'impresa stupefacente.

Incrocia il mio sguardo. "Ti libero."

Immediatamente, il mio cuore comincia a martellare contro le costole, come un picchio affamato.

"Aspetterai qui." Si dirige verso la porta.

"Buongiorno" esordisce Felix nel mio orecchio, in tono assonnato ma rumoroso. "Mi sono perso qualcosa?"

Accidenti. Che orribile tempismo. Gli volto le spalle, prendo il telefono il più rapidamente possibile, e digito: *Zitto. Parliamo tra un sec...*

Una mano d'acciaio mi afferra per una spalla, girandomi di scatto. "Niente di tutto questo." Kain afferra il telefono e lo schiaccia nella sua stretta.

"Bailey?" stride Felix. "Che cosa sta succedendo?"

Con le dita a mo' di pinze, Kain mi stacca l'auricolare dall'orecchio in un colpo degno di un cobra.

È come temevo. Grazie all'udito da vampiro, ha individuato la voce di Felix. Mi chiedo se l'abbia ascoltato per tutto il tempo, senza curarsi di fare qualcosa al riguardo. Spero che, almeno, non sappia chi ci sia dall'altro capo della linea: non voglio che Felix si cacci nei guai.

"Consideratela morta" ringhia Kain nell'auricolare. "E se scoprirò la tua identità, anche tu lo sarai."

Okay, allora non ne ha idea. Una piccola, buona notizia in questa valanga di cacca.

Gettato il dispositivo sul pavimento, Kain lo sbriciola con un piede, poi mi strappa dalla maglia la videocamera attraverso la quale vedeva Felix, riservandole lo stesso trattamento.

"Dovevi risolvere il caso" mi dice, arcigno, e dirige a lunghi passi verso l'ingresso della cella.

Mi cade l'occhio sul chiavistello scorrevole, situato sul lato della porta rivolto verso di me. Non appena Kain è uscito, mi precipito in avanti per spingerlo in posizione.

"Non ti sarà di alcun aiuto" mi schernisce lui dall'altro lato delle sbarre. "Posso scardinare la porta, o abbandonarti semplicemente in questa cella, finché non morirai di fame."

Con questa allegra precisazione, chiude la porta con il lucchetto dal proprio lato e si allontana.

Ho il respiro corto, al punto da inalare troppa aria fetida del sotterraneo. Con la bile in gola, cerco freneticamente l'orribile buco nel pavimento destinato ad essere un gabinetto, e riverso al suo interno le banane che avevo nello stomaco.

Perfetto. Ora morirò di fame molto più in fretta.

Mormorando oscenità, mi alzo e comincio a camminare avanti e indietro. Mi sento come un animale in gabbia. I secondi ticchettano, ognuno più lungo di quello successivo. Ho l'impressione di trascorrere un'ora a camminare, tentando di evitare il buco delle fogne. Dopo la terza volta in cui rischio di caderci dentro, mi abbandono sul pavimento, stringendomi le ginocchia al petto con le braccia.

Accidenti. Accidenti. Accidenti. Come ho potuto fare fiasco in questo modo? L'obiettivo era salvare la mamma. Ora verrò giustiziata, e senza di me, anche lei si può considerare morta. Se avessi portato a termine il lavoro di Valerian, potrei chiedergli di pagarle le spese mediche, allungandole un po' la vita, ma non ho né il telefono, né i miei poteri, quindi non posso fare nemmeno questo.

Mi si serra la gola, gli occhi mi bruciano, mentre un singhiozzo mi ribolle nel petto. Un altro singhiozzo lo segue in fretta (quei bastardi arrivano a frotte), e al di là del mio impegno, non riesco a impedire alle lacrime di rigarmi le guance. Piango per me stessa e per mia mamma, per tutti i sogni che non visiterò mai e le conversazioni che noi due non affronteremo mai. *Per le scuse che non potrò mai porgerle.* Non ho mai desiderato di tornare indietro nel tempo con tanta intensità, né di riscrivere la storia così tanto. Ma possiedo questo potere solo nel mondo dei sogni; qua fuori, sono inutile come un essere umano, totalmente alla mercé del Consiglio e dei suoi capricci.

Alla fine, le lacrime si asciugano, e mi limito a rimanere seduta, ben più che infelice. Se avessi i miei poteri, potrei almeno fuggire nel mondo dei sogni. Ma non sono così fortunata, almeno non fino a domani... supponendo che esista un domani.

Naturalmente, *c'è* un'altra via di fuga, un modo per farmi sentire meglio. Ho ancora in tasca la fiala di sangue di vampiro. Seppure diluito, mi farebbe stare bene. Molto bene.

Ma no. Sto mostrando segni di dipendenza... ormai, non vi è alcun dubbio. Ma d'altro canto, sono in attesa della mia esecuzione, quindi è poi così importante?

Prendo la fiala. È così allettante. Mi farebbe dimenticare tutto, anche solo per un po' di tempo. E quando sarò morta, non dovrò affrontare le conseguenze della dipendenza.

No, al diavolo. Non intendo morire affetta da questa dipendenza. Inoltre, potrei essere finita in questo postaccio anche grazie al consumo di questa roba. Non riesco a scrollarmi di dosso la sensazione che, se mi fossi abbandonata ad una buona notte di sonno, a mente fresca, avrei capito chi è l'assassino.

Con una cupa decisione, balzo in piedi e mi avvicino al buco nel pavimento. Svitando la fiala, mi assicuro che Nessie non mi stia fissando dall'acqua torbida, e verso il liquido in maniera teatrale.

"Mai più" giuro ad alta voce.

Con mia sorpresa, mi sento leggermente meglio... abbastanza per riprendere a camminare avanti e indietro per un po', invece di piangere. Alla fine, torno a sedermi per la stanchezza, con gli occhi secchi e irritati, mentre conto le sbarre della porta della cella.

Uno sbadiglio mi spunta sulla bocca. Gli effetti del sangue vampiro si stanno esaurendo. E per la prima volta in quattro mesi, non ho motivo di combattere lo sfinimento, di respingere il sonno che bramavo da così tanto, tanto tempo.

Beh, immagino che una ragione ci sia.

Qualcosa mi dice che affronterò il mio personale circolo di traumi.

Sbadiglio di nuovo. Il peso del mondo preme sulle mie palpebre con la forza di un titano. Senza il sangue del vampiro, combattere una mancanza di sonno di quattro mesi equivale a trattenere il respiro per più di due minuti. Il fallimento è garantito.

D'accordo. Così sia.

Mi sistemo nel modo più comodo possibile sul pavimento in pietra, chiudo gli occhi e mi addormento all'istante.

CAPITOLO TRENTATRÉ

SONO nell'appartamento che condividevo con la mamma su Gomorra. Mi sta guardando, e i suoi begli occhi marroni sono tristi come sempre. So per certo che ha dormito male per almeno una settimana, però è bella come al solito. I piacevoli lineamenti del viso che posso avere, li ho ereditati senz'altro da lei. Infatti, delle due, è lei che assomiglia ad Halle Berry.

"No, di nuovo" dice in tono stanco.

"I tuoi sintomi stanno peggiorando." La mia voce sale di un'ottava; non posso impedirmelo. "Ti ho sentita urlare di notte."

Il suo volto diventa cinereo. "Sei entrata in camera mia?"

La guardo di traverso. "No. Cosa ancora più importante, non ho infranto la mia promessa. Non ho invaso i tuoi preziosi sogni."

Libera un sospiro di sollievo. "Ho solo avuto un incubo, tutto qua."

"A che proposito?" Incrocio le braccia sul petto.

"Non ricordo. Possiamo parlare di qualcos'altro, adesso?"

"Aveva a che fare con mio padre?" La osservo, per vedere la sua reazione.

Un'emozione balena negli occhi della mamma, ma è troppo sfuggente e non posso essere sicura di notarla davvero, per non parlare di decifrarla. "Quante volte devo ripetertelo?" ribatte. "Non me lo ricordo, né mi piace parlare di questo argomento."

"Se non te lo ricordi, come fai a sapere di non volerne parlare?"

Si stringe nelle spalle, e distoglie lo sguardo.

"D'accordo. Neanche tu hai mangiato molto. E non esci di casa da una vita. Anzi, è la prima volta in cui ti vedo nella vita reale, questa settimana." Lancio volutamente un'occhiata agli occhiali VR di ultima generazione sul tavolino in fondo.

La sua mandibola sporge con testardaggine. "Forse, è perché nessuno mi assilla nella realtà virtuale. Sono io il genitore e tu la figlia, ricordi?"

Attingo a tutta la mia pazienza. "Senti, mamma. Osservo continuamente i tuoi sintomi. Se solo tu mi lasciassi entrare..."

"No!" Va dritta verso la porta, esclamando da sopra la spalla: "Non tirare in ballo l'argomento mai più."

"Se i tuoi sintomi continuassero ad aggravarsi, potrebbe non restarmi altra scelta" le grido, mentre è ancora voltata di spalle. "Se ci sarà in gioco la tua vita, infrangerò la mia stupida promessa!"

Si blocca, prima di voltarsi verso di me con un'espressione colma di un senso di tradimento, al punto che mi pento all'istante delle mie parole.

"Non lo faresti" ribatte con voce cupa, indietreggiando verso la porta. "Ti prego, di' che non lo faresti."

"Okay." Mi fa giurare di non entrare nei suoi sogni sin da quand'ero piccola... e ho mantenuto la promessa, nonostante la tentazione irresistibile. "Ma devi farti vedere da *qualcuno*. Uno strizzacervelli tradizionale, magari? Oppure stringere amicizia con una persona e confidarti con lei? O..."

"Non capisci! Ho provato di tutto."

"Non *tutto*."

Con un ringhio, alza i tacchi ed esce come una furia, sbattendo la porta dietro di sé.

"Bene, allora!" grido verso la porta chiusa. "Almeno, prenderai una boccata d'aria fresca."

———

SONO AL PRONTO SOCCORSO. Il corpo incosciente della mamma è attaccato ad una serie di macchine, che svolgono ogni funzione per lei, dalla respirazione al nutrimento. La sua attività cerebrale è completamente assente.

"È stata investita da un'auto" spiega l'elfo ed operatrice sociale, come da una lunga distanza. "Stiamo cercando di capire che cosa fare..."

Smetto di ascoltare il resto. Mi sento talmente

sopraffatta dal senso di colpa e dal dolore, che riesco a malapena a stare dritta, figuriamoci a pensare. *Era uscita a causa delle mie critiche. Era uscita arrabbiata, e non ha visto quella cavolo di macchina che le veniva addosso.*

"...non abbiamo molta esperienza in queste cose" mi raggiunge di nuovo la voce dell'elfo. "Gli algoritmi delle auto a guida autonoma evitano praticamente tutti gli incidenti. L'ultima volta..."

"Chi se ne frega?" esclamo a denti stretti. "Pensa che io stia meglio, sapendo che mia mamma è una vittima su un milione?"

L'operatrice sociale si allontana da me, mormorando delle banalità... e capisco perché me ne stesse parlando.

Soldi.

Gomorra offre un'assistenza sanitaria universale gratuita, ma a volte, quando gli ospedali gratuiti non sono in grado di gestire un caso, si rimettono ad istituti a pagamento, di solito patrocinati solo dai ricchi. *Come questo posto.* E considerando l'estrema rarità del caso della mamma, non esiste una copertura assicurativa, proprio come nell'eventualità dell'impatto di un meteorite.

"Pagherò tutto il necessario per proseguire con la sua assistenza" informo l'elfo. "Mi faccia sapere che cosa devo firmare."

Sembra sollevata. "A breve, manderò un medico a parlare con lei."

I venti minuti di attesa del medico sono i più lunghi della mia vita, e quando finalmente arriva, provo un leggero senso di sollievo. È uno gnomo, una rarità nella professione medica. Gli gnomi hanno la reputazione di essere i migliori in qualsiasi ramo scientifico, ma raramente scelgono medicina. Lui, apparentemente, è un raro gnomo che l'ha fatto... sebbene, ovviamente, il meglio del meglio significa lavorare in questa struttura *a pagamento*.

"Sono il Dottor Xipil" esordisce lo gnomo dalle guance rotonde, con una voce distorta dalla protezione respiratoria. "Quando sua madre è arrivata qui all'inizio, pensavo che l'avremmo persa. Dopo cinque operazioni di nanochirurgia e una trasfusione di sangue di vampiro, siamo riusciti a curare la maggior parte dei traumi corporei. Il suo cervello, però, è una storia diversa."

Mi tempesta di termini medici, che si riassumono in: la mamma è in coma, e il cervello non sta comandando le funzioni corporee come dovrebbe.

"Non c'è molto altro che possiamo fare" afferma. "È possibile che un guaritore la aiuti, ma considerando il costo di..."

Alzo una mano. "Supponiamo che il denaro non sia un ostacolo."

"Allora, dovrebbe provare ad assumere un guaritore. Nel frattempo, è necessario tenerla attaccata alle macchine." Si acciglia. "Tenga presente che la maggior parte degli ospedali le staccherebbe, a questo punto, ma qui possiamo tenerla collegata fino a..."

———

MI SVEGLIO, madida di un sudore freddo. Sbattendo le palpebre sugli occhi gonfi per le lacrime, mi rendo conto di essere ancora nella cella puzzolente.

La mia paura di addormentarmi era fondata. Priva del controllo nel mondo dei sogni, non posso evitare i ricordi che ho cercato di reprimere: il mio personale circolo di traumi. Anche se mi ero detta che assumevo il sangue di vampiro per ottenere più momenti di veglia in cui guadagnare, evitare questi sogni rappresentava una larga fetta della mia motivazione.

Beh, adesso li ho affrontati.

Se fossi uno dei miei clienti, proverei emozioni meno intense a proposito dell'accaduto, ma a me non succede. Forse, ho bisogno dell'assistenza di un altro camminatore per godere degli effetti curativi dei sogni.

Eppure, come minimo, non sono più terrorizzata all'idea di andare a dormire. In realtà, non vedo l'ora di dormire ancora. La sonnolenza è come una pesante coperta che mi racchiude in un bozzolo, attenuando l'impatto dei ricordi dolorosi.

Sbadiglio, sforzandomi di tenere gli occhi aperti. Non voglio addormentarmi ancora, prima di fare ciò che raccomando ai miei clienti: analizzare le mie emozioni con la mente aperta.

Il senso di colpa, ovviamente, è quella principale. So che l'incidente della mamma non è avvenuto *veramente* per colpa mia. Suggerirle di uscire dall'appartamento è stato un buon consiglio. Vivere da reclusa, rimanere nella realtà virtuale per diversi giorni di fila, non era un comportamento sano. Ma sono stata *io* la ragione per cui è uscita in strada come una furia. Non si trattava solo di un errore dell'algoritmo di guida; anche la mamma non deve aver visto l'auto. Quella parte è colpa mia... e mi porterò sempre dentro questa consapevolezza.

Sotto il senso di colpa, c'è la rabbia. Nei suoi confronti, verso me stessa, verso quel cavolo di algoritmo che non ha arrestato l'auto in tempo. Verso il Consiglio, per aver interferito con il lavoro di Bernard, per avermi affidato questo mistero impossibile, e infine per la punizione inflittami, visto che non ho risolto il caso. E ancora più in profondità, c'è il dolore sordo che mi porto dentro sin da quando ho memoria... il desiderio di un padre, di una famiglia, oltre alla mia lunatica e taciturna mamma. Una parte di me ha sempre sperato che, un giorno, lei cedesse e mi raccontasse della nostra famiglia, del luogo da cui siamo venuti, e mi spiegasse perché non è stata disposta a parlarne per tutti questi anni. Ora, questa speranza è svanita, estinta sicuramente tanto quanto sta per succedere alla mia vita. Non scoprirò mai il mio passato... né bacerò mai un uomo nella vita reale.

Morirò vergine.

Immagino Valerian e le sue labbra sensuali, i suoi occhi blu come l'oceano, l'aspetto del suo corpo con quell'abito su misura... Accidenti, avremmo dovuto farlo almeno nel mondo dei sogni.

A proposito... quanto tempo è passato? A giudicare dall'entità dell'indolenzimento del mio corpo, per essere stata sdraiata sul pavimento di pietra, devo aver dormito per almeno qualche ora. Potrebbero essermi tornati i poteri?

Tocco Pom, e cerco di entrare nel mondo dei sogni in quel modo.

Niente.

Nonostante la delusione che mi stringe il petto, sbadiglio rumorosamente, al punto da riempire la piccola stanza. Magari, l'introspezione può attendere che io abbia dormito ancora un po'... o meglio ancora, che mi ritrovi nell'aldilà.

Nemmeno il pensiero dell'esecuzione imminente è in grado di reprimere il mio sbadiglio successivo.

D'accordo. Perché lottare?

Chiudo di nuovo gli occhi e mi addormento immediatamente.

CAPITOLO TRENTAQUATTRO

IO E ISIS ci troviamo in una limousine, e sono stordita dall'eccitazione.

"Ancora complimenti" dice Isis. "Non posso credere che, dietro a tutto, ci fosse Eduardo... e tu sei stata l'unica a capirlo."

Le sue parole hanno un che di sbagliato, ma lascio correre, perché ciò che conta davvero è il fatto che stiamo per guarire finalmente la mamma. Osservo la città all'esterno, mentre Isis mi ricopre di complimenti. Mentre Manhattan potrebbe passare per una piccola periferia di Gomorra, non è così per Brooklyn.

Rimaniamo bloccate nel traffico due volte, ma alla fine, la limousine raggiunge l'aeroporto JFK, e ci lascia tra le orde di persone che si precipitano verso il proprio volo. Procediamo verso una porta segreta, protetta da schermi; nessun essere umano potrebbe mai venire in questa direzione. Dopo averla aperta, scivoliamo in un labirinto sotterraneo di corridoi, che conducono all'hub: un'enorme sala circolare con pavimenti riflettenti, configurazione abbastanza tipica per questo genere di cose. La circonferenza dell'hub è disseminata di portali, e ogni postazione dal plasma colorato per la distorsione spazio-temporale immette in una delle Altreterre. Gli hub come questo offrono ai Conoscenti l'accesso ad innumerevoli universi, ciascuno diverso dagli altri, come lo è la Terra rispetto a Gomorra.

"Il mio mondo è da questa parte." Indico il portale turchese di fronte a noi.

"Sono già stata su Gomorra" risponde Isis. "Chi non l'ha fatto?"

"Fammi indovinare." Mi dirigo verso il portale. "Earth Club?"

"Ehi, ci vanno tutti" ribatte sulla difensiva.

Certo, tutti coloro che provengono da *questo* posto arretrato. Ci sono locali di gran lunga migliori per noi nativi.

Raggiungendomi, Isis varca sinuosamente per prima il portale. La seguo, trovando come sempre affascinante il modo in cui la parte anteriore del mio corpo scompaia nel bagliore del portale, mentre lo attraverso.

Varcata la soglia del portale, non ci troviamo più nei sotterranei, né sulla Terra, bensì in cima a un grattacielo dalle dimensioni appropriate, su Gomorra.

Inspiro la familiare aria dal profumo di ozono, e sorrido. Isis mi osserva come se fossi pazza. Mi stringo nelle spalle, e mi dirigo verso l'ascensore. Come al solito, il tempo qui non corrisponde a quello di New York sulla Terra. Mentre là era giorno, qui è notte, un momento in cui le differenze tra i due mondi diventano estremamente significative.

Alzo lo sguardo. Non c'è la luna su Gomorra, e ne sono felice. Quella cosa sembra sempre pronta a schiantarsi sulla Terra in un orribile cataclisma. Abbiamo invece una maestosa nebulosa. Le tonalità di giallo e rosso della sua polvere e gas interstellari formano lunghi sentieri, che appaiono come fuoco in caduta dal cielo.

"Mi chiedo se gli antichi Conoscenti abbiano raccontato agli umani di questo cielo" commenta Isis, procedendo alla mia stessa andatura. "Sembra proprio che il fuoco e lo zolfo ci stiano per piovere sulla testa."

"Chissà" rispondo, abbassando lo sguardo sulla città che si estende sotto di noi.

Il mondo di Gomorra ha una sola città, una mega-metropoli che ne condivide il nome. È più grande di tutto il continente nordamericano. Qui, l'edificio più alto della Terra sembrerebbe una casa di periferia a un piano. Le proporzioni sono sconcertanti, anche per chi di noi è cresciuto in questo luogo. Nelle giornate nuvolose, non esiste uno skyline, poiché le sommità della maggior parte degli edifici scompaiono tra le nuvole.

Prendiamo l'ascensore fino al pianterreno, e attraversiamo l'atrio per uscire in strada. Immediatamente, scorgo un orco, un elfo e un nano, barcollanti e provenienti, ubriachi, da qualche bar.

"Ahhh." Espiro. "Casa dolce casa."

Isis sorride. "Nessun posto ci assomiglia."

"Non mi sono ancora adattata alle folle omogenee degli umani, a New York" commento.

Annuisce in direzione di un ologramma a grandezza naturale di una top model, proiettato verso di noi dalla vetrina del negozio più vicino. "Ti mancava anche quello?"

"Una pubblicità di cui farei anche a meno" dico, e faccio strada verso un parcheggio all'angolo.

"Finalmente, automobili dall'aspetto normale" osservo, mentre ci avviciniamo. "Le macchine sulla Terra mi ricordano i calesse trainati dai cavalli."

"Già, queste sembrano eleganti astronavi." Isis si guarda intorno. "Ehi, sento profumo di cibo."

Ha ragione. E non si tratta solo di cibo, ma di cibo sicuro. Qui, non esistono le intossicazioni alimentari. Annuso l'aria, con l'acquolina in bocca al pensiero di mangiare qualcosa di diverso da una banana, e l'aroma delizioso del manna mi riempie le narici.

Indico un veicolo, che gli esseri umani della Terra descriverebbero probabilmente come un disco volante. "È la versione di Gomorra di un furgone ambulante. Devi provarlo."

Ordino due pacchetti di manna per entrambe, e divoro il mio sul posto, gemendo di piacere mentre il sapore esplode sulle mie papille gustative affamate.

Dopo il primo morso, Isis si butta sul cibo con lo stesso ardore. "Se fosse possibile provare un orgasmo con il cibo, succederebbe con questo" commenta con la bocca piena. "Quante calorie ha questa roba?"

Le porgo il secondo pacchetto. "Non preoccuparti. Non si può ingrassare per il manna."

Dopo aver consumato la mia razione, ricordo la nostra importantissima missione, e chiamo una macchina. Mentre puntiamo verso l'ospedale, Isis, in qualità di turista, osserva i dintorni a bocca aperta.

"Ogni cosa sembra un set di *Ghost in the Shell*" dice, "o *Blade Runner*."

Sogghigno. "Non pensi che gli orchi e gli elfi rovinino l'atmosfera cyberpunk?"

Ride, e per il resto del tragitto chiacchieriamo dell'argomento preferito di Felix, il 'prestito' tra le Altreterre di idee creative, tra cui film, videogiochi e libri. Isis trova divertente quanto me che ci siano Pac-Man e Mary Poppins sia su Gomorra, sia sulla Terra... solo che, nella versione di Gomorra, Mary Poppins è un vampiro.

Quando l'auto si ferma davanti all'ospedale, ci affrettiamo a raggiungere il reparto di terapia intensiva.

"Signorina Spade!" chiama una voce così alta, da rasentare gli ultrasuoni. "Ho bisogno di parlarle."

Mi costringo a rallentare e a sorridere all'amministratrice della contabilità... o Rinolofo, come la chiamo io, in parte perché sembra stramba, e in parte perché il suo volto mi ricorda quella creatura della Terra.

"Pagherò tutto ciò che devo" la anticipo.

"Bene." Sembra delusa di non dovermi fare la predica. "Se potesse venire nel mio ufficio..."

"Senta, signora, il mio tempo è prezioso" interviene Isis. "Si tolga di mezzo, altrimenti guarirò tutti i vostri pazienti, e addio ai vostri profitti."

"Lei è una guaritrice?" Rinolofo guarda Isis, sbattendo le palpebre. "Forse noi..."

"Via" ringhia Isis.

Rinolofo indietreggia.

Individuo il Dottor Xipil nel reparto, e lo avviso di ciò che Isis sta per fare qui. Lui porta con sé alcuni colleghi, e ci incontriamo nella stanza della mamma.

La mamma ha lo stesso aspetto. Le macchine mantengono attive tutte le sue funzioni corporee basilari, e l'attività cerebrale è assente.

Il Dottor Xipil sposta il peso da un piede all'altro, a disagio. "Vuole che la scolleghiamo, prima?"

"Troppo rischioso" risponde Isis. "Lasciatemi fare, innanzitutto."

Lui le osserva le mani, e indietreggia di un passo o due, strascicando i piedi. "Proceda."

Isis indirizza un arco di energia dorata verso la mamma.

Trattengo il respiro.

L'attività cerebrale della mamma, prima assente, diventa frenetica.

Espiro di getto. È tutto ciò che posso fare per non correre da lei, mentre annaspa e si dimena, chiaramente disturbata dal respiratore.

Sempre concentrata, Isis parla da sopra la spalla. "Ora portate via le vostre porcherie. Rapidi."

Il personale medico si affretta ad accontentarla, mentre Isis mantiene un flusso costante di energia curativa puntato verso la mamma.

Quando anche l'ultima macchina è stata staccata, gli occhi della mamma si spalancano, e mi rivolge un sorriso tenero.

"Mamma" dico con voce strozzata. "Come stai?"

"Mi sento benissimo" risponde, guardandosi intorno. "Dove mi trovo?"

"Sei in ospedale" spiego, asciugandomi una lacrima con la manica. Tiro ancora un po' il tessuto verso il palmo, con discrezione, per usarlo anche con il naso. "C'è stato un incidente e..."

È a quel punto, che lo noto.

Pom.

O meglio, la mancanza di Pom al polso.

Aspetta. Pom è perennemente attorno al mio polso. A meno che io non stia sognando.

Il mondo intorno a me si blocca.

Certo. Non sta succedendo davvero. È una fantasia. È ciò che sarebbe successo, se Eduardo fosse risultato l'assassino, come avevo pensato.

Incapace di sopportare la delusione, allontano la vista del viso gioioso della mamma, e ordino a me stessa di tornare al palazzo dei sogni.

CAPITOLO TRENTACINQUE

POM APPARE AL MIO GOMITO. "Ehi! Come va?"

Di solito, non voglio impensierire il piccoletto, ma dato che il suo destino è legato al mio, gli do la cattiva notizia... e nel frattempo, assume tonalità di nero sempre più profonde.

"È così ingiusto" dice alla fine. "Hai fatto del tuo meglio per loro."

I miei capelli diventano fiammanti senza un mio controllo cosciente. "Non farmi neanche cominciare."

Gli enormi occhi di Pom color lavanda acquisiscono un'estrema luminosità, il pelo si schiarisce, diventando grigio... un colore raro, che indica profonda tristezza. "Non voglio che ti facciano del male. Puoi portarmi nei loro sogni? Forse, se li supplicassi, cambierebbero idea."

Ho una stretta al petto. Il mio looft è chiaramente più preoccupato per me che per se stesso. Gli arruffo il pelo.

"Non credo che funzionerebbe, ma mi hai appena dato un'idea. Prima dell'esecuzione, dirò loro di te, precisando che sei una specie protetta su Gomorra. Magari, possono attaccarti a qualcun altro o a qualcos'altro. Hanno le capre, per esempio, o forse potrebbero..."

"Volevo dirti una cosa." Le sue orecchie assumono un intenso color barbabietola. "Ero ancora nella fase iniziale di sviluppo, quando mi sono attaccato a te allo zoo. Quando ho avuto modo di conoscerti, ho fatto sì che mi crescesse qualcosa di simile al tuo sistema circolatorio e nervoso... e adesso, essi sono irreversibilmente interconnessi con i tuoi."

Non può significare...

"Non posso essere rimosso, senza ucciderci entrambi" conferma, leggendomelo in faccia. "Non te l'avevo detto, perché non volevo che mi definissi di nuovo parassita. O tumore."

"Un tumore? Ma dai, che genere di mostro pensi che sia?" Lo abbraccio con gli occhi lucidi. "Tesoro, non avrei mai voluto staccarti dal mio polso in nessun caso. Siamo simbionti per tutta la vita. Mi dispiace solo di aver fallito così miseramente, perché adesso, quella vita sarà molto breve."

"Non è colpa tua" replica. Le sue orecchie sbiadiscono di nuovo verso il grigio. "È quello stupido Consiglio."

Sospiro, concordando in silenzio, e prendo il volo, fluttuando tra le forme impossibili che decorano l'atrio del mio palazzo.

Pom mi gira intorno. "Mi chiedo chi sia realmente l'assassino. È proprio lui, la persona da incolpare."

Do un colpetto alla punta di un suo orecchio. "È una bella domanda. Tutti i membri del Consiglio appaiono *non* colpevoli."

Le sue orecchie diventano arancione chiaro. "Potrebbe essere qualcuno che non fa parte del Consiglio?"

Lo fisso. È improbabile, ma... "Forse, Pom, forse. L'accesso al castello è limitato, ma qualcuno entra. Ad esempio, Felix e Ariel parteciperanno ad una cerimonia del Mandato."

Anche il resto di Pom diventa arancione chiaro. "Qualcuno potrebbe essersi nascosto nel castello dopo un evento del genere? Forse, è questa persona che sta eliminando le vittime."

Ah. È possibile. Affondo entrambe le mani nel suo pelo, mentre la mia mente scorre le alternative. "E i monaci? Potrebbe essere stato uno di loro. Sono i più vicini alla figura di un maggiordomo... e nei romanzi gialli della Terra, il colpevole è sempre il maggiordomo."

Pom si divincola dalla mia presa e mi gira intorno. "Pensavo che i monaci non possedessero alcun potere."

"Infatti. Ecco perché nessuno sospetta di loro. Uccidere il Conoscente più potente non è facile."

"Allora, chi altro può essere stato?"

Non ne ho idea. Mi massaggio la fronte. "Un individuo molto furtivo?"

Senza risposte da dargli, non posso stare a guardare

la speranza e la fiducia nei suoi occhi. Fluttuando fino ad uno specchio prismatico, fisso con occhio assente il mio riflesso iridescente. Dev'essere una persona esterna al castello, una persona completamente al di fuori del territorio del Consiglio. Mi hanno tenuta così impegnata, che non ho avuto tempo per accorgermi della sua identità...

Lo specchio riflette la manifestazione onirica di una lampadina sopra la mia testa, mentre mi viene in mente un'idea.

C'è una persona in grado di entrare e uscire dal castello a proprio piacimento. L'ha fatto proprio il primo giorno in cui ci sono entrata.

"Valerian!" esclamo, girandomi di scatto. "Valerian usa i poteri di illusionista per rendersi invisibile."

Gli occhi color lavanda di Pom si spalancano, e le sue pupille si trasformano in cuoricini rossi. "Ma non lo desideravi?"

Non ho intenzione di degnarlo di una risposta. "Pensaci. Il suo potere è particolarmente utile contro i Conoscenti potenti."

"E perché?"

"Un illusionista può mostrarti qualsiasi cosa." Modifico l'ambiente circostante per spiegargli il mio punto di vista, creando una stanza in cui il soffitto è il pavimento e il pavimento è il soffitto, con i folletti che sgambettano attraverso le pareti. "Un illusionista, tramite i propri poteri, può far sì che gli altri eseguano il lavoro sporco per lui, così Valerian avrebbe potuto mostrare a Ryan un nemico nel punto in cui si trovava sua moglie, inducendolo a trafiggerla con la sua stessa freccia." Trasformo l'ambiente nella scena della morte di Tatum, con la freccia che le sporge crudelmente dal petto, prima di evocare un Valerian semitrasparente, che sprigiona un arco della propria magia verso l'elfo.

Poi mostro a Pom che cosa succede dal punto di vista di Ryan: Tatum diventa Eduardo e comincia a gridare con l'elfo, raccontando a Ryan che cos'ha fatto con sua moglie, chiamandolo cornuto in aggiunta ad altre definizioni. Alla fine, Ryan scatta e, sollevando l'arco, colpisce il 'licantropo' nel petto.

Ma naturalmente, invece del licantropo, era Tatum.

"Ah" commenta Pom. "Va' avanti."

Dissolvo la scena del crimine, facendo comparire una scogliera. "Valerian avrebbe potuto anche fare in modo che Ryan si buttasse dalla scogliera da solo, senza bisogno di alcuna spinta. O avrebbe potuto rendersi invisibile e spingerlo semplicemente di persona." Materializzo questa scena davanti a Pom. "O forse, entrambe le cose. Magari, Ryan si era reso conto di aver trafitto la propria moglie invece di un'illusione, perciò si è suicidato."

"Torna tutto." Le orecchie di Pom si muovono. "E gli altri, invece?"

Ricreo la scena del crimine con l'attacco degli uccelli. "Valerian avrebbe potuto far credere a Gemma che Leal fosse un nemico, spronandola poi a radunare gli uccelli per ucciderlo. E in quanto a questo, avrebbe potuto mostrare agli uccelli qualcosa di gustoso nel punto in cui si trovava Leal, innescando così l'attacco." Creo Leal e lo trasformo in una ciotola di granaglie.

Pom diventa nero. "Gli illusionisti hanno troppo potere."

"Sì. È vero." Ricreo il corpo straziato di Gemma. "Anche in questo caso, Valerian avrebbe potuto far sì che una persona forte, probabilmente Eduardo, vedesse un attacco nemico, in modo tale che Eduardo squartasse il 'nemico'. Oppure, avrebbe potuto mostrare a Eduardo l'illusione di Gemma che lo provocava, finché lui non scattava per ucciderla. Avrebbe potuto perfino usare i propri poteri, per far perdere il senno a quel licantropo al JFK, per assicurarsi che gli Esecutori fossero lontani."

Pom muove su e giù la testa con occhi più grandi della norma.

Sto andando a gonfie vele adesso. Ogni dettaglio collima così chiaramente. "Infine, Valerian avrebbe potuto mostrare a Eduardo qualcosa che lo spingesse a soffocare a morte Albina." Creo una camera con Albina sdraiata sul letto, poi la sostituisco con Ryan l'elfo. "In alternativa, il soffocamento avrebbe potuto rientrare in un gioco erotico, ma Valerian avrebbe potuto far credere a Eduardo che Albina gli chiedesse di stringere più forte. O nascondere, tramite l'illusione, qualsiasi segno che lei stesse soffocando."

Le orecchie di Pom si afflosciano. Sembra disgustato. "E in quanto a Eduardo? Si potrebbe fare in modo che una persona si praticasse un'iniezione tramite le illusioni?"

"Certo" rispondo. "Valerian avrebbe potuto rendersi invisibile, entrare di soppiatto, e sostituire la siringa con gli steroidi con quella contenente il farmaco per la fase REM." Ricreo la scena. Un Valerian trasparente osserva Eduardo uccidersi accidentalmente. "Per quanto ne sappiamo, Valerian poteva ancora essere presente, invisibile ai nostri occhi, quando abbiamo scoperto il corpo."

Il pelo di Pom freme.

Rendo il Valerian trasparente più opaco, e ne studio i lineamenti perfetti. Un uomo dal viso così bello potrebbe essere un assassino?

Ma cosa mi passa per la testa? Certo che sì. Inoltre, chi mi dice che Valerian abbia proprio questo aspetto? Potrebbe essere un lebbroso sdentato e...

"Pensi che rimanderanno l'esecuzione, quando riferirai tutto questo?" chiede Pom.

Faccio scomparire Valerian. "Beh… questa teoria ha una grossa falla: non so proprio *perché* avrebbe dovuto uccidere tutti questi Consiglieri. Il movente è una parte molto importante nelle indagini sui crimini. Se manca questo, oltre ad una specie di prova, il Consiglio non mi darà ascolto. E in fin dei conti, si tratta solo di una teoria azzardata."

"Credo che dovresti parlarne con qualcuno" suggerisce Pom. "Forse, a Kit verrebbe in mente un movente. Che ne dici di andare nella torre, e vedere se qualche membro del Consiglio sta dormendo?"

Scuoto la testa tetramente. "Avrei bisogno dei miei poteri, per entrare nei sogni altrui."

"Non ti sei ancora ripresa? Pensavo che tu creassi queste cose in quel modo." Agita una zampa tutt'intorno.

"Una semplice modifica all'ambiente non significa aver recuperato i miei poteri. Anche gli umani possono imparare a fare una cosa simile, un po' come nei sogni lucidi. Per sapere davvero se mi sia ripresa, dovrei cercare di entrare in un sogno."

"Allora facciamolo." Saetta verso la torre dei dormienti, e mi affretto a stargli dietro.

"Felix e Ariel non ci sono" nota, quando arriviamo alle nicchie.

Osservo rapidamente i punti in cui si troverebbero alcuni Consiglieri, se stessero dormendo, ma non li trovo. "Forse, è giorno a New York."

"Allora, perché Bernard sta dormendo?" Pom indica la stanza dell'uomo con i baffi a manubrio.

"Sta seguendo orari strani." Mi dirigo verso le nuvole, simbolo di altri sogni nel circolo di traumi del poveretto. "Potrei usare lui, penso, per verificare se i miei poteri siano tornati. Così, avremmo un indizio sulla quantità di tempo trascorso nel mondo della veglia."

Pom mi rivolge un'occhiata confusa. "Porterai a termine il lavoro di Valerian? Anche se pensiamo che sia lui l'assassino?"

"Non devo finire il lavoro. Potrei guidare Bernard lungo il resto del suo circolo di traumi, ma senza fare ciò per cui Valerian mi ha assunta nello specifico. Ma d'altra parte, penso di *doverlo* portare a termine."

Le orecchie di Pom si muovono in senso interrogativo.

"In quel caso, quando Felix andrà a dormire, potrei chiedergli d'informare Valerian che il lavoro è stato completato, così mi spedirà i fondi, come promesso. Assassino o meno, Valerian dispone di una gran quantità di soldi."

Pom assume un miscuglio indeterminato di tonalità. "Lo presumo."

Mi avvicino a Bernard, addormentato. "Innanzitutto, mi occuperò dei sogni che gli restano nel circolo di traumi, poi deciderò."

"Buona fortuna" dice Pom, rimbalzando su e giù.

Lo saluto con un cenno, mi rendo invisibile, e tocco la fronte sfregiata di Bernard.

CAPITOLO TRENTASEI

SONO DENTRO. I miei poteri si sono ristabiliti... e vorrei quasi che non fosse così.

Un uomo sporco e malridotto è incatenato ad un radiatore, in un magazzino abbandonato.

Lo riconosco immediatamente. È l'imputato nerboruto di mezza età, prossimo alla calvizie, del sogno di Bernard ambientato in tribunale, quello che avevano giudicato non colpevole dell'omicidio del figlio di Bernard. Quando il suo odore mi raggiunge, provo un conato di vomito. Che cavolo? A causa del suo fetore pungente, non mi resta altra scelta che disabilitare l'olfatto. Sembra anche molto più magro rispetto al giorno del processo, e i suoi occhi scaltri sono pieni di follia e disperazione.

Bernard gli si avvicina con un'espressione gelida e una sega in mano.

"Mi dispiace" gracchia l'uomo incatenato. "Ti prego,

liberami. Non volevo ucciderlo. Ho perso il controllo della situazione. Ho subito abusi da..."

"Vuoi essere libero? Tieni." Bernard lascia cadere la sega, che colpisce con un calcio per avvicinarla al prigioniero.

Quest'ultimo comincia freneticamente ad usarla sulla catena, ma non fa altro che distruggere l'attrezzo. Scaglia la sega priva di denti in direzione di Bernard con un grido gutturale... mancandolo.

"Non puoi tagliare il metallo con una sega" afferma freddamente Bernard. "Sai che cosa devi fare, in realtà. Ma non sei ancora pronto."

Oh, no. Sapevo più o meno dove sarebbe andato a parare, però... Megagalattico puah.

Passano diversi giorni in un lampo, e Bernard torna con una nuova sega, identica alla precedente. Stavolta, la follia negli occhi del prigioniero è addirittura più limpida. Non implora nemmeno Bernard, ma se ne sta seduto lì, con gli occhi incollati alla sega nelle mani del suo tormentatore. Senza pronunciare una parola, Bernard lascia cadere a terra la sega, e gliela passa con un calcio. Il tizio la prende e, con riluttanza, ne appoggia il bordo affilato sul polso.

Sposto lo sguardo sul volto di Bernard, e quando cominciano i rumori nauseanti, disattivo l'udito. A giudicare dall'espressione di Bernard, si crederebbe che sia il *suo* polso, quello segato a metà. Sta mormorando qualcosa, e pur non essendo brava a leggere le labbra, penso che stia dicendo: "Sono un mostro. Sono diventato peggiore dello stesso male che cercavo di..."

I suoi occhi si spalancano di colpo, grandi come dei piatti.

Ne seguo la direzione.

Con un macello sanguinolento al posto del braccio destro, il prigioniero balza addosso a Bernard con un ringhio animalesco, gridando qualcosa.

Riabilito l'udito.

Mi aspetterei un simile ruggito gutturale da un orso ferito, non da un uomo.

Stringendo la sega nella mano che gli rimane, l'uomo la cala sul volto di Bernard. I denti della sega gli penetrano nella fronte, e Bernard urla di dolore.

Rabbrividisco. Ecco come si è procurato la cicatrice.

Bernard spinge via l'aggressore. L'uomo malnutrito crolla all'indietro, ma inizia subito a strisciare verso Bernard, ringhiando come un demone.

Bernard infila una mano tremante in tasca, ed estrae una pistola.

Bang.

Il ringhio s'interrompe, ma l'uomo sta ancora strisciando in avanti.

Bang.

Anche il movimento si arresta.

Bernard continua a sparare, fino a scaricare la pistola, poi si lascia cadere sulle sue mani, s'inginocchia e vomita.

Il sogno, a questo punto, si sposta. Bernard sta fissando le pareti vuote del suo appartamento.

Deglutisco il sapore amaro del sogno precedente.

Okay, quindi il suo circolo di traumi è terminato. È una buona cosa. Una volta gestita questa parte, in teoria, potrei eseguire il mio compito.

Questo sogno è un ricordo, però, e sono curiosa di lasciarlo proseguire.

Il telefono squilla, e lui lascia che risponda la segreteria.

È l'ex-moglie. "Oggi è il compleanno di tua figlia. Le manchi. Chiamala."

Bernard è scosso da un brivido. "Perché?" sussurra con il respiro affannoso. "Perché vuole parlare con un mostro?"

Anche il sogno successivo è un ricordo, ma si svolge anni dopo. Bernard osserva la figlia da lontano, con gli occhi colmi di rammarico.

Il prossimo sogno si svolge ancora più avanti nel tempo. Bernard è seduto in una grande sala conferenze, circondato da altri umani. Riconosco l'oratore che tiene il discorso di apertura.

È Valerian.

In questo ricordo, quest'ultimo ha esattamente lo stesso aspetto di quando mi è apparso. Significa che è proprio quello reale?

"Entro la fine dell'anno prossimo, la Bale Inc. porterà la realtà virtuale ad un livello superiore" afferma con passione il bellissimo illusionista, rievocando Tony Robbins. "Più avanti, il mondo che vedete intorno a voi" clicca sul suo telecomando, e sullo schermo alle sue spalle compare una vista della Terra dallo spazio, "sarà uno dei molti luoghi possibili in cui le persone potranno abitare. Nutro la speranza che la maggior parte di esse prosperi in questi illimitati mondi illusori che creeremo per loro, mondi indistinguibili dalla normale realtà. Sarà il più grande..."

Smetto di ascoltare, rendendomi conto di una cosa.

Ciò che Valerian sta cercando di fare. E perché.

Vuole offrire mondi illusori a miliardi di esseri umani sulla Terra. Inoltre, vuole che il suo nome e quello della sua azienda venga associato a tutti a questi mondi. Vuole che il suo nome sia sinonimo di illusioni.

È un'ambizione sbalorditiva.

Esiste un rapporto tra i poteri dei Conoscenti e la fede umana in tali poteri. In questo modo, Lilith, una vampira che si era proclamata dea del sangue su un pianeta che aveva sottomesso, era diventata quasi inarrestabile. Associando la propria azienda alle illusioni, Valerian potrebbe diventare il più potente illusionista della Terra, se non dell'intero Cogniverso, e senza affermare di essere un dio (il che causerebbe la sua esecuzione da parte dei Conoscenti locali).

Dev'essere questo il motivo per cui mi ha assunta per lavori ambigui, come quello che, forse, sto per compiere: ha bisogno di tenersi fuori dai guai relativamente ai Consiglieri della Terra.

Il sogno di Bernard si sposta in un momento collocato nove mesi dopo. È seduto in una sala riunioni con un gruppo di persone. C'è anche Valerian, che osserva Bernard con quegli ipnotici occhi azzurri pieni di aspettativa.

"La chinetosi da realtà virtuale è il problema più

urgente da risolvere, prima di andare in diretta" afferma Valerian. "Il tuo team ha fatto progressi in merito?"

Bernard dà un'occhiata al proprio taccuino. "Abbiamo sgobbato per mesi su questo punto, ma senza molti risultati. Non sappiamo nemmeno se il problema sia dovuto ad un conflitto sensoriale o all'instabilità posturale. Tu non vuoi rimuovere la visualizzazione del corpo..."

Ignoro il resto del discorso di Bernard. È ora di decidere se voglio terminare il lavoro per cui Valerian mi ha assunta. Considerando questo sogno, non occorrerebbe quasi alcuno sforzo per farlo, poiché, guarda caso, esso riguarda il problema in questione. Valerian si sta adoperando per la produzione di prodotti per la realtà virtuale che non provochino la nausea alle persone, un ostacolo importante per il settore in questo momento, quindi mi ha ingaggiata per dare segretamente a Bernard un'ispirazione... una soluzione che arrivi 'tramite un sogno'. Un compito banale, ovviamente, poiché Gomorra è avanti anni luce rispetto alla Terra, in quanto a qualsiasi tipo di tecnologia, ma soprattutto qualsiasi cosa abbia a che fare con la realtà virtuale.

D'accordo. Visto quant'è facile, lo farò e basta.

Abbandono il mio corpo e mi tuffo in quello di Valerian, poi mi avvicino a lunghi passi al tavolo da disegno. "E se provassimo in questo modo?" Procedo con la presentazione di una soluzione completa, dall'hardware ai trucchi software.

Gli occhi di Bernard s'illuminano avidi, mentre illustro un algoritmo particolarmente avanzato rispetto al suo tempo. Non riesco a trattenere un sorriso; la parte più difficile di questo lavoro, in effetti, consisteva nel memorizzare tutti questi dati.

Alla fine, esco dal corpo di Valerian, e sveglio Bernard con una scossa del mio potere. Se gli permettessi di continuare a sognare, potrebbe dimenticare ciò che ha appena imparato.

Pom sta aspettando con impazienza nella nicchia di Bernard, nella torre dei dormienti.

"È tutto" lo informo nel ricomparire. "Ho sfruttato l'effetto *Inception* su di lui."

Pom batte le zampette. "Allora, al risveglio, farà una scoperta tecnologica?"

"E sarà sicuro di esserci arrivato da solo. Valerian, ovviamente, ne trarrà profitto." Mi lascio alle spalle la nicchia, per volare accanto a Pom. "Mi chiedo, quanto spesso la mia specie è stata responsabile di grandi scoperte, che in realtà erano solo informazioni provenienti da un altro mondo? Magari, è così che Dmitri Mendeleev sulla Terra ha ideato la tavola periodica in un sogno. Si dice che anche Niels Bohr abbia scoperto la struttura dell'atomo in un sogno, e persino Albert Einstein..."

M'interrompo di botto, perché noto un dettaglio che non dovrebbe esistere.

Un dormiente, che non dovrebbe dormire, e invece lo sta facendo.

Guardo Pom. "Lo vedi anche tu, vero?" Indico la nicchia in questione.

Pom assume un miscuglio di tonalità. "Capisco. Ma non è..."

"Esatto." Sfreccio verso la camera.

"Ma come?" Mi segue in volo.

"Penso che si stesse sforzando di rimanere sveglio, fino alla mia esecuzione, ma dev'essersi accidentalmente addormentato." Mi libro sopra il dormiente, stentando ancora a credere ai miei occhi.

"Pensi che significhi..."

"Oh sì." Mi si spezza la voce per l'eccitazione. "Questo dev'essere l'assassino."

CAPITOLO TRENTASETTE

ENTRAMBI ESAMINIAMO il volto ingannevolmente gentile e benevolo di fronte a noi... un volto che appartiene ad una persona che, in teoria, dovrebbe essere morta.

Un volto che appartiene al Dottor Hekima.

"Ma era morto" dice Pom, sconcertato. "Nessie l'aveva divorato."

Scuoto la testa. "Hekima è un illusionista. Ha fatto credere a me e a Kain di assistere alla sua morte, così, per comodità, non ha lasciato alcun corpo da esaminare."

Le pupille di Pom si ritrasformano in cuoricini rossi. "Allora, Valerian non è l'assassino, alla fine?"

Gli sorrido. "No, ma il modo in cui Hekima ha compiuto i crimini combacia probabilmente con quello che avevo descritto, nel caso di Valerian. L'avevo quasi capito... solo che sospettavo dell'illusionista sbagliato."

Le orecchie di Pom si flettono avanti e indietro. "Ma perché ha ucciso tutte quelle persone?"

È ciò che devo andare a scoprire. Indico le nuvole che vorticano sopra la testa di Hekima. "Scommetto che il suo circolo di traumi ha qualcosa a che fare con l'argomento."

Facendomi coraggio con un respiro, tocco la fronte rugosa dell'illusionista con dita tremanti, e balzo nel suo sogno.

———

"PER FAVORE, SITI" dice una versione più giovane di Hekima. "Quello che stai facendo non è sicuro."

Sta parlando con una ragazzina che gli assomiglia come una goccia d'acqua, capelli crespi, viso gentile, e tutto il resto. Il suo nome mi è vagamente familiare.

"Sto alleviando il dolore della gente, papà" replica Siti. "Se tu non dovessi rispettare quello stupido Mandato, faresti lo stesso. E lo sai bene."

Hekima sospira. "Non sto dicendo che quello che fai non è carino. Lo è. Solo che usare i tuoi poteri in questo modo è proibito da..."

Accidenti, ora ricordo dove ho sentito quel nome. È successo durante le mie ricerche sugli esiti delle votazioni. Il caso della giovane donna che aveva alleviato il dolore dei malati terminali umani, nei loro ultimi giorni... Si chiamava Siti.

"Faccio credere loro che si trovino in un posto bellissimo" continua Siti, confermando i miei sospetti, "e a volte, li circondo dei loro cari. Che cosa ho fatto di tanto sbagliato?"

Ogni cosa combacia. Siti era stata beccata. Si era tenuto un processo davanti al Consiglio, e Eduardo, Tatum, Ryan, Gemma, Leal, Albina e un gruppo di altri membri avevano votato per la punizione più estrema... e il Consiglio aveva giustiziato la povera ragazza.

Quando Hekima aveva saputo dell'accaduto, si era messo in evidenza nella comunità dei Conoscenti, gestendo il programma di Orientamento citato da Felix... cosicché, un giorno, sarebbe stato scelto per un ruolo nel Consiglio, trovandosi nella posizione di vendicarsi.

E non ha ancora finito. Ci sono ancora delle persone nel Consiglio che avevano votato a favore dell'esecuzione di sua figlia. Con me fuori gioco, e tutti gli altri che lo credono morto, è libero di terminare ciò che ha iniziato, un Consigliere alla volta.

Rendendomi conto di aver perso un passaggio tra un sogno e l'altro, comincio a prestare più attenzione.

Hekima è davanti ad una tomba priva di nome, e le lacrime gli rigano il volto.

"Mi dispiace, Siti" dice, biascicando le parole. "Avrei dovuto costringerti a smettere. Avrei dovuto trascinarti su un altro pianeta, prima che ti beccassero. Avrei dovuto..."

S'interrompe, e mi guarda in faccia.

Accidenti. Ma che mi prende? Mi sono dimenticata di rendermi invisibile, di nuovo... e nel momento peggiore in assoluto.

Scompaio tardivamente, ma è troppo tardi. Hekima mi ha vista, glielo leggo nell'espressione. Osservando il punto in cui mi trovavo, si dà un pugno sul naso... e con questo, evidentemente, fa in modo di svegliarsi.

Mi ritrovo nella torre dei dormienti, ed Hekima è sparito dal letto.

"Lo sa" dico tetramente a Pom, che diventa nero e mi afferra il polso con le zampette. "Svegliati e fa' qualcosa."

E così, mi risveglio... finendo di nuovo sul pavimento sporco della mia puzzolente cella sotterranea.

CAPITOLO TRENTOTTO

IN OGNI CASO, non tutto è come la prima volta in cui mi hanno rinchiusa qui. Essendo riuscita a dormire, mi sento alla grande. Avrò recuperato almeno qualche ora di riposo in più. Balzando in piedi, prendo il disinfettante, e strofino ogni parte di me che è stata a contatto con il pavimento.

Wow, ho la mente acuta come l'apice di un diamante. Non c'è da stupirsi, se non sono riuscita a risolvere il caso prima. Dopo mesi di privazione del sonno, ero l'ombra di me stessa. Resisto all'impulso di darmi una botta in fronte. Perché ci ho messo tanto a dire addio al sangue di vampiro? Grazie al mio lavoro con le persone che soffrono d'insonnia, so meglio di chiunque altro che la mancanza di sonno può essere la causa di un'alterata capacità di pensiero, problemi di memoria, portando addirittura alla morte.

Ecco la portata della mia pessima memoria: mi ero dimenticata dei miei attrezzi da scasso. Li ho in tasca sin dall'irruzione nell'appartamento di Bernard. Palpo la tasca con una mano: sì, ci sono ancora. Mi precipito verso il lucchetto arrugginito della porta della mia cella.

Oh sì, posso farcela. Spero.

La serratura si oppone, ma alla fine, cede. Apro il chiavistello sul mio lato, poi la porta della cella. E adesso?

Se l'avessi fatto prima di rendermi conto che Hekima era l'assassino, avrei dovuto fuggire da un castello zeppo di guardie, ed eludere i vampiri Esecutori per il resto della mia vita... un'impresa con zero possibilità di successo, più o meno. Ma adesso, dopo la mia nuova scoperta, ho solo bisogno d'individuare un membro del Consiglio e rivelare ciò che so.

Ponendo che Hekima non mi fermi.

E che il Consiglio mi creda.

Tuttavia, ho maggiori possibilità rispetto al passato.

Dopo una decina di passi frettolosi lungo il corridoio, Filth gira l'angolo, e i suoi occhi piccoli e luminosi si fissano su di me.

Accidenti. L'ultima cosa di cui ho bisogno.

"Ho capito chi sta ammazzando i Consiglieri" dichiaro rapidamente. "È Hekima. Lui..."

"Non m'importa." Filth sorride con cattiveria, e i suoi occhi si trasformano in specchi, mentre la sua voce passa alla modalità malia. "Non muoverti, stupida sacca di sangue."

CAPITOLO TRENTANOVE

AGITO le dita dei piedi nelle scarpe. Avevo ragione: si muovono. La sua malia non ha funzionato. Il sangue di vampiro ha abbandonato il mio corpo, ed è tornata la mia resistenza alla malia... oppure, semplicemente, Filth non è tanto potente quanto Kain, quando si tratta di penetrare le mie difese.

Fingo però di *rimanere* pietrificata, e rifletto freneticamente sulla mia prossima mossa.

Filth estrae una siringa dalla tasca. "Sono stato nominato tuo carnefice. Il Consiglio vuole che io ti offra una scelta tra l'eutanasia" agita la siringa a mezz'aria, "o la morte d'inedia." Indica la stanza alle mie spalle con la testa.

Il cuore mi corre nel petto come una lepre, ma faccio del mio meglio per mantenere un'espressione tranquilla, come bloccata dalla malia.

"Ma ti semplifico le cose." Rivolge l'ago della siringa verso il basso e preme lo stantuffo, versando tutto il veleno sul pavimento. "Berrò da te fino all'ultima goccia, poi getterò fuori il tuo corpo, dandolo in pasto a Nessie. In quanto al Consiglio, hai optato per la morte d'inedia, e poi sei stata così stupida, da cercare di fuggire attraverso le fogne."

Ha pensato a tutto. Chiunque non mi conosca bene, potrebbe persino credergli... non importa se preferirei morire di fame cento volte, prima di saltare in quel misero esemplare di gabinetto, anche se non si aggirasse alcun mostro nelle fogne.

Filth mi si avvicina a lunghi passi.

Posiziono furtivamente gli attrezzi da scasso, affinché sporgano dal pugno, e aspetto il momento giusto. Questo è un vampiro, e nessun allenamento di arti marziali può cancellare il fatto che perfino un esemplare magro, e dalla faccia di faina, come lui è dieci volte più forte di me, e incredibilmente veloce. L'elemento sorpresa è la mia unica speranza, ed è anche molto debole, ad essere sincera con me stessa.

"*Potrei* ordinarti di non sentire niente" dice, quando è a portata di mano, "e invece no. Ti farà male."

Ha ragione. Farà male.

A lui.

Senza preavviso, lo colpisco in faccia con un pugno. Con un disgustoso cic ciac, gli attrezzi da scasso gli trafiggono l'occhio destro.

Barcolla all'indietro con un ruggito di dolore. Trattenendo l'impulso di vomitare, gli sferro un calcio in mezzo alle gambe. Ruggisce di nuovo, e mi colpisce con il dorso della mano. La mia testa ha uno scatto laterale, e vedo di colpo le stelle.

Indirizza un pugno verso la mia mandibola. In qualche modo, lo schivo con movimenti puramente robotici. Ormai, mi sono ripresa abbastanza per colpirlo, ma lui si sposta con una rapidità soprannaturale, e lo manco. Prima che io riesca ad intercettarlo, mi conficca un gomito nell'addome. Il mio plesso solare esplode di dolore, e mi piego in due con il respiro affannoso.

Mi afferra per la maglia, lanciandomi nell'aria senza alcuno sforzo. Mentre volo dall'altra parte del corridoio, scorgo un barlume di speranza più in là.

Thud. Sbatto contro le sbarre di ferro con la schiena, e le due molecole di ossigeno rimaste nei miei polmoni fuoriescono con un sibilo. Il dolore cerca di trascinarmi nell'incoscienza, ma mi oppongo con tutta me stessa. Devo guadagnare tempo, nel caso in cui il barlume di speranza non sia stato un'allucinazione del mio cervello scombussolato.

Con avide boccate d'aria, rivolgo uno sguardo implorante a Filth, e sollevo una mano, come per dire qualcosa.

Non sembra intenzionato a parlare. L'occhio non è guarito. Alcuni vampiri possiedono capacità di recupero migliori di altri, e lui rientra chiaramente nella parte inferiore dello spettro.

Snudando le zanne, sibila: "Sarà una cosa molto lenta."

CAPITOLO QUARANTA

SPUTANDO SANGUE, gracchio: "L'ho detto a Kit. Lei sa... sa di Hekima. Di averlo visto nel mondo dei sogni. Non la passerai liscia."

Qualcosa si muove in un guizzo in fondo al corridoio.

Già. Adesso non c'è alcun dubbio.

Sbircio tra le gambe di Filth.

Ariel e Felix stanno strisciando verso di noi. Lui indossa uno smoking, lei un abito che mette in evidenza le curve. E quest'ultima ha in mano un coltello a farfalla. Non voglio nemmeno pensare a dove l'abbia nascosto durante i controlli di sicurezza del castello.

Devono essere qui per la cerimonia del Mandato di cui parlava Felix.

Ma non riesco a nutrire ulteriori speranze. Senza la tuta da robot o un'arma potente, Felix è fondamentalmente un umano. Ariel è un altro paio di maniche. Lei è una uber, una specie forte... ma non tanto quanto i vampiri. E Ariel ha qualche problema con i vampiri.

Filth mi afferra per la gola, sollevandomi da terra con una mano sola. "Credo alle tue stronzate su Kit tanto quanto alla miracolosa resurrezione di Hekima." Con un rapido morso, mi affonda le zanne nel collo, strappandomi un grido di dolore.

Fa ancora più male, perché è la cosa più disgustosa che mi sia mai capitata.

Comincia a succhiare... ed è allora che Ariel lo stacca di colpo, prendendolo per una spalla mentre lo pugnala all'addome.

Atterro rovinosamente con il coccige. Stringendo i denti per respingere un'ondata di dolore nauseante, sgattaiolo via dai combattenti, tenendomi la ferita sanguinante sul collo. La saliva dei vampiri possiede una nota funzione coagulante, ma non sono mai stata morsa prima, e non so quanto tempo impiegherà il mio collo a smettere di sanguinare. E poi, che schifo.

Ignorando la ferita dovuta alla pugnalata, Filth scaraventa un pugno verso il viso di Ariel. Lo schiva, estrae il coltello, e lo pugnala pochi centimetri più in basso.

Felix s'inginocchia accanto a me. "Stai bene?"

"Aiutami ad alzarmi" chiedo con voce rauca, tendendo la mano libera verso di lui. La mia gola è in agonia, e non solo per il morso laterale. Nel sollevarmi da terra, Filth mi ha schiacciato la trachea.

Felix afferra la mia mano e mi aiuta a rimettermi in

piedi, mentre Ariel e Filth combattono, muovendosi ad una rapidità che rende difficile seguire la scena.

Ondeggiando sulle gambe, ritraggo la mano dalla ferita sul collo. A quanto pare, non sanguina più. Vedendo che non sono in imminente pericolo di vita, Felix va ad aiutare Ariel, ma Filth lo mette a tappeto con un pugno sulla tempia. Mentre Felix crolla, Ariel approfitta della distrazione per praticare un taglio, profondo fino all'osso, nel bicipite di Filth. Il vampiro grugnisce di dolore, mentre entrambi vengono investiti da schizzi di sangue.

Se Felix non fosse già fuori gioco, sarebbe svenuto di fronte a tanta violenza. Io sono meno sensibile a queste cose, e mi sento addirittura stordita. O forse, ciò è dovuto soltanto alla perdita di sangue. In ogni caso, ora tocca a me aiutare Ariel... e voglio che valga qualcosa. Ignorando il dolore alla gola ammaccata, mi precipito nella mia cella della prigione, afferro il pesante lucchetto da me scassinato, e torno indietro di corsa.

Filth affonda un gomito nel plesso solare di Ariel, proprio come ha fatto con me. Ma Ariel deve aver eseguito un numero assurdo di crunch ed essersi costruita degli addominali d'acciaio, poiché continua a combattere come se nulla fosse.

Attendo il momento in cui Filth mi dà le spalle, poi mi getto in avanti, e lo colpisco dietro la testa con il lucchetto.

Ciò che avrebbe stordito, o messo fuori gioco, un essere umano sembra solo distrarre il vampiro.

Indirizza un pugno verso la mia faccia. Mi abbasso. Riesce comunque a parare il colpo successivo di Ariel.

Con un balzo all'indietro, gli calo il lucchetto sulla testa con tutte le mie forze. Con una contorsione, riesce ad evitarlo... e adesso, la sua gola è a portata della lama di Ariel.

Whoosh.

Il sangue sgorga dallo squarcio aperto sul collo.

Accidenti, forse ho sottovalutato la forza di Ariel. Ha quasi decapitato Filth con un solo fendente.

Una sorta di suono gorgogliante sfugge dalla bocca di Filth, ma Ariel non corre rischi. Vibra colpi verso la sua gola, ancora e ancora, finché la testa e il corpo si separano completamente: una ferita da cui nessun vampiro nella storia ha saputo riprendersi.

Il busto di Filth stramazza a terra, e la sua testa rotola in direzione di Felix. In quel momento, le palpebre di quest'ultimo si sollevano, tremolanti, ma di fronte alla scena cruenta che gli si para davanti, perde di nuovo i sensi.

Ariel fissa il coltello imbrattato di sangue, stranamente affascinata. Sembra... oh merda, sembra sul punto di leccare la lama.

Ci siamo. La sua dipendenza dal sangue di vampiro è messa realmente alla prova.

Trattengo il respiro. È meglio che lo faccia da sola. A questo punto, ciò di cui ha più bisogno è credere nella propria capacità di resistere alla tentazione.

Anch'io, di recente, ho quasi sviluppato una dipendenza, ma non provo alcuna voglia di bere qualsiasi liquido color rosso vivo intorno a noi. In ogni caso, dovrei provare molto più disgusto in una situazione simile. È un brutto segno? Ho però la sensazione che, se per un po' evitassi il sangue di vampiro, alla fine lo troverei tanto vomitevole quanto altri fluidi corporei.

Ariel serra la mascella. Immagino che abbia fatto la sua scelta.

Solleva il coltello.

Affondo le unghie nei palmi delle mani. *Non leccarlo!*

Getta il coltello nella cella della prigione. Mentre esso sbatacchia sul pavimento, sputa in maniera teatrale sul corpo di Filth, e si gira dall'altra parte.

Con un sorriso, le do una pacca sulla spalla. "Vedi? *Sai* resistere alla tentazione nel mondo reale."

Ricambia il sorriso, poi ricongiunge la testa di Filth al corpo con un calcio, e va ad inginocchiarsi accanto a Felix. Le sue labbra si curvano in un mesto sorriso, mentre solleva il braccio floscio e lo lascia cadere. "Svenuto. Immagino che le teste mozzate siano il suo limite."

Scorgo un guizzo con la coda dell'occhio, ma quando osservo il corridoio, non vedo alcunché. Invece, seguendo il mio sguardo, Ariel s'irrigidisce, e il suo sorriso scompare.

"Vattene subito!" urla al corridoio deserto. "Altrimenti, farai compagnia a questo tuo subalterno." Muove il mento verso i resti di Filth.

Subalterno? Sta parlando con Kain? Poi mi rendo

conto di quanto sta accadendo... e ciò che resta del mio sangue si gela.

"Non è Kain!" grido. "È Hekima. Sta usando le illusioni su di te."

Sembra a malapena sentirmi. Balzando in piedi, assale un nemico invisibile, colpisce il vuoto con un pugno, e schiva un attacco invisibile. A denti stretti, segue il nemico illusorio, arrivando a pochi passi dal punto in cui mi trovo, mentre la guardo a bocca aperta.

Abbassa lo sguardo sui miei piedi e grida. "No!"

Accidenti. Riesco a immaginare che cosa le stia mostrando Hekima: Kain è qui, e mi ha appena uccisa. Scommetto che Hekima mi ha fatto assumere le sembianze di Kain, un trucco usato per commettere anche gli altri omicidi.

Come per dimostrare l'esattezza della mia teoria, Ariel stringe i pugni e avanza verso di me, con il bellissimo viso contorto dall'odio. "Sei morto."

CAPITOLO QUARANTUNO

ACCIDENTI, accidenti, accidenti. Non credo che riuscirei a colpire Ariel, o a farle del male... per quanto le mie remore siano puramente teoriche. Dopo averla vista con Filth, so di non avere alcuna possibilità di ferirla. Sarà lei a farmi del male, e non ci vorrà nemmeno tanto tempo.

Il mio cuore galoppa a duecento chilometri all'ora. C'è un motivo, se questa si chiama reazione di fuga o attacco... e il tempo di combattere è terminato.

Alzo i tacchi e mi precipito verso la cella della prigione.

I passi di Ariel riecheggiano alle mie spalle. Ansimando come un cane dopo una giornata nel deserto, balzo all'interno della cella e le sbatto la porta in faccia, facendo scorrere il chiavistello per bloccarlo.

"Pensi di fermarmi così?" Incolla le mani alle sbarre.

Balzo all'indietro. "Lo spero proprio."

Afferra una sbarra con ciascuna mano, e tira per

separarle. I muscoli asciutti si flettono sotto l'abito succinto.

Neanche per sogno. Non può...

Ma le solide sbarre si piegano. È più forte di qualsiasi altro uber di cui abbia sentito parlare.

Sono decisamente spacciata.

O forse no. Raccolgo da terra il suo coltello, e spruzzo freneticamente il disinfettante per le mani sul manico. *Niente sangue, non dev'esserci tutto questo sangue.* Dopo averlo ripulito, mi giro verso la porta, dove si sta diligentemente impegnando con le sbarre.

Si arrenderebbe, se la pugnalassi? Magari, potrei colpirla a un braccio, o in altri punti non letali?

Adesso, la larghezza delle sbarre è tale, da permetterle d'infilarci la testa in mezzo. Mi guardo intorno freneticamente, alla ricerca di una soluzione alternativa. Abbassando lo sguardo, finalmente lo vedo... un'opzione orribile, orribile, qualcosa che normalmente considererei un destino peggiore della morte. Ma qui, di fronte alla mia mortalità, mi rendo conto che questo destino può essere leggermente migliore. Presumo che la voglia di vivere superi il mio carattere schizzinoso.

Forse.

Mi precipito verso il buco che conduce nelle fogne.

Il mio primo errore è quello di guardare giù. Vedendo il liquido torbido e puzzolente là in fondo, decido che forse, dopotutto, Ariel può uccidermi. Se proprio devono ammazzarmi, meglio che sia un'amica a farlo.

Ma non c'è in ballo soltanto la mia vita. Anche Pom morirà... così come la mamma, se non convincerò il Consiglio del fatto che l'assassino è Hekima.

Tremando dalla testa ai piedi, disinfetto la lama del coltello a farfalla, lo piego, e lo infilo in tasca. E sì, mi rendo conto della follia del mio gesto, considerando il posto in cui sto per tuffarmi. Inalando una boccata d'aria fetida, mi tappo le orecchie con gli indici e il naso con i mignoli, come una bambina che impara a tuffarsi per la prima volta, e do un'ultima occhiata alle sbarre della cella, per vedere se Hekima si sia arreso.

Niente. Ariel sta infilando la testa nell'apertura appena creata. Adesso o mai più.

Chiudendo forte gli occhi, salto con i piedi in avanti nell'abisso delle fogne.

CAPITOLO QUARANTADUE

DURANTE LA CADUTA, continuo a ripetermi mentalmente oscenità in tutte le lingue che conosco.

Sploosh.

La sostanza appiccicosa si richiude sopra la mia testa, e sotto i piedi non percepisco qualcosa di simile ad un pavimento. Le fogne devono essere veramente profonde. *Non pensare ai batteri carnivori e alla ferita aperta sul collo. O alle amebe che mangiano il cervello. O alla creatura mangiatrice di uomini che ha fatto di queste fogne una casa. O al posto in cui la creatura va in bagno. O...*

L'istinto di sopravvivenza mi allontana le mani dal viso, e comincio a dimenare gli arti. Riemergo con la testa in superficie, e faccio un profondo respiro. Il fetore è insopportabile, come se qualcuno avesse formulato il peggior odore che potrebbe esistere in natura. Che diavolo è questa roba?

Meglio non saperlo. È così che si diventa pazzi.

Sono circondata dall'oscurità, ma in lontananza c'è una debole luce. Nuoto in quella direzione. Nessuno scende nelle fogne alle mie spalle, ed è un bene. Immagino che Hekima non possa mantenere viva l'illusione, senza unirsi ad Ariel, e non è disposto a seguirmi fin qui. Non vuole che la sua precedente menzogna di essere stato divorato da Nessie diventi realtà.

A proposito del mostro, non sono nemmeno stata divorata da lei. Non ancora, comunque.

Continuo a nuotare.

L'orribile liquido è denso e viscoso, e preferisco non pensare al perché. Almeno, in questo modo, è più facile galleggiare rispetto ai laghi delle finestre nere dei sogni di Nina. Ora che non corro più un imminente pericolo mortale, provo una nausea soverchiante per ciò che sto facendo. È possibile morire di disgusto? Disperata, ricordo a me stessa che, anche quando sono pulita, la quantità di microbi dentro e su di me è maggiore rispetto alle cellule con il mio stesso DNA.

No, non mi è affatto d'aiuto. Meglio non pensare, punto.

Mi concentro sul movimento delle braccia. Verso l'alto. Verso il basso. Verso l'alto. Verso il basso. La luce è più vicina. È la luce del giorno, fuori dalla montagna del castello.

Urto qualcosa di molle con un piede, e riesco a stare in piedi e riposare. *Meglio non pensare a cosa ci sia sotto di me.*

Nella direzione da cui sono venuta, si formano delle

increspature sulla superficie di questa robaccia. Ariel è finalmente saltata dentro? Hekima? Tiro fuori il coltello, aprendolo con frenesia... non che ciò mi aiuti granché. Difendermi con questo coltello sarà come cercare di spegnere un incendio in una foresta con una pistola ad acqua.

Le increspature aumentano, e una testa emerge dall'acqua lurida.

Il mio stomaco sprofonda fino ai piedi.

Impossibile confondere quel collo lungo e quelle fauci, piene di denti simili a pugnali.

È Nessie, ed è qui per divorarmi.

CAPITOLO QUARANTATRÉ

LE NOCCHE mi diventano bianche a causa della forza con cui stringo il coltello.

"Va' via!" grido alla creatura.

Non sbatte nemmeno le palpebre. La sua testa s'innalza dalla robaccia in cima al collo, come un anaconda.

"Non sono una cavolo di capra!" grido, agitando il coltello. "Ultimo avvertimento."

Nessie attacca. Con le fauci spalancate, la sua testa guizza verso di me. Occorre tutto il mio allenamento nelle arti marziali per rimanere ferma, ad aspettare il mio momento. Quando i denti sono pronti a serrarsi su di me, colpisco.

La lama affonda nella sua lingua molle. Sì!

Nessie muove di scatto la testa all'indietro, strappandomi di mano il coltello. M'immergo, puntando verso l'uscita delle fogne, e nuoto con tutte le mie energie.

Alle mie spalle, Nessie ruggisce.

Le mie braccia mulinano a velocità folle, e la luce si avvicina. Forse, sto battendo un qualche record mondiale... sempre che esista un sadico che misuri il tempo del nuoto nelle fogne.

La bestia ruggisce di nuovo. Sta guadagnando terreno. Incremento enormemente la velocità, spronata dalla vicinanza dell'uscita.

Quando finalmente emergo in piena luce, i miei occhi impiegano un momento ad adattarsi. Mi trovo nel fossato davanti al castello, appena fuori dalla montagna. La riva è vicina, gremita di monaci che trasportano una capra.

Che fortuna... Nessie mi ha incrociata all'ora di pranzo. La buona notizia è che, se mi sbrigassi, potrebbe divorare la capra, e non me.

L'aria fresca infonde ai miei muscoli una spinta decisiva, e copro quella distanza in pochi secondi. I monaci, sbalorditi, mi aiutano a barcollare fuori dall'acqua.

"Nessie" ansimo. "Penso che..."

Prima che abbia il tempo di finire, due monaci afferrano la povera capra e la buttano nel fossato.

Una testa familiare compare sopra la superficie dell'acqua. Nessie spalanca di nuovo le fauci. Non c'è alcuna traccia del coltello che avevo lasciato lì, né di qualche tipo di ferita. Presumo che sia sensato, per lei, possedere una capacità di super-guarigione. È una creatura incredibilmente longeva, e le leggende sul suo conto sono molto antiche.

In un battibaleno, la capra è sparita, e anche Nessie. Pfiù.

Prendo il disinfettante per le mani dalla tasca fradicia, e me lo spalmo sul viso e sulle mani. "Devo vedere un membro del Consiglio."

Il più alto dei monaci mi guarda come se fossi pazza. "Non è possibile. Sono in riunione e..."

"Sembra una richiesta normale?" ringhio. "Vorranno sapere che cos'è appena successo, perché sono appena uscita dalle fogne con Nessie alle calcagna, nel tentativo di rivelare loro la verità sulla persona che sta ucc..."

Alza una mano. "Le faccio strada."

Dopo un'occhiata circospetta, si dirige verso il castello. Lo seguo, facendo del mio meglio per ripulirmi dalla maggior parte della melma che mi ritrovo appiccicata addosso, prima di raggiungere la familiare porta del colosseo in cui si riunisce il Consiglio.

"S'innervosiranno, nel vederla entrare di punto in bianco" dice il monaco, arricciando il naso. "E non solo a causa dell'odore."

Mi stringo nelle spalle e, cercando di non respirare troppo profondamente, entro nella camera del Consiglio.

CAPITOLO QUARANTAQUATTRO

KAIN SI TROVA al centro dell'anfiteatro, nel punto normalmente riservato a chi si trova nei guai.

"Suggerisco di votare" afferma Nina. "Coloro che..."

"So chi è l'assassino" annuncio ad alta voce.

Tutte le teste si girano verso di me.

Kain annusa l'aria, e sembra sia perplesso, sia inorridito. Apro la bocca per proseguire, quando qualcuno mi spinge via. Vacillando, mi guardo intorno.

Non c'è nessuno.

Il battito cardiaco mi sale alle stelle.

Hekima. È qui.

CAPITOLO QUARANTACINQUE

IMMEDIATAMENTE, la scena cambia.

Mi trovo sempre in un anfiteatro, però è mille volte più grande di quello per le riunioni del Consiglio. Sembra il Colosseo di Roma, ma nuovo di zecca. A conferma del collegamento con Roma, i posti a sedere si riempiono di persone urlanti. Sembrano comparse di un film sui gladiatori.

L'imperatore si alza. È Hekima, con una toga viola e una corona d'alloro appollaiata sui ricci grigi e crespi.

Mi sta guardando dall'alto, e i suoi occhi scuri sono pieni di sincera tristezza. "Mi ricordi Siti" afferma in tono caloroso e benevolo. "Vorrei lasciarti vivere, ma sai troppe cose. O tu, o io... fondamentalmente, è autodifesa."

Arriccio il labbro superiore. "Racconta a te stesso ciò di cui hai bisogno. Se Siti fosse viva, si vergognerebbe di te."

Dall'espressione, sembra aver ricevuto un pugno in

faccia. Irrigidendosi, sprofonda sul sedile imperiale, e un'espressione di concentrazione compare sul suo volto. Evidentemente, sta mostrando delle illusioni ai membri del Consiglio.

La folla esulta, come se una rock star avesse appena messo piede sul palco. Guardo verso il basso. Gli abiti sudici sono spariti, sostituiti da un ibrido tra un'armatura e un bikini: dev'essere la fantasia sconcia di Hekima sugli indumenti di una gladiatrice.

Gli lancio un'occhiata truce. "So che questo costume è un'illusione, ma non ha senso come equipaggiamento da battaglia." Faccio scorrere una mano sulla scollatura in evidenza. "In sostanza, sfida chiunque a trapassarmi il cuore."

Per tutta risposta, le porte che conducono al palco si aprono, e un folletto le varca con passo tranquillo.

È un'illusione. Lo so. Non può esserci alcun folletto sulla Terra. È Hekima a mostrarmi quel corpo peloso, le corna e i piedi ungulati. Nel mondo reale, si tratta di un membro del Consiglio, o forse non esiste affatto. Eppure, le immagini, i suoni e perfino gli odori corrispondono esattamente ad un Colosseo reale, come se fossi di fronte ad un folletto che odora di capra. Non che io possa dire molto in proposito... anche se adesso, nell'illusione di Hekima, non riesco a percepire il mio stesso puzzo.

Il mostro apre la bocca, mostrando una schiera di denti che farebbe invidia a uno squalo, e inondandomi con il fetore di carne in decomposizione.

La folla impazzisce.

Il dolore è uno dei sensi che gli illusionisti sanno controllare? Sembrerà reale, quando quei denti mi lacereranno la carne?

Il folletto mi piomba addosso, cercando di darmi un pugno in bocca. Lo schivo, e tento di colpirlo allo sterno, mancandolo... anche se non capisco come mai. O sto lottando contro una persona più piccola di un folletto, o non c'è nessuno intorno a me.

Il folletto mi centra in piena faccia con un pugno.

Ahia.

Mi ha fatto male, e provo la concreta sensazione di avere un labbro spaccato. Una persona reale sta combattendo contro di me, oppure i poteri di Hekima sono eccezionali.

Schivo un altro colpo, e un altro ancora. Mi brucia il viso, ma non è proporzionale alla sofferenza data da un folletto reale, la cui specie è incredibilmente potente. Dato che non vedo perché Hekima debba trattenersi sul dolore illusorio, concludo che il mio avversario sia reale e non super-forte. Penso sia un bene. Tuttavia, devo terminare questa battaglia, prima che la persona in questione utilizzi inevitabilmente i propri poteri a livello del Consiglio.

Il folletto indirizza un colpo verso i miei piedi. Scavalco lo zoccolo, e miro alla sua gola con un pugno. La mia mano entra in contatto con una carne che assomiglia piuttosto ad una mandibola, e non a un collo. Il folletto barcolla e cade.

Sì, giusto. Nessun folletto verrebbe atterrato da un colpo simile.

La folla impazzisce.

Le porte si riaprono, e un mostro più terrificante di un folletto ne esce con passo placido.

È un drekavac, una creatura che uccide causando una sofferenza indicibile.

Barcollo all'indietro. Quel coso fa male semplicemente guardandolo. È una spaventosa creatura insettoide indistinta, con una quantità eccessiva di tentacoli e denti.

Poi ho un'illuminazione.

Se Hekima vuole che questo incontro sembri reale, allora sta usando una persona dotata del potere di uccidere con un solo tocco.

Sento il viso impallidire.

C'è un Consigliere perfetto per questo compito, il cui tocco provoca la cancrena.

Gertrude.

CAPITOLO QUARANTASEI

"NON POSSO COMBATTERE CONTRO GERTRUDE!" grido, nel caso in cui ad Hekima importi.

Non è così.

Indietreggio, sforzandomi di pensare a una strategia. Anche mandando a segno un pugno, perderei.

Il drekavac parte alla carica e mi frusta con un tentacolo.

Lo schivo.

Con un grido, il mostro scaglia un altro tentacolo nella mia direzione.

Balzo di lato, ma riesco a malapena a non essere sfiorata.

Dev'esserci un'azione più efficace, un modo per aprire un varco in questa illusione.

Un altro colpo di tentacolo, un'altra schivata.

Di colpo, mi viene in mente una chiacchierata con

Pom. Una volta aveva affermato che, se fosse stato sveglio, avrebbe potuto mostrarmi il vero aspetto di Valerian, in base al presupposto che ad un illusionista non passerebbe per la testa di mirare al mio simbionte.

Due tentacoli vengono scagliati contemporaneamente verso di me, e faccio un salto mortale all'indietro per evitarli. La folla esulta.

Il problema è che Pom dev'essere sveglio, per vedere attraverso i miei occhi, e invece dorme tutto il tempo. A meno che...

Pom!, grido mentalmente, schivando un altro colpo di tentacolo. *Pom, svegliati!*

Nessuna reazione. Un tentacolo tenta di sferzarmi le gambe, e lo scavalco.

Pom! Pom! Pom!

"Che cosa sono tutte queste urla?" chiede Pom nella mia testa, intontito.

Sono dentro un'illusione, grido mentalmente. *Ho bisogno che tu veda attraverso di essa, altrimenti moriremo entrambi!*

"Avresti dovuto dirmelo subito." Sembra molto più sveglio. "Com'è così?"

Con un lampo, il mondo assume ogni colore dell'arcobaleno, e riesco a stento a schivare il successivo colpo di tentacolo. Quando la turbolenza si assesta, faccio del mio meglio per dare un senso alla confusione visiva. Il Colosseo non è sparito, ma sembra un po' spettrale.

Poi mi rendo conto che, in realtà, è sovrapposto alla

realtà, una realtà che appare strana. I contorni degli oggetti sono sfocati, e sta succedendo qualcosa di strano ai colori. Per esempio, scorgo un orco lottare contro Colton il gigante, ma invece di vedere il primo di colore verde, entrambi i combattenti sono monocromatici.

Accidenti, quello non è un orco. È Kit. Hekima la sta spingendo a lottare per la vita, e a Pom non piace. Sono d'accordo con lui. Scommetto che tutto quel nero è dovuto alle emozioni di Pom, che penetrano nella mia percezione.

Whoosh. Un tentacolo spettrale vola verso la mia faccia, ma adesso noto che non si tratta affatto di un tentacolo. Come sospettavo, è il braccio di Gertrude. Con le dita allungate, sta cercando di toccarmi una guancia nel mondo reale.

Mi sposto di lato, e le afferro il braccio vicino al gomito, dove la manica mi protegge la mano dalla sua pelle. Non so bene che cosa stia vedendo nella sua versione dell'illusione di Hekima, ma dev'essere qualcosa di terribile, poiché ha il viso contorto dalla paura.

Questo non è d'aiuto.

Le piego il braccio dietro la schiena, e tiro forte. Crolla in ginocchio con un grido di dolore. Afferrando una delle mie scarpe piene di fango, colpisco Gertrude con l'arma di fortuna. Non ho intenzione di rischiare di nuovo un contatto con lei, nemmeno se si trattasse dei capelli.

Cerca di artigliarmi con la mano libera, perciò la colpisco ancora e ancora. Anche se mi bruciano i muscoli del braccio, raggiungo l'obiettivo.

Gertrude crolla.

Ed è allora che noto chi giace privo di sensi nelle vicinanze.

Felix.

Dev'essersi ripreso dall'incantesimo dello svenimento indotto dal sangue, in tempo per cadere sotto l'influenza di Hekima. Probabilmente, era lui il 'folletto' contro cui stavo combattendo. Non c'è da stupirsi, se i suoi pugni non mi hanno fatto molto male... e nemmeno se sono riuscita a vincere. Lui è un po' permaloso in merito, ma i poteri di Felix non tornano utili nei combattimenti a mani nude.

Mi affretto a controllarne i parametri vitali. Probabilmente, gli verrà il mal di testa, ma andrà tutto bene... e il suo dolore non sarà nemmeno pari alla metà di quello di Gertrude. Do un'occhiata alle mie spalle, per vedere come se la sta cavando Kit, e la vedo trasformarsi da orco a gigante, uno molto più grosso di Colton. Solleva un enorme pugno in un arco molto ampio, al punto da sollevare da terra un paio di Consiglieri nei paraggi. *Sbam!* Quel pugno entra in contatto con la tempia di Colton, che ruggisce di dolore. Poveraccio. Scommetto che il suo mal di testa sarà di gran lunga peggiore di quello di Gertrude.

Qualcuno deve porre fine a questa follia. Il vero Hekima si trova dall'altro lato della stanza, con un muro di Consiglieri tra se stesso e chiunque voglia fargli del male. Nella sua linea di difesa, tutti mostrano una ferrea determinazione; ognuno starà vedendo illusioni in cui protegge qualcuno, o qualcosa, a cui tiene. Addio alla mia speranza di mettere *lui* fuori gioco.

Riconosco alcuni dei difensori... Isis e Chester... e noto che nemmeno uno rientra tra coloro di cui Hekima vuole ancora vendicarsi.

Capisco presto il motivo.

Nina, a due passi da me, alza le mani con uno sguardo di concentrazione. Le panchine di pietra, sulle quali i Consiglieri di solito siedono, vengono sradicate dal suolo, si spezzano, e cominciano a saettare per tutta la stanza.

Ne schivo una, poi un'altra... ma non tutti i Consiglieri sono altrettanto fortunati. A differenza di me, non riescono a distinguere la realtà. Almeno quattro vengono colpiti in testa. Non posso non notare che sono tutti sulla lista nera di Hekima.

Due panchine volano nella direzione di quest'ultimo, e nutro la speranza che la sua vendetta possa ritorcersi contro di lui. Ma no. Una panchina, che sembrava volare in direzione di Chester, atterra a pochi centimetri di distanza da lui. Com'è fortunato Chester... e Hekima, di conseguenza. L'altra panchina atterra davanti al muro formato dai Consiglieri, e colpisce Vickie in testa.

Isis indirizza un arco di energia dorata verso la sirena, curandola immediatamente.

Hekima si comporta bene con la sirena, perché non è nella sua lista? No, significherebbe riconoscergli troppi meriti. La vera ragione diventa chiara un attimo dopo. Con un respiro profondo, Vickie lancia un grido verso un Consigliere vicino, che rientra nella lista, e due secondi dopo, non ne rimane altro che lo scheletro.

Accidenti. Che cosa faccio? Non riesco a raggiungere Hekima, e se Nina continuasse a scaraventare quelle panchine dappertutto, potrei essere abbattuta anch'io.

Lascio scorrere lo sguardo per tutta la stanza, alla ricerca di idee, e scorgo Ariel che combatte contro Kain. Troppo odio è dipinto sui loro volti, per due persone che non si conoscono: le illusioni di Hekima sono entrate di nuovo in azione.

Ariel colpisce Kain all'orecchio con un pugno. Lui attacca a sua volta. Lei para con l'avambraccio, ma la forza del colpo è così potente, che il dorso della mano rimbalza all'indietro, spaccandole un labbro.

Merda. Lottare contro Kain non è tanto facile quanto abbattere Filth... e non so nemmeno se Ariel si renda conto di combattere contro un vampiro.

Un'altra panca si schianta vicino ai miei piedi, per gentile concessione di Nina. Questo *sì*, che potrebbe funzionare. Esamino il pavimento, alla ricerca del frammento di pietra più grande che possa sollevare, e ne trovo uno che pesa circa dieci chili. Con uno sforzo, sollevo il sasso sopra la testa, e attacco Kain.

Ignaro della mia esistenza, Kain sferra un pugno all'addome di Ariel, che si accascia per il dolore.

Prima che Kain possa ucciderla, gli calo violentemente in testa il sasso.

Il vampiro vacilla con espressione stordita. Ariel si riprende abbastanza, da barcollare verso di lui, e le consegno il sasso tra le mani. Con espressione sbigottita, lo afferra. Non riesco ad immaginare come ci si sentirebbe, se un sasso imbrattato di sangue si materializzasse tra le proprie mani, ma Ariel è un soldato. Non perde tempo a meditare sulla propria fortuna.

Sollevando facilmente il sasso, lo schiaccia sul volto di Kain.

Kain barcolla all'indietro.

Ariel lo colpisce di nuovo.

Kain inciampa sul pavimento.

Ariel gli balza sul petto, colpendolo con il sasso sulla fronte, ancora e ancora.

"Basta!" le grido, ma sembra incapace di sentirmi, attaccando invece senza sosta ciò che rimane della testa di Kain, ben oltre il momento della sua morte. È chiaro che, qualunque illusione Hekima le stia mostrando, ha generato una rabbia omicida.

Provo un moto di pietà per il vampiro... nonostante le nostre divergenze, stava solo cercando di fare il proprio dovere... ma ricordo a me stessa che la morte di Kain ricade sulla coscienza di Hekima. Lo stesso vale per i Consiglieri di cui quest'ultimo voleva vendicarsi.

Sono morti anche loro, adesso.

Ma lo stesso Hekima? Mi sta fissando.

Accidenti.

Cerco freneticamente un sasso più piccolo, ma lui punta una mano verso Nina.

"Aspetta!" grido.

Troppo tardi.

Un'invisibile forza telecinetica mi solleva nell'aria.

CAPITOLO QUARANTASETTE

NAVIGO NELL'ARIA, dimenando gli arti.

Questo non è il mondo dei sogni. Nel migliore dei casi, questo volo finirà con un atterraggio doloroso, altrimenti mi spaccherò la testa com'è successo a Kain. Con il cuore che batte forte, frugo nelle tasche, alla ricerca di qualcosa da scagliare addosso a Hekima.

Nina mi scaraventa in una nuova direzione, deconcentrandomi. Pensa che io sia un drone o qualcosa del genere?

Le mie mani, durante la ricerca, scoprono un oggetto nell'ultima tasca ispezionata. È quello che penso io? La privazione del sonno ha chiaramente menomato la mia memoria, molto più di quanto credessi. Ecco un altro strumento ricavato dal lavoro con Bernard, di cui mi ero completamente dimenticata.

Estraggo la granata soporifera, mentre Nina mi fa vorticare ancora più velocemente nella stanza.

Se usassi la granata, tutti i presenti si

addormenterebbero, compresa Nina, il che significherebbe per me un rovinoso atterraggio. Se non usassi la granata, prima o poi si stuferebbe di giocare con il suo drone, e mi manderebbe a sbattere contro qualcosa. Non c'è molta differenza. Almeno, in questo modo, avrei una possibilità.

Così sia.

Trattenendo il respiro, attivo la granata e la lancio.

Il gas riempie la stanza, e mi sento precipitare. Continuo a trattenere il respiro, finché non atterro sopra il corpo addormentato di Chester.

Ahia. Fa male, ma sono sicuramente viva. C'è però un problema: non riesco più a trattenere il respiro.

Con i polmoni bramosi di aria, respiro... e mi unisco ai presenti nel sonno.

CAPITOLO QUARANTOTTO

SONO sotto una doccia che spruzza succo di pomodoro al posto dell'acqua, inzuppando il tutù rosa che indosso. Un lama viola è proprio accanto al getto, e mastica la tenda della doccia.

"Puoi passarmi il docciaschiuma?" chiede il lama con accento scozzese, quando la tenda è kaputt.

Glielo prendo con gentilezza, notando però qualcosa che manca al polso.

Pom non è al solito posto.

Certo. Sto sognando. Per la milionesima volta, mi chiedo perché certe assurdità, come il tutù e il lama, non me ne facciano rendere conto.

Al ricordo di ciò che è accaduto prima di addormentarmi, cambio outfit, e mi dirigo verso il palazzo dei sogni.

Per fortuna, Chester era caduto proprio in quel punto. È stata la sua fortuna o la mia? Forse, il suo potere con le probabilità ha guidato la mia caduta, per salvarlo dalla trappola di Hekima. Spero, quindi, di poter capire esattamente come farlo.

Pom si materializza davanti a me. "È stato utile mostrarti ciò che vedevo io?"

Lo attiro a me, e gli arruffo il pelo. "Sì, ma non c'è tempo per parlare. Penso di avere un piano."

"Buona fortuna." Le sue orecchie diventano nere. "Se non ti dispiace, ne rimarrò fuori: ho la sensazione che sarà spaventoso."

"Accomodati pure."

Mi teletrasporto alla torre dei dormienti. Alcuni Consiglieri sono già qui, ma non Hekima. Evidentemente, non ha ancora raggiunto la fase REM.

Dato che Kit *è* presente, entro nel suo sogno. Sorpresa, sorpresa, sta sognando un'orgia.

Ne interrompo lo svolgimento. "Ehi, Kit, questo è un sogno erotico. Dobbiamo parlare."

Quando mi guarda, elimino le persone nude e la camera da letto intorno a noi, sostituendole con una ricostruzione della sala riunioni del Consiglio... o almeno, dandole l'aspetto antecedente al massacro di Hekima.

"Siediti" le dico, poi la aggiorno sull'accaduto.

Alla fine, i suoi occhi sono sgranati quasi quanto quelli di Pom. "Non riesco a credere che sia stato Hekima. Ma questo spiega che cosa sia successo a me. Ho visto Colton ammettere di essere *lui* l'assassino, poi mi ha attaccata."

"Scommetto che Colton pensava che tu avessi confessato la stessa cosa."

"Così tanti morti." Scuote la testa, addolorata.

"A proposito. La morte di Filth e Kain..."

"...è stata colpa di Hekima." Si trasforma in Hekima, e imita il gesto di tagliare la gola a qualcuno. "Farò in modo che il resto del Consiglio capisca che tu, Felix e Ariel non avete alcuna colpa, così come chiunque abbia ucciso un collega a causa degli inganni di Hekima. Non preoccuparti."

Fantastico. Ed è quasi la verità. Nessuno ha bisogno di conoscere i particolari della morte di Filth. Anche se lui se l'è cercata, Ariel potrebbe ancora finire nei guai, a meno che Hekima non se ne assumesse la colpa.

"Grazie" rispondo.

Kit riassume un aspetto normale. "E adesso?"

"Porterò qui altri Consiglieri e ti chiederò di aggiornarli."

Lasciandola, torno alla torre dei dormienti ed entro nel sogno di Nina. Sta volando sopra un campo di margherite. Spicco il volo, raggiungendo il suo livello.

Strabuzza gli occhi.

"Ti trovi in un sogno" dichiaro.

Fluttua verso terra, e si china per sentire letteralmente il profumo dei fiori. "Sembra così reale."

"Lo so."

Si massaggia la fronte. "Ho davvero..."

"Rimandiamo per un attimo le spiegazioni." Trasporto entrambe nella versione onirica della sala riunioni del Consiglio. "Kit, spiega a Nina che cos'è successo. Vado a prendere gli altri."

Senza attendere una risposta, torno alla torre dei dormienti e prendo Chester, seguito da Colton, Isis, la sirena e alcuni altri Consiglieri.

Alla fine, scorgo Hekima in una delle nicchie.

La mia granata soporifera ha finalmente avuto effetto su di lui.

Torno alla sala riunioni del Consiglio.

"Hai un piano?" chiede Isis, quando ricompaio.

"Sì. Ma prima di parlarne, voglio assicurarmi che le cose siano a posto." Guardo ogni Consigliere, uno ad uno. "La mia esecuzione è annullata?"

Isis solleva il mento. "La maggioranza del Consiglio è qui presente, e nel tuo caso, abbiamo votato per l'amnistia. Inoltre, guarirò ancora tua madre."

Il mio cuore esulta. "Oggi?"

"Se sopravvivremo a Hekima" risponde, roteando gli occhi. "Sei pronta a parlare del tuo piano riguardo a questo piccolo problema?"

Con un profondo respiro, osservo i Consiglieri. "Il piano è semplice. Voi tutti dovete provare a svegliarvi. Nel frattempo, entrerò nel sogno di Hekima, per assicurarmi che continui a sognare e che, quindi, non possa ostacolarvi. Quando sarete nel mondo della veglia, mettetelo fuori gioco."

"Lo farò io" risponde impaziente Kit.

"Io sono più vicino a lui" replica Chester.

"Non importa chi" dico. "Svegliatevi e basta."

"Come?" chiede Nina.

"Ordinate a voi stessi di svegliarvi. Se non dovesse funzionare, usate un po' di dolore fisico."

Chester scompare subito, ma gli altri restano perlopiù fermi con espressione concentrata. Allora Kit si dà un pugno, riuscendo a svegliarsi. Colton fa lo stesso e scompare anche lui. Nina sembra avere difficoltà, perciò le do una scossa per aiutarla.

Quando anche l'ultimo Consigliere se n'è andato, vado nella stanza di Hekima, nella torre dei dormienti. Sarebbe estremamente inopportuno, se si fosse svegliato prima che qualcuno potesse metterlo fuori gioco.

Tenendo a mente l'importanza di rendermi invisibile, lo tocco sulla fronte.

———

HEKIMA È SEDUTO su un divano a leggere un libro. Un'espressione confusa compare sul suo volto. Si appoggia il libro in grembo e lo risolleva, e perfino io vedo che il testo è diverso al secondo tentativo. La sua confusione aumenta.

Merda. Ciò che ha appena fatto rappresenta una delle molte tecniche usate dai sognatori lucidi, per determinare se siano in un sogno o meno, un po' come faccio io con la presenza di Pom al polso. Nei sogni, i testi diventano spesso sfocati e mutevoli. Se Hekima accertasse che tutto questo non è reale, potrebbe svegliarsi.

Indirizzo dolcemente il mio potere verso di lui, per mantenerlo nello stato di sogno. Non è un metodo infallibile; dandosi un pugno, come ha fatto nel cimitero, potrebbe comunque svegliarsi.

Come se percepisse i miei pensieri, Hekima si alza e solleva un pugno, per fare esattamente quello che non voglio.

Faccio in modo che al divano crescano due braccioli di peluche, come un gigantesco orsacchiotto, i quali lo afferrano per i polsi, impedendogli di farsi del male.

Mi guarda in faccia. "Ah, Bailey. Sto proprio sognando, allora."

Scioccata, divento visibile.

Che cavolo? Era successo questo, durante la mia ultima visita nel suo sogno? Forse, in fin dei conti, non avevo dimenticato di rendermi invisibile. Forse, aveva fatto la stessa cosa anche in quel momento.

Hekima mi rivolge uno sguardo fermo. "Sono un sognatore lucido esperto. Non sarò in grado di entrare nei sogni di altre persone, ma ingannarmi non è così facile."

Osserva le parti dell'orsacchiotto che lo bloccano, ed esse diventano polvere.

Accidenti.

Prima che possa darsi un pugno, mi teletrasporto fino a lui e gli afferro i polsi io stessa. Al di là della sua bravura con i sogni lucidi, non può ordinare a *me* di sparire.

"Non puoi svegliarti nemmeno colpendoti" dico,

sperando che non riesca a leggermi in faccia la bugia. "Ho fatto in modo che ti sedassero."

Le sue labbra si curvano nel solito sorriso benevolo. "Sono cresciuto fianco a fianco con la tua specie, su Soma. Conosco tutti i trucchi."

"Soma?" chiedo, in parte per guadagnare tempo, ma anche perché sono sinceramente incuriosita. Non avevo mai sentito parlare di questo posto, ma sembra che avrei dovuto, se una parte della 'mia specie' vi abita.

Hekima piega la testa di lato. "Non provieni da Soma? Allora, forse, questo funzionerà."

Un arco di energia rossa pulsante fluisce dalle sue dita, entrandomi nella testa.

Porca miseria.

Sta cercando di usare i suoi poteri di illusionista in un sogno... e funziona.

Beh, più o meno.

Mi trovo di nuovo nell'arena dei gladiatori, ma gli sto ancora tenendo i polsi bloccati. Questa strana condizione non è come quando Pom mi permette di vedere attraverso i suoi occhi, ma assomiglia piuttosto al sogno del licantropo, nel quale sono divisa in due posti contemporaneamente.

L'orco più grosso che abbia mai visto entra placidamente nell'arena, e la folla impazzisce.

Hekima cerca di divincolarsi dalla mia stretta.

Accidenti. Se voglio combattere contro l'orco, mi toccherà liberare i polsi di Hekima. Ma che cosa accadrebbe, se non lottassi contro l'orco? Sto affrontando un'illusione, ma all'interno di un sogno. A tutti gli effetti, non c'è differenza tra le due cose, quindi, se l'orco mi uccidesse in un sogno, potrei morire, diventando di conseguenza una pazza omicida. Ma se questa situazione fosse simile a quella del licantropo, la soluzione potrebbe essere la stessa di quel sogno.

La cosiddetta tecnica del multicorpo di Leal.

L'orco mi è quasi addosso. Non ho tempo per soffermarmi sul mio ultimo tentativo fallito con la faccenda del multicorpo. Devo solo fidarmi del potere del sonno di rinvigorire la mente.

Esco rapidamente dal mio corpo, e creo una seconda Bailey lungo la traiettoria dell'orco, quest'ultima con i capelli fiammeggianti. Sforzando la versione incorporea di me stessa, fino allo svenimento, mi ordino di entrare in entrambi i corpi.

Bam. L'orco mi sferra un pugno nello stomaco... quello della versione di me stessa con i capelli fiammeggianti.

Ha funzionato!

Quella versione si accascia dal dolore, mentre la Bailey che stringe i polsi di Hekima non sente altro che gli sforzi dell'illusionista per liberarsi. La Bailey Fiammeggiante colpisce l'orco con tutta se stessa, e lui vola dall'altra parte dell'arena, atterrando rovinosamente in un cratere.

L'eccitazione della folla è incontrollabile.

Hekima cerca di darmi una testata. Infondo alla mia testa la consistenza di un cuscino di peluche, assicurandomi che lui non provi alcun dolore.

Allo stesso tempo, la Bailey Fiammeggiante si teletrasporta verso l'orco indebolito, e aspetta che la folla si calmi. Subito dopo, i capelli fiammeggianti mi si sollevano sopra la testa e danno fuoco al mio avversario, lasciandolo carbonizzato.

Alcune persone tra la folla hanno un attacco di cuore.

Hekima mostra i denti. "Sei potente. Nemmeno certi camminatori dei sogni di Soma riuscivano a padroneggiare la tecnica del multicorpo."

Ancora Soma... un luogo sempre più interessante. Entrambe le Bailey rispondo all'unisono: "Dimmi qualcos'altro. Che cos'è Soma? Dove si trova?" Di fronte all'occhiata incredula di Hekima, entrambe le mie versioni aggiungono rapidamente: "Farò del mio meglio per far sì che il Consiglio sia morbido con te, se mi dici la verità."

Kit o Chester staranno per metterlo k.o., ormai, ma vorrei quasi che non fosse così. La mia domanda non è una tattica per guadagnare tempo. Se Soma è il posto in cui vivono i camminatori dei sogni, voglio sapere ogni cosa in proposito. Dato che la mamma si rifiuta di parlare delle nostre radici, mi sono sempre chiesta se...

Il volto di Hekima si contorce. "Non avremmo mai dovuto lasciare Soma. Siti sarebbe ancora viva. Su Soma, noi..."

Un urlo di dolore indicibile gli sfugge di bocca, mentre il suo sogno esplode come una bolla di sapone, e mi ritrovo nella torre dei dormienti.

Accidenti. Proprio quando stava per arrivare alla

parte migliore, qualcuno l'ha abbattuto. Oh, beh. Spero di poterlo interrogare, quando si riprenderà. Non avendo giustiziato subito neanche *me*, dovrebbe esserci tempo.

Mi do una scossa e mi sveglio.

CAPITOLO QUARANTANOVE

MI SENTO INCREDIBILMENTE BENE... e non solo
perché sono riuscita a dormire di più. Il dolore e le
ferite sono svaniti, senza lasciare traccia. Apro gli occhi
e capisco perché. Isis si sta spostando con calma nella
sala riunioni del Consiglio, e guarisce i presenti con i
propri poteri.

Alzandomi ai piedi, cerco Hekima... ma distolgo
immediatamente lo sguardo. Vorrei tanto potermi
spalmare il disinfettante sugli occhi.

Addio al mio piano dell'interrogatorio.

Hekima non c'è più. Almeno, presumo che siano i
suoi resti, quelli ammucchiati più o meno nel punto in
cui si trovava l'ultima volta. Hanno fatto qualcosa
d'indescrivibile all'illusionista dall'aria benevola.

La pelle... nella sua interezza... non esiste più.

Kit mi sorride. "Non darà più fastidio a nessuno."

Deglutisco un'ondata di nausea. "Che cos'è
successo? Dovevate metterlo fuori combattimento."

Kit emette un breve bagliore, e noto i contorni di un drekavac. "Una promessa è una promessa."

Oh, giusto. Aveva detto che avrebbe ucciso l'assassino di Tatum nei panni di un drekavac. La carne cruda ne è il risultato. Non so che cosa possa dire di Kit il fatto che sia stata capace di farlo... o di me, il fatto di essere più turbata per la mancata opportunità di scoprire qualcosa su Soma, piuttosto che dall'indicibile tormento vissuto da Hekima nei suoi ultimi istanti di vita. D'altro canto, aveva assassinato tutti quei Consiglieri e stava per uccidere me e i miei amici, per non parlare di alcuni membri del Consiglio che non avevano niente a che fare con la sfortunata sorte della figlia.

"A proposito di promesse" affermo, accantonando momentaneamente ogni pensiero su Hekima e Soma. "Ho bisogno di parlare con Isis."

È ora che il Consiglio mi dia la mia ricompensa e guarisca mia mamma.

Kit mi segue, e ci facciamo strada nella confusione dei Consiglieri, raggiungendo Isis mentre guarisce l'ultimo paziente.

"Possiamo andare su Gomorra adesso, come concordato?" chiedo.

Arriccia il naso. "Una condizione: devi farti una bella doccia. O forse dieci."

Kit annusa l'aria. "Oh, già. Sono d'accordo con il dieci. E dovrei avere dei vestiti della tua taglia."

"Affare fatto" rispondo, sforzandomi di non respirare il mio fetore. Nonostante il desiderio di risvegliare subito la mamma dal coma, dubito che voglia aprire gli occhi, sentendo puzza di fogne.

Tutte e tre andiamo negli alloggi di Kit, dove prende una confezione di sacchetti per la spazzatura, un'intera fila di vestiti, e due grandi flaconi di sapone e shampoo. Portiamo gli oggetti nei miei alloggi.

"Torno tra un'ora." Isis mi squadra. "O pensi che te ne servano due?"

"Due dovrebbero andar bene."

Se ne vanno, e mi precipito in bagno con il sapone, lo shampoo e i sacchetti per la spazzatura.

Per prima cosa, tolgo dalla tasca il dispositivo di comunicazione di Leal. Spero sia un modello impermeabile... o in caso contrario, che Felix possa estrapolare comunque delle informazioni. Dopo averlo ripulito, lo metto in un sacchetto.

Ficco i vestiti puzzolenti in un altro sacchetto. Quel sacchetto finisce dentro un altro, e così via, finché non li esaurisco. Poi apro l'acqua bollente, e comincio ad insaponarmi e risciacquarmi. Anche dopo aver svuotato i flaconi, resto sotto il getto, sperando di lavare via qualunque pidocchio rimanente. Alla fine, ho la pelle così raggrinzita, da migliorare l'evacuazione di un esercito di cannibali. Chiudendo a malincuore l'acqua della doccia, mi asciugo, uso i residui di disinfettante per le mani sul corpo, e indosso gli abiti di Kit.

Dopo aver infilato in tasca il sacchetto con il dispositivo di comunicazione, annuso l'aria.

Niente puzza.

Ma hmm... Ora che ci faccio caso, percepisco un lieve profumo di pino.

Aspetta un attimo...

Qualcuno si schiarisce la gola.

"Valerian?" Mi guardo intorno nella stanza vuota con occhi sgranati. "Ho appena sentito il tuo odore."

"Davvero?" Si materializza a mezzo metro di distanza, bellissimo come l'ultima volta che l'ho visto. "Sto perdendo il mio tocco."

Pom!, grido mentalmente. *Pom, svegliati!*

Che c'è? Pom ha una voce intontita. *Non posso più dormire senza interruzioni, adesso?*

Rapidamente, che aspetto ha quest'uomo?

Pom parla in tono estremamente annoiato. *Alto e muscoloso. Spalle larghe. Capelli scuri, occhi azzurri. Fossetta nel mento, zigomi ben definiti.*

Non descriverlo: mostramelo, brontolo mentalmente.

Perché? Vedi ciò che vedo io.

Sento la tensione abbandonare la mia fronte. *Ah sì? Non c'è alcuna illusione? Ha davvero l'aspetto di un favoloso dio del sesso?*

Un attimo di silenzio, poi: *Non so che aspetto abbia un favoloso dio del sesso.*

Un sorriso sciocco minaccia di comparirmi sulle labbra. *Giusto. Puoi tornare a dormire adesso. Grazie.*

Che ne dici di svegliarmi solo in caso di emergenze, d'ora in poi?, borbotta Pom.

Come vuoi, rispondo, mentre Valerian, divertito, inarca un sopracciglio nero.

Accidenti, lo stavo ancora fissando ammutolita, come un'idiota.

Dandomi un contegno, lo guardo in tralice. "Da quanto tempo ti nascondevi lì?"

Le sue labbra sexy si contraggono. "Mi stai chiedendo se ti abbia vista così?" Proietta un'illusione, rievocando una versione più attraente di me... che sembra eccezionalmente nuda, grazie al disinfettante che luccica come olio sulla pelle perfetta.

"O così?" continua, mentre lo fisso a bocca aperta. Stavolta, la Bailey simile a una modella è impegnata in quella che assomiglia alla versione di *Playboy* della doccia. Dubito che i miei movimenti siano stati così sensuali, anche lontanamente, e dubito ancor di più di essermi soffermata con tanto impegno sulle tette.

Eppure, le mie guance (e altri punti) s'infiammano più della superficie del sole. "Mi hai spiata sotto la doccia?"

Un sorriso malizioso compare sul suo volto, consolidando la sensazione di averlo già incontrato. Ma non è così. È il tipo di uomo che ricorderei per sempre. "Sono venuto qui per ringraziarti." Scaccia l'illusione della doccia. "Bernard ha compiuto l'importante passo avanti di cui avevo bisogno. Il denaro è già stato accreditato sul tuo conto di Gomorra."

Giusto. Il denaro. Mi aveva mandata così in confusione, da farmene quasi dimenticare.

"Bene" riesco a rispondere. "Ma questo non ti scusa per aver violato il mio spazio personale."

Il suo sorriso diventa perverso. "Hai ragione. È maleducato da parte mia. Tu mi hai mostrato il tuo; il minimo che possa fare è mostrarti il mio."

Un altro Valerian compare accanto a noi, gloriosamente nudo e ricoperto di una sorta di liquido.

Oh. Per tutti gli. Estrogeni.

Dio del sesso non è nemmeno l'anticamera della sua descrizione. Il sangue mi affluisce in ogni genere di punto privato, e provo l'impellenza, stranamente poco igienica, di leccare ognuno di quei muscoli tonici.

Il Valerian completamente vestito ammicca, mentre il doppione nudo entra nella doccia e s'insapona.

Si può svenire per l'eccitazione? O avere un attacco di cuore?

Fa scomparire la versione di se stesso sotto la doccia. "Siamo pari adesso?"

Rimango lì impalata, sforzandomi di non farmi vento.

Si avvicina, con gli occhi blu come l'oceano che brillano. "Sai, ho ancora l'impressione che ci siamo conosciuti da qualche parte."

Mi umetto le labbra, improvvisamente secche. "Uguale."

"Chissà se esiste un modo per sollecitare i nostri ricordi?" Si china verso di me, e la stanza intorno a noi si trasforma in una familiare e lussuosa camera, con un letto king-size ricoperto di lenzuola di seta e petali di rosa.

I miei polmoni smettono di funzionare, mentre il corpo sembra invaso da una vampata di calore. Per qualche ragione, l'idea di quelle labbra sensuali sulle mie non...

La porta della stanza si apre con uno schianto, facendomi balzare il cuore in gola.

"Pronta?" chiede Isis, come se Valerian non fosse presente... e scommetto che, per lei, non lo è.

"Sì" rispondo senza fiato. "Andiamo."

"La prossima volta" sussurra Valerian con quella voce accalorata, simile a melassa. Quando mi giro, è sparito.

Libero un sospiro tremante. Sarà meglio che la mamma apprezzi tutti i miei sacrifici per guarirla.

Isis mi accompagna nel parcheggio, dove una limousine ci sta già aspettando. Scorgo Ariel e Felix che camminano verso un'altra macchina, e li chiamo.

"Puoi darmi un secondo?" chiedo a Isis.

"Certo."

Sale nella limousine e chiude la portiera, mentre mi affretto a raggiungere i miei amici. I loro bei vestiti sono sciupati, ma i corpi sembrano a posto... quello di Ariel, perlomeno. Felix è più coperto, quindi è più difficile stabilirlo.

"Come state, ragazzi?"

Ariel disegna un segno di spunta a mezz'aria. "Ho ucciso non uno, bensì due vampiri, e senza berne il sangue."

Le rivolgo un sorriso radioso. "Penso che tu sia ufficialmente guarita."

Felix sposta il peso da un piede all'altro. "Kit ha

detto che Hekima mi ha costretto a combattere contro di te. Mi dispiace tanto di averti colpita."

"Beh, io ti ho messo fuori gioco." Mimo un pugno con un sorriso. "Credo che, così, siamo pari."

La limousine con Isis suona il clacson.

"Devo andare." Prendo il sacchetto con il dispositivo di comunicazione, e lo passo a Felix. "Questo è l'aggeggio di cui abbiamo parlato. Sarei felice se tu potessi cavarci qualcosa, soprattutto se ha a che fare con un posto chiamato Soma."

Il monosopracciglio di Felix prende vita. "Si tratta di una delle Altreterre o di una città?"

"Non ne ho idea. So solo che c'entra con i camminatori dei sogni. Vorrei saperne di più."

Infila il sacchetto in tasca. "Ci lavorerò al più presto."

"Grazie. A dopo, ragazzi." Scacciando ogni pensiero sui germi, abbraccio ciascuno di loro.

È sorprendente l'effetto che una nuotata nelle fogne può sortire su un carattere schizzinoso.

———

IL TRAGITTO fino al JFK si svolge quasi come nel mio sogno, ma una volta raggiunta Gomorra, invece di perdere tempo con gli spuntini, chiamo subito un'auto. L'ansia di arrivare in ospedale è tale, che mi dimentico quasi di respirare.

Nessuno viene a parlarmi di fatture, mentre individuo il Dottor Xipil e gli presento Isis. Come nel sogno, il medico gnomo convoca alcuni colleghi nella stanza della mamma. Nel guardarla, provo una stretta al cuore. La sua attività cerebrale è assente, e quelle macchine del cavolo la fanno apparire così fragile.

"Scolleghiamo la paziente?" chiede il Dottor Xipil a Isis.

"No" gli risponde, "non finché non ho finito."

"Ha senso." Le fissa attentamente le mani.

Ancora una volta... o meglio, per la prima volta nella vita reale... Isis indirizza un arco di energia dorata verso mia mamma, mentre osservo col fiato sospeso.

Con una strana sensazione di déjà vu, l'attività cerebrale della mamma, prima assente, diventa frenetica, e il mio battito cardiaco s'impenna con essa. Posso già immaginare tutte le cose che le dirò, come mi scuserò per la nostra discussione, per tutte le volte in cui...

"Togliete le macchine" ordina Isis. "Ora."

Il personale medico obbedisce, mentre Isis continua a riversare l'energia curativa nel corpo di mia mamma. Se qualcuno monitorasse il mio battito cardiaco, l'ago salterebbe su e giù come un sismografo durante un terremoto.

Le macchine vengono staccate, ma a differenza del sogno, le palpebre della mamma rimangono chiuse. Isis interrompe il flusso di energia curativa, e tocca la fronte della mamma.

"Non c'è più nulla da guarire" afferma, "ma sembra che qualcosa sia andato storto. Sta dormendo?"

Cerco di non lasciarmi prendere dal panico, mentre

il Dottor Xipil osserva la scansione cerebrale. "Non sembra la normale attività del coma" dichiara. "*Assomiglia* al sonno, in effetti, ma qualcosa sembra disattivo. Non ho mai visto niente del genere."

Oh, non va affatto bene. Mi torco le mani, con le unghie che scavano nella pelle, mentre Isis chiede: "Che ne dite di svegliarla?"

Il medico scuote delicatamente la spalla di mia mamma.

Non succede alcunché.

La scuote con meno delicatezza: ancora niente.

Isis rotea gli occhi, e dà uno schiaffo sulla guancia a mia mamma. Gli altri trattengono il fiato, e un uomo fa per fermarla, ma il Dottor Xipil scuote la testa in un avvertimento.

La mamma non si sveglia.

Mi sento sull'orlo del collasso.

Isis prende un bicchier d'acqua da un assistente medico vicino, e getta l'acqua in faccia a mia mamma.

Ancora niente.

"Aspettiamo che si svegli naturalmente, magari?" suggerisce il Dottor Xipil.

Isis si stringe nelle spalle, così aspettiamo.

E aspettiamo.

E aspettiamo.

Ad ogni secondo che passa, la mia ansia aumenta. Incapace di stare immobile, vado avanti e indietro nella stanza, quasi inciampando nei piedi del medico due volte. "Torno tra un momento" dice dopo la terza volta, e scompare per l'ora successiva.

Quando finalmente riappare, Isis mi prende per una spalla. "Devo andare. Non c'è molto altro che possa fare. Il sonno è più vicino al tuo settore di competenza."

Inspiro bruscamente. "Ma..."

Alza i tacchi ed esce.

Il Dottor Xipil mi osserva con aria meditativa. "Che cosa intendeva dire sulla sua competenza?"

Ricaccio all'indietro un ricciolo crespo con mano tremante. "Sono una camminatrice dei sogni. Se la mamma stesse dormendo davvero, in teoria, potrei entrare nei suoi sogni."

Socchiude gli occhi. "Allora lo faccia. Forse, può svegliarla dall'interno."

"Io..." Lancio un'occhiata alla figura prona della mamma. La preoccupazione per lei è come un verme che mi divora dentro, ma non posso ignorare il grosso peso della mia promessa. "Non è fattibile" affermo in tono cupo. "Non vuole che entri nei suoi sogni. Diamole semplicemente la possibilità di svegliarsi."

Il Dottor Xipil sembra esasperato. "Rimanga qui ad aspettare, allora. Mi chiami, quando si sveglia."

Percepisco che avrebbe voluto dire *se* si sveglia.

Lui e il resto del personale spariscono per proseguire con il loro lavoro. Mi accomodo su un basso divano vicino al letto, supplicando silenziosamente la mamma di svegliarsi. Ma lei continua a dormire. Trascorre un'ora, poi un'altra, e un'altra ancora. Alla fine, l'esaurimento ha la meglio su di me (il deficit di sonno di quattro mesi si fa ancora sentire), perciò chiedo ad un'infermiera di controllare la mamma al posto mio, e chiudo gli occhi per qualche minuto. Dubito di riuscire effettivamente a dormire; ho solo bisogno di un po' di riposo...

Mi risveglio grazie alla voce del Dottor Xipil, e balzo in piedi di scatto.

"Progressi?" chiedo, sfregandomi freneticamente gli occhi per scacciare il sonno. "Per quanto tempo ho..."

"Trentasei ore di sonno, dieci per lei, e nemmeno una fase REM" afferma. "Ho provato a darle delle sostanze stimolanti, ma non sono state d'aiuto. Potrebbe essere un tipo di coma di cui non avevo mai sentito parlare, e che può verificarsi solo con il coinvolgimento di un guaritore. Il prossimo tentativo potrebbero essere i suoi poteri."

Il respiro mi si mozza in gola. Mi vogliono spingere a farlo. "Dottor Xipil, non so se... Voglio dire..."

"Sono certo che sua madre non avesse previsto questa situazione, dicendo di non volerla all'interno dei suoi sogni."

Le mani iniziano a tremarmi. Perché è così difficile? Osservo il volto sereno della mamma. "Non lo so. Non lo so e basta."

"Se non la sveglia adesso, dovremo reinserire il sondino per l'alimentazione."

Deglutisco, fissando la mamma, e vedendola già con tutti quei tubi che sbucano dal suo corpo. Li preferirebbe sul serio? Al suo posto, vorrei che mia figlia facesse tutto il possibile per svegliarmi. Forse, il Dottor Xipil ha ragione. La mamma non avrebbe mai potuto prevedere questo dilemma. Un conto è tenermi fuori dai sogni, quando lei ha a che fare con episodi depressivi, ma è tutt'altra cosa se ne va della sua vita... o almeno, della sua coscienza.

Drizzo le spalle. Al diavolo le mie promesse. Implorerò il perdono della mamma dopo il suo risveglio. "D'accordo" informo il medico. "Ma dato che non è nella fase REM, deve prepararsi a tenermi a freno, se cominciassi a comportarmi in modo strano. Ricorda quel caso di un camminatore dei sogni che uccideva le persone?"

Annuendo solennemente, esce, facendo ritorno qualche minuto dopo con una siringa e alcuni corpulenti addetti alla sicurezza. Formano un semicerchio intorno a me, e le loro espressioni dure esprimono curiosità e preoccupazione in parti uguali. Li ignoro, preparandomi mentalmente a sopravvivere all'ennesimo sub-sogno.

Non c'è mai stata ragione più valida per rischiare la sanità mentale.

Avvicinandomi al letto della mamma, poso una mano sulla sua fronte fredda e immobile.

"A presto" mormoro, e con un respiro profondo, balzo nei suoi sogni.

ANTEPRIME

Grazie per aver seguito il avventure di Bailey! La sua storia continua in *Caccia nel sogno*.

Se vuoi sapere di più sulle mie prossime uscite, iscriviti alla newsletter sul mio sito www.dimazales.com/book-series/italiano/.

Vorresti leggere altri miei libri? Puoi dare un'occhiata a:

- *La Serie di Sasha Urban* – l'emozionante storia di Sasha Urban, un'illusionista di scena che scopre di possedere dei poteri segreti inaspettati
- *Le Dimensioni della Mente* – le avventure urban fantasy ricche di azione di Darren, che può fermare il tempo e leggere la mente

Vi piacciono le commedie romantiche che fanno ridere a crepapelle? Io e mio moglie scriviamo insieme commedie romantiche piccanti e cervellotiche sotto lo pseudonimo di Misha Bell. Acquistate una copia del nostro romanzo di debutto *Hard Code – Codice Duro* per conoscere Fanny, l'eccentrica programmatrice impegnata a testare la qualità dei giocattoli sessuali, e il suo misterioso capo russo, che interviene per dare una mano.

Ora, per favore, voltate pagina per leggere estratti da *La Veggente* e *Hard Code – Codice Duro*.

ESTRATTO DA LA VEGGENTE DI DIMA ZALES

Sono un'illusionista, non una sensitiva.

Apparire in TV dovrebbe lanciare la mia carriera, ma le cose vanno per il verso sbagliato.

Con il coinvolgimento di vampiri e zombie.

Mi chiamo Sasha Urban, ed è così che ho scoperto cosa sono.

———

"Sasha di giorno lavora per il famigerato Nero Gorin al suo fondo speculativo" dice Kacie, recitando l'introduzione da me preparata. Le parole mi arrivano come se fossi in un bunker sottoterra. "Di notte si esibisce allo sfarzoso locale valutato da Zagat..."

I sorsi di Sea Breeze ribollono dolorosamente nel mio stomaco. Tra pochi secondi tocca a me parlare.

La folla mi guarda, minacciosa.

Il cliché di immaginarli in mutande mi fa solo venire voglia di vomitare, quindi li immagino dormire... ma nemmeno questo funziona.

Senza la medicina di Ariel, sarei potuta uscire di corsa urlando.

Scruto di nuovo il pubblico e mi accorgo di una cosa che non dovrebbe sorprendermi: mamma non è venuta. Quando le ho mandato l'invito, sapevo che questo era probabile, ma in qualche modo speravo comunque che si facesse viva. Avevo un solo invito da poter dare, ma ora vorrei averlo consegnato a qualcun altro. Mamma non ha mai approvato la mia passione per i 'trucchi stupidi', come li chiama lei, probabilmente perché teme che, volendo fare della magia una carriera, le mie entrate possano drasticamente calare. E visto che lei trae beneficio da quelle entrate...

"Sasha?" ripete Kacie, il sorriso che si tende fin quasi alle orecchie. "Benvenuta nel mio programma, tesoro."

Deglutisco e dico con voce soffocata: "Grazie per avermi ospitato, Kacie." Se non l'avessi provata un milione di volte, avrei rovinato perfino questa basilare formula di benvenuto. "Spero di poter aggiungere un pizzico di mistero alla giornata di tutte le persone."

"Sono assolutamente curiosa." Kacie sposta lo

sguardo da me alla telecamera e viceversa. "Da quanto ho capito, oggi leggerai nel futuro. È così, Sasha?"

Maledetto Darian. Perché mi ha cacciato in questa situazione? Prima che mi chiedesse di non finire lo spettacolo con una ritrattazione, avevo pianificato perfettamente il mio numero e il discorso. Adesso devo procedere con cautela e scegliere solo i passaggi 'sicuri' della tiritera che ho provato così tante volte.

Visto che Kacie mi guarda in ansiosa attesa, annuisco e mi butto, dicendo con voce ferma: "Il lavoro al fondo speculativo che faccio di giorno richiede di prevedere come potrebbero comportarsi il mercato e gli investimenti individuali. Io lo metto in pratica assimilando molti dati politici e finanziari e usandoli per fare le mie previsioni. A quanto pare, sono molto brava in questo."

Nonostante i discorsi degli illusionisti siano spesso menzogneri, ogni parola che ho appena detto corrisponde a verità. Odio il mio lavoro, ma primeggio per quanto riguarda la parte delle previsioni, e in effetti riesco così bene che il mio capo Nero sopporta le mie fesserie.

Detto questo, l'unico motivo per cui sollevo l'argomento del mio lavoro è che ogni libro sulla pratica della magia insegna a personalizzare il proprio materiale. Lo stesso stratagemma viene utilizzato dagli attori comici e, visto che niente per me è più personale del mio attuale purgatorio, l'ho ficcato in mezzo al discorso.

"Bene, allora." Kacie si gira verso la telecamera. "Sembra che stia per arrivare una dimostrazione."

"Decisamente sì" affermo e, sperando che nessuno si accorga delle mie mani che tremano, mi rimbocco con naturalezza le maniche... un gesto che ogni illusionista degno di questo nome fa prima di esibirsi, per eliminare il sospetto della tipica spiegazione 'c'è qualcosa nella manica'.

Dopo aver deglutito per inumidire la gola secca, dico a Kacie: "Due giorni fa abbiamo parlato al telefono e ti ho chiesto di pensare a una carta da gioco. Ne hai scelta una?"

Trattengo il respiro, mentre il cuore mi martella nel petto. Quello che sta per dire stabilirà quanto rimarranno sbalordite milioni di persone dal mio primo numero.

"Certo" replica. "Ho in mente una carta."

Emetto un sospiro di sollievo e la maggior parte del mio nervosismo si scioglie. Non è stata accidentalmente sleale nei miei confronti, il che significa che ho scombussolato la sua memoria come volevo. Quello che in realtà le ho detto al telefono è stato: "Pensa a una carta nel mazzo che ti rappresenta, o una carta che senti vicina a te."

C'è una differenza abissale tra 'pensa a una carta a caso' e 'pensa a una carta che ti rappresenta'. Una è una scelta libera, l'altra è una scelta guidata.

In base alla mia esperienza, di fronte alle parole attentamente formulate della mia richiesta, la maggior parte delle donne pensa alla Regina di Cuori.

Questo stratagemma psicologico funziona due volte meglio con le persone estroverse come Kacie e specialmente con quelle che usano tanto rossetto rosso quanto lei.

"I telespettatori devono capire che la tua è stata una scelta assolutamente libera, è molto importante" le dico. Pronunciare questa frase mi diverte tantissimo, visto che è malignamente falsa. "Conferma anche a tutti che ti ho dato la possibilità di cambiare idea, se lo desideravi."

La seconda parte è vera. Le ho detto davvero che poteva cambiare carta, ma con noncuranza, come un ripensamento, senza darle la possibilità di rifletterci davvero. Ovviamente era rischioso, ma le persone non cambiano quasi mai idea dopo aver scelto una carta, in particolare se si sono fissate con l'idea che la carta originale 'le rappresenti'.

"Ha detto proprio così." Kacie è sul punto di battere le mani, con la loro attenta manicure, per l'eccitazione. È incredibile come la magia possa trasformare di nuovo questa donna raffinata in una bambina.

Pensando che la fortuna aiuta gli audaci, dichiaro: "È la tua ultima possibilità per cambiare idea. Puoi farlo adesso, se vuoi."

Kacie scuote la testa, chiaramente ansiosa di sapere cosa stava per succedere.

Ottimo.

Si sta attenendo alla sua scelta.

"Di' per la prima volta ad alta voce qual è la tua carta." Descrivo un ampio gesto con la mano destra per incitarla a proseguire, preparandomi a non sembrare delusa se mi tocca ricorrere al piano B.

"La Regina di Cuori" annuncia trionfante Kacie.

Trattengo un sogghigno. Mostrare la mia eccitazione, proprio come rivelare la delusione, potrebbe alludere al mio metodo.

Lentamente, giro il mio braccio teso verso Kacie. "Ricorda che potevi cambiare idea in qualsiasi momento."

Lei resta a bocca aperta, con le ciglia sottilissime come zampe di ragni che battono rapidamente.

"Ma è reale?" La sua voce è piena di ammirazione. Ha ovviamente dimenticato il procedimento di selezione e pensa di aver potuto scegliere davvero qualunque carta.

"L'ho fatto qualche mese fa" dico, tenendo fermo il braccio affinché tutti potessero vederlo.

Qualcuno tra il pubblico sussurra una delle mie frasi preferite: "Non è possibile."

La telecamera zooma in avanti sul mio avambraccio.

Il grande schermo dietro di noi mostra la mia pelle pallida e l'intricato tatuaggio che la decora.

La Regina di Cuori.

———

Volete continuare a leggerlo? Visitate
www.dimazales.com/book-series/italiano/ per
ordinare subito la vostra copia!

ESTRATTO DA HARD CODE — CODICE DURO DI MISHA BELL

Il mio nuovo incarico al lavoro: testare i giocattoli. Sì, intendo proprio i sex toys.

Beh, tecnicamente, si tratta di testare l'applicazione che controlla i giocattoli a distanza.

Un problema? La showgirl che dovrebbe testare l'hardware (cioè i toys veri e propri) entra in convento.

Un altro problema? Questo progetto è importante per il mio capo russo, il cupo e squisitamente sexy Vlad, alias: l'Impalatore.

C'è un'unica soluzione: testare io stessa sia il software sia l'hardware... con il suo aiuto.

———

"Io?" Sgranando gli occhi, fa un passo indietro.

Ormai mi sono sbilanciata, perciò vado avanti. "Ha senso. Presumo che ti fidi di te stesso e non mi getterai nel molo. La privacy del progetto non verrà compromessa. Inoltre, beh" arrossisco terribilmente, "hai le parti giuste per farlo."

Mi cadono involontariamente gli occhi sulle parti in questione, poi alzo rapidamente lo sguardo.

Le porte dell'ascensore si aprono.

"Continuiamo la conversazione in macchina" mi dice, con espressione diventata illeggibile.

Merda, merda, merda! Detesta l'idea? Detesta me, anche solo per averla suggerita? Quanto sarà imbarazzante, se mi dirà di no?

Sto per essere licenziata per averci provato con il capo del mio capo?

Saliamo di nuovo nella limousine, questa volta sedendoci uno di fronte all'altra.

Lui solleva il divisorio. "Tanto per chiarire: io testerei l'hardware maschile, fungendo sia da *giver* sia da *receiver*, giusto? In effetti, ho già testato uno dei toys su di me, dopo aver scritto l'app, perciò, in teoria, potrei fare lo stesso con gli altri."

Evviva! Ci sta pensando sul serio. Vorrei mettermi a saltellare su e giù, anche se il rossore (che si era leggermente ritirato durante la camminata dall'ascensore) ritorna in tutto il suo splendore. "Non sarebbe un valido test end-to-end, e lo sai bene. Hai scritto tu il codice; questo ti rende prevenuto."

Le sue narici si dilatano. "E allora, come?"

A questo punto, mi stanno arrossendo persino i piedi. "Tu fai solo da *receiver*. Io agisco da *giver* e registro i dati dei test. È così che si fanno queste cose nel modo appropriato."

Solleva le sopracciglia. "Qui stiamo estendendo la definizione del termine 'appropriato' ben oltre la zona di comfort."

"Senti." Cerco di imitare il suo accento meglio che posso. "Se vuoi tirarti indietro, lo capisco."

Un sorriso lento e sensuale gli incurva le labbra. "Non mi tiro mai indietro di fronte a una sfida."

Le mie mutandine possono davvero sciogliersi, o è solo un modo di dire?

———

Volete continuare a leggerlo? Visitate www.mishabell.com/it/ per ordinare subito la vostra copia!

BIOGRAFIA DELL'AUTRICE

Dima Zales è autore bestseller del *New York Times* e di *USA Today* con romanzi fantasy e di fantascienza. Prima di diventare scrittore, ha lavorato nel settore dello sviluppo software a New York, sia come programmatore che come dirigente. Dima ha fatto di tutto, dai software di trading ad alta frequenza per importanti banche alle mobile app per le riviste più famose. Nel 2013 ha lasciato l'industria del software per dedicarsi alla sua carriera di scrittore e si è trasferito a Palm Coast, in Florida, dove vive attualmente.

Per saperne di più visita www.dimazales.com/book-series/italiano/.

www.ingramcontent.com/pod-product-compliance
Lightning Source LLC
Chambersburg PA
CBHW010523100726
47903CB00011B/2869